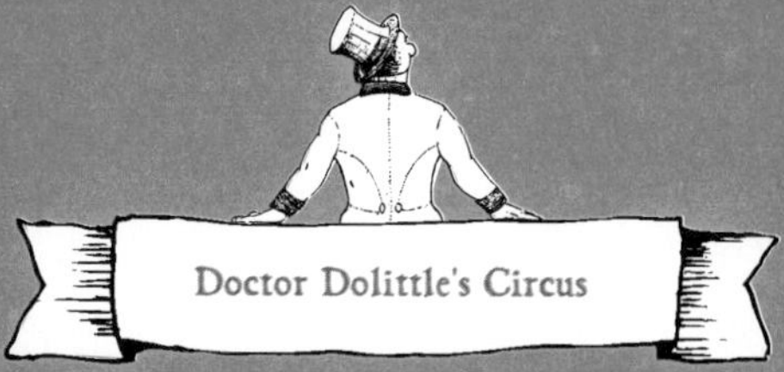

Doctor Dolittle's Circus

Doctor Dolittle's Circus

둘리틀 박사의 모험 4

둘리틀 박사의 서커스단

휴 로프팅 지음 | 임현정 옮김

궁리
KungRee

일러두기 |

이 책은 『Doctor Dolittle's Circus』(J. B. Lippincott Company, 1924)을 우리말로 옮긴 것입니다.

차례

1부

2부

3부

4부

5부

1부

1장

빈털터리가 된 박사

이 책은 둘리틀 박사가 서커스단에 들어간 후 서커스단과 함께 여행하면서 겪은 모험에 관한 이야기이다. 박사가 처음부터 오랫동안 이 일을 하겠다고 결심한 건 아니었다. 빌린 배가 난파되자 배 주인에게 갚을 돈을 마련할 때까지만 푸시미풀류를 서커스 무대에 올리려고 했을 뿐이었다.

그런데 투투가 한 말은 사실이었다. 존 둘리틀 박사가 부자가 되는 건 별로 어려운 일이 아니었다. 사실 박사는 돈이 조금만 있어도 금방 만족했기 때문이다. 하지만 계속 부자로 남는 건 전혀 다른 문제였다. 대브대브는 이렇게 말하고는 했다. 녀석이 박사를 알게 된 후 박사의 살림살이가 꽤나 넉넉했던 때가 다섯 혹은 여섯 차례 있었는데 희한하게도 돈이 많으면 많을수록 더욱 빨리 가난뱅이가 되곤 했다는 것이다.

물론 대브대브의 생각이 늘 맞는 건 아니었다. 하지만 실제로 서커스단에서 일할 때 박사의 주머니는 항상 매우 두둑했다. 그리고 한 주가 끝날 즈음, 아니면 한 달이 끝날 때가 되면 시계처럼 정확하게 박사는 다시 무일푼이 되곤 했다.

이 이야기는 둘리틀 박사 일행(개 지프와 오리 대브대브, 올빼미 투투, 돼지 거브거브, 푸시미풀류와 흰쥐)이 기나긴 아프리카 여행을 마치고 습지 옆 퍼들비에 있는 작은 집에 돌아왔을 때부터 시작된다.

대식구의 배를 채우려면 많은 식량이 필요했다. 하지만 주머니에 동전 한 닢 없었던 박사는 서커스단에 들어가기 전에 잠시 이곳에 머무를 동안 어떻게 동물 가족들 입에 풀칠을 할지 곰곰이 생각했다. 생각 끝에 박사는 동물들에게 항해가 끝난 해적선의 창고에 남아 있는 식량을 가져오게 했다. 대브대브에 따르면 이걸로 박사의 동물 가족들이 최소한 하루 이틀은 버틸 수 있었다.

집에 돌아오자 처음에는 다들 기뻐했다. 마음에 담아 둔 미래에 대한 근심과 걱정이 다 사라졌다. 대브대브만 빼고. 이 부지런한 살림꾼은 바로 부엌으로 가더니 냄비를 씻고 식사 준비를 했다. 박사와 나머지 식구들은 정원으로 가서 이미 익숙한 곳들을 다시 살펴봤다. 이들이 사랑하는 집 구석구석을 돌아다니며 들쑤시고 있는데 대브대브가 갑자기 숟가락으로 프라이팬을 두들기면서 식사 시간이라며 식구들을 불렀다. 식사 종이 울리자 대부대가 뒷문으로 몰려왔다. 동물 식구들은 예전에 모두 함께 즐거운 시간을 보냈던 이 오래된 부엌에서 다시 식사를 할 생각에 기쁜 마음으로 왁자지껄 떠들며 집 안으로 들어왔다.

"오늘 밤은 꽤 추워서 불을 피워야겠는걸." 모두가 식탁에 앉을 때 지프가 말했다. "9월 바람 때문에 기온이 꽤나 내려갔어. 박사님, 저녁 식사 후에 이야기 좀 들려주시겠어요? 난롯가 주위에 둘러앉아 본 지가 언젠지 까마득한 걸요."

"아니면 동물 이야기 책 중에 왕의 거위를 훔치려고 한 여우 이야기를 읽어 주세요."

박사가 말했다. "음, 글쎄. 생각해 보자. 해적들이 가지고 있던 이 정어리 정말 맛있구나! 맛을 보니 보르도산이야. 진짜 프랑스산 정어리가 틀림없어."

그때 박사는 발톱이 부러진 족제비가 왔다는 호출을 받고 수술실로 향했다. 족제비의 발 치료가 끝나자마자 이웃 농장에 사는 수탉이 목이 아프다며 박사를 찾아왔다. 수탉은 목이 너무 많이 부어서 힘없는 소리로 울었더니 아침에 농장 식구들이 아무도 일어나지 않았다고 하소연했다. 또 꿩 두 마리가 태어난 후 제대로 먹지 못해 뼈만 앙상하게 남은 새끼를 박사에게 데려오기도 했다.

퍼들비 주민들은 박사가 돌아온 사실을 아직 몰랐지만 동물들 사이에는 이 소식이 이미 널리 퍼져 있었다. 그날 오후 내내 박사는 환자들에게 붕대를 감아 주고 조언을 해 주며 약을 지어 주느라 정신이 없었다. 수술실 밖에서는 어마어마하게 많은 동물 환자

수탉은 힘없는 소리로 울 수밖에 없었다.

들이 참을성 있게 차례를 기다리고 있었다.

대브대브가 한숨을 내쉬었다. "아아! 예전이랑 다를 게 하나도 없어. 평화가 없다니까. 아침부터 밤까지 박사님을 만나겠다고 외쳐 대는 환자들이라니."

지프 말이 맞았다. 어둠이 내리고 밤이 되자 굉장히 쌀쌀해졌다. 지하실에는 장작이 넉넉했고 커다란 굴뚝 밑에 모두가 기다리는 불이 지펴졌다. 저녁 식사를 끝낸 동물들은 불가에 둘러앉아 박사에게 이야기를 들려주거나 책의 한 부분을 읽어 달라고 보챘다.

박사가 말했다. "그런데 말이야. 서커스는 어쩌지? 뱃사람한테 빚진 걸 갚으려면 돈을 벌어야 하잖아. 서커스에 대해 생각해 보자. 아직 같이 공연할 서커스단도 찾지 못했어. 어디서부터 시작하는 게 가장 좋을지 모르겠구나. 알겠지만 서커스단은 세상 곳곳을 돌아다닌단다. 누구한테 물어보지?"

"쉬잇!" 투투가 말했다. "저거 현관문 초인종 소리 아니에요?"

"이상하군!" 박사가 의자에서 일어나며 말했다. "이 시간에 무슨 손님이지?"

"류머티즘으로 고생하는 할머니일 거야. 아마 옥슨소롭의 의사가 꽤 훌륭하다는 걸 모르시나 봐." 박사가 복도로 걸어 나갈 때 흰쥐가 말했다.

존 둘리틀 박사가 복도에서 촛불을 켠 다음 현관문을 열었다. 문턱 앞에 서 있는 사람은 바로 동물 먹이 장수였다.

"아니, 매슈 머그 씨 아니에요? 들어오세요, 매슈. 그런데 내가 여기 있는지 어떻게 알았죠?"

"내가 바로 매슈 머그 아니겠소! 직감으로 알았지요." 매슈가 복도에 들어서며 말했다. "오늘 아침에 아내에게 말했디오. '시오도시아, 왠지 박사가 돌아왔을 것 같아. 오늘 밤 박사 집에 가 봐야겠어.'"

"만나서 반가워요. 따뜻한 부엌으로 갑시다." 박사가 말했다.

동물 먹이 장수는 박사가 돌아왔는지 보려고 들렀다고 말했지만 선물까지 가져왔다. 지프에게 줄 양 뼈와 흰쥐에게 먹일 치즈 한 조각, 거브거브에게 줄 순무, 박사를 위한 제라늄 화분이었다. 손님이 불 앞에 있는 안락의자에 편안하게 앉자 존 둘리틀 박사는 벽난로 선반에 있는 담배 단지를 건네며 담뱃대를 채우라고 말했다.

매슈가 말했다. "참새에 관한 당신 편지를 받았어요. 그 참새가 당신을 좋아했나 봐요."

"네, 나에게 큰 도움을 줬어요. 데번 해안을 떠날 때 배를 떠났죠. 런던으로 돌아가고 싶어 했거든요."

"집에 오랫동안 머무를 건가요?"

박사가 말했다. "글쎄요. 사실 몇 달 동안 여기서 시간을 보내는 것만큼 좋은 게 없지요. 정원도 제대로 가꾸고 싶고요. 엉망진창이 됐거든요. 하지만 불행하게도 먼저 돈을 벌어야 해요."

매슈가 담뱃대를 빨면서 말했다. "사실, 사는 동안 내내 돈을 벌려고 노력했소만 뜻대로 되지 않더군요. 모아 둔 돈이 25실링 있어요. 박사에게 도움이 된다면…"

"아니, 매슈 머그 씨 아니에요?"

“매슈, 참 친절하군요. 하지만 난 큰돈이 필요해요. 빚을 갚아야 하거든요. 내 말 좀 들어 봐요. 나에게 아주 신기한 동물이 한 마리 있어요. 푸시미풀류라고 하지요. 머리가 둘 달린 동물이에요. 아프리카에서 유행병에 걸린 원숭이들을 치료해 준 적이 있는데 그 원숭이들이 선물로 줬지요. 녀석들이 나보고 푸시미풀류와 함께 서커스단에 들어가 여행을 다니면서 공연을 하라고 하더군요. 그 녀석을 한번 볼래요?”

“그럼요. 굉장히 색다를 것 같군요.”

“지금 정원에 있어요. 녀석을 똑바로 쳐다보지는 마세요. 시선을 받는 데 익숙하지 않거든요. 굉장히 쑥스러워해요. 물을 한 동이 가져가서 물을 주는 척합시다.”

박사와 함께 부엌으로 되돌아온 매슈의 얼굴에는 웃음이 가득했다. 신이 난 표정이었다.

“오! 존 둘리틀 박사, 사업은 보나마나 성공할 거예요. 태초 이래 저렇게 생긴 동물은 아예 없었거든요. 그리고 아무튼, 난 언제나 당신이 서커스 사업을 해야 한다고 생각해 왔소. 동물과 말이 통하는 유일한 사람이니까. 언제 시작할 건가요?”

“바로 그 점이 중요해요. 아마 당신이 내게 도움을 줄 수 있을 것 같은데요. 난 좋은 서커스단과 함께 공연을 하고 싶어요. 이해하겠지요.”

매슈 머그는 몸을 앞으로 굽히더니 파이프 손잡이로 박사의 무릎을 툭툭 쳤다.

"무슨 말인지 알겠소. 지금 그림블던 너머에 가장 멋진 서커스단이 와 있어요. 이번 주에 그림블던 축제가 열리는데 서커스단이 토요일까지 거기 있을 거요. 나와 시오도시아는 그 서커스단이 방문한 첫째 날 공연을 봤어요. 규모가 큰 서커스단은 아니지만 실력이 훌륭해요. 내일 나와 함께 가서 서커스단 단장과 얘기를 해보면 어떻겠소?"

박사가 말했다. "멋진 생각이에요. 하지만 당분간은 이 계획을 비밀로 했으면 해요. 공연에 푸시미풀류가 실제로 등장할 때까지는 녀석의 존재를 비밀에 부쳐야 해요."

2장

박사, 친구와 여동생을 만나다

매슈 머그는 특이한 사람이었다. 새로운 일거리를 찾아 나서는 걸 좋아했다. 아마도 큰돈을 벌어 본 적이 없었기 때문일 것이다. 하지만 매슈의 새로운 도전은 결국 퍼들비에서 동물 먹이를 팔고 농부와 방앗간 주인을 위해 쥐를 잡아 주는 일로 되돌아오는 걸로 끝을 맺었다.

매슈는 그림블던 축제에 갔을 때 이미 서커스단에서 일을 해 보려고 애를 썼지만 거절당하고 말았다. 하지만 푸시미풀류라는 멋진 구경거리를 내세워 서커스 일을 할 거라는 박사의 계획을 알게 되자 다시 희망에 부풀었다. 그리고 그날 밤 집에 돌아왔을 때 매슈는 이미 좋아하는 박사와 동업으로 지상 최대의 서커스단을 운영하는 자신의 모습을 마음속에 그리고 있었다.

다음 날 일찍 매슈는 박사의 집에 들러 대브대브가 점심으로 먹으라며 싸 준 정어리 샌드위치를 받아 들고 박사와 함께 길을 나섰다.

퍼들비부터 그림블던까지는 먼 길이었다. 박사와 동물 먹이 장수가 길을 따라 터벅터벅 걷고 있을 때 뒤에서 말발굽 소리가 들렸다. 몸을 돌려 보니 농부 한 명이 마차를 타고 이들 쪽으로 오고 있었다. 길에서 나그네들을 본 농부는 마차에 태워 주겠다고 말했다. 하지만 농부의 아내가 동물 먹이 장수의 다 해진 옷차림이 마음에 안 든다며 마차를 세우지 못하게 했다.

마차가 옆을 지나치자 동물 먹이 장수가 말했다. "교회 다니는 사람이 저래도 된다고 생각해요? 자기들은 편하게 앉아 가면서 우리는 걸어가게 두다니! 저 자는 이시도어 스타일스예요. 이 지역에서 제일 큰 감자 농장을 하지요. 내가 자주 쥐를 잡아 주거든요. 저 자의 처는 거만하기 짝이 없는 허풍쟁이라니까! 나를 쳐다보는 그 여자 표정 봤어요? 쥐잡이하고는 같이 못 앉겠다 이거지."

"근데 보세요. 마차가 서더니 이쪽으로 방향을 트는 걸요." 박사가 말했다.

사실 이 농부의 말은 박사의 얼굴과 평판을 익히 알고 있었다. 그리고 터벅터벅 길을 갈 때 옆으로 지나가는 이 작은 남자가 다름 아닌 그 유명한 존 둘리틀 박사라는 걸 알았던 것이다. 말은 자신의 친구가 이쪽으로 오는 걸 보고 기쁜 나머지 마부가 고삐를 당기는데도 스스로 마차를 돌려 반대쪽으로 걸어갔다. 말은 반갑다며 인사를 하고는 박사의 안부를 물었다.

"어디 가세요?"

"그림블던 축제에 가는 길이란다." 박사가 말했다.

"우리도 마침 그리로 가는 길이에요, 박사님. 마차 뒤 노부인의 옆자리에 앉으세요." 말이 말했다.

"나에게 태워 주겠다고 하지 않았는걸. 농부가 그림블던 쪽으로 너를 다시 돌리려고 하는구나. 농부를 화나게 하지 않는 게 좋겠어. 얼른 가렴. 나한테 신경 쓰지 말고. 우리는 괜찮을 거야."

말은 전혀 내키지 않았지만 결국 마부가 시키는 대로 방향을 돌려 다시 축제를 향해 가기 시작했다. 하지만 1킬로미터도 채 가기 전에 혼잣말을 했다. "이 촌뜨기들도 마차를 타는 마당에 저렇게 훌륭한 박사님이 걸어가다니 남부끄럽기 짝이 없어. 절대로 박사님을 내버려두고 가지 않을 거야."

말은 길에 있는 무언가를 보고 뒷걸음치는 척하더니 별안간 마차를 돌리고는 박사를 향해 전속력으로 달려갔다. 농부의 아내는 비명을 질렀고 농부는 온 힘을 다해 고삐를 당겼다. 하지만 말은 들은 척도 하지 않았다. 박사 앞에 다다른 말은 야생 망아지마냥 앞발을 들어 올리더니 날뛰기 시작했다.

말이 속삭였다. "박사님, 마차에 타세요. 얼른 타지 않으면 이 멍청이들을 도랑에 처박아 버릴 거예요."

사고가 날까 봐 겁이 난 박사가 얼른 말 굴레를 잡고 코를 쓰다

박사는 말 굴레를 잡았다.

듬었다. 그 즉시 말은 순한 양처럼 온순해졌다.

“선생 말은 다루기가 조금 힘들군요. 잠시 제가 고삐를 잡을까요? 저는 수의사랍니다.” 박사가 농부에게 말했다.

“물론이지요. 말을 잘 다룰 수 있다고 생각했는데, 오늘 아침에는 이 녀석을 어떻게 할 수가 없군요.”

마차에 올라탄 박사가 고삐를 잡았고 동물 먹이 장수는 뒷자리에 올라타더니 빙그레 웃으며 화가 난 농부 아내 옆에 앉았다.

매슈가 말했다. “날씨가 참 좋네요, 스타일스 부인. 요새는 헛간에서 쥐가 나오지 않나요?”

오전 중에 그림블던에 도착했다. 마을은 사람들로 북적거렸고 번잡했다. 그야말로 잔칫날 분위기였다. 튼튼한 소와 훌륭한 돼지들, 살찐 양, 갈기에 리본을 매단 순종 말들이 가축 시장 우리에 가득했다.

박사와 매슈는 거리를 가득 메운 인파를 끈기 있게 헤치고 나가서 서커스장에 도착했다. 박사는 서커스단에 들어가려면 입장료를 내라고 할까 봐 걱정이 되기 시작했다. 주머니에 동전 한 닢 없었기 때문이다. 서커스단 입구에서 뒤에 막이 쳐진 높은 무대가 설치돼 있는 게 보였다. 규모가 작은 야외극장 같았다. 무대에는 까만색 콧수염을 기른 거구의 남자가 서 있었다. 이따금 화려한 옷차림을 한 다양한 사람들이 막을 통해서 무대에 등장했다. 그러면 그 거구의 남자가 놀라서 입을 멍하니 벌리고 있는 군중에게 이들이 누구인지, 어떤 놀라운 묘기를 보여 줄지 소개했다. 이 남자는 광대든, 곡예사든, 아니면 뱀을 부리는 사람이든, 무대에 등장하는 사람이면 누구든지 이 세상에서 최고라고 말했다. 관객들은 대단히 깊은 인상을 받았다. 군중을 헤치고 온 사람들이 한 명씩 혹은 두 명씩 작은 문 앞에서 입장료를 내고 서커스가 열리는 곳으로 들어갔다.

동물 먹이 장수가 박사의 귀에 대고 속삭였다. "저기 있군. 멋진 쇼라고 했잖소? 봐요. 수백 명이 들어가고 있어요."

"저 거구가 단장인가요?" 박사가 물었다.

"맞아요. 그 사람이에요. 블로섬이죠. 알렉산더 블로섬. 우리가 만날 사람이에요."

박사가 몸을 비틀며 사람들 사이로 뚫고 나가기 시작했다. 매슈가 그 뒤를 쫓아갔다. 마침내 앞쪽에 다다른 박사가 무대에 있는 큰 몸집의 남자에게 얘기를 하고 싶다는 신호를 보내기 시작했다. 하지만 블로섬 씨는 우렁찬 목소리로 공연에서 보여 줄 묘기를 설명하느라 너무 바빴기 때문에 많은 관객 속에 묻힌 몸집이 작은 박사가 그의 주의를 끌기는 매우 힘들었다.

"무대로 올라가요. 올라가서 얘기해 봐요." 매슈가 말했다.

그러자 박사는 무대 한쪽 구석으로 올라갔는데 갑자기 수많은 사람들 앞에 서게 되자 굉장히 당황했다. 하지만 올라간 김에 용기를 내서 소리를 지르고 있는 단장의 어깨를 툭툭 치면서 말했다.

"실례합니다만."

블로섬 씨는 '이 세상에서 가장 훌륭한 공연'에 대해 큰 소리로 설명하다가 멈추고 별안간 자신의 옆에 등장한 작달막한 남자를 내려다보았다.

"어…어…" 박사가 말을 끼내려고 했다.

그러고는 침묵이 흘렀다. 사람들이 킥킥거리기 시작했다.

공연 진행자가 대부분 그렇듯이 블로섬 씨는 말문이 막히는 경우도, 다른 사람을 희생시켜서라도 웃길 수 있는 기회를 놓치는 법도 없었다. 존 둘리틀 박사가 어떻게 말을 시작해야 할지 여전히 망설이는 동안 단장은 대뜸 관중들을 향해 다시 몸을 돌리더니 박사 쪽으로 팔을 흔들면서 외쳤다.

"신사 숙녀 여러분, 여기 원조 험프티 덤프티(영국의 동요 모음집 『마더 구스』에 등장하는 알 모양의 땅딸막한 사람—옮긴이)가 있습니다. 왕의 신하들을 곤경에 빠뜨린 장본인이죠. 자, 돈을 내고 들어오세요! 들어와서 험프티 덤프티가 담장에서 떨어지는 모습을 구경하세요!"

그 얘기를 들은 사람들이 웃음보를 터뜨렸고 불쌍한 박사는 그 어느 때보다 더 당황했다.

"그 남자한테 말을 해요, 말을 하라니까!" 밑에서 동물 먹이 장수가 외쳤다.

곧 웃음이 잦아들자 박사가 다시 말을 해 보기로 했다. 막 말을 하려는데 사람들 사이에서 외마디 외침이 들렸다. "오빠!"

박사는 누가 자기를 부르는지 보려고 사람들 얼굴을 훑어보았다. 그러자 인파 가장자리에 초록색 양산을 든 여자 한 명이 맹렬

하게 팔을 흔들고 있는 게 보였다.

“누구예요?” 동물 먹이 장수가 물었다.

“맙소사!” 박사가 새빨개진 얼굴로 무대를 내려오며 신음소리를 냈다. “매슈, 이제 어쩌지요? 세라예요.”

3장

서커스 사업

마침내 세라에게 다가간 존 둘리틀 박사가 말했다. "오, 세라! 살이 오른 게 좋아 보이는구나!"

세라가 정색을 하며 말했다. "당치도 않아요, 오빠. 그런데 저 무대에 올라가서 광대처럼 이리저리 왔다 갔다 하던데 뭘 한 거예요? 쥐랑 개구리, 다른 동물들 때문에 그 좋은 일도 때려치우더니 그것도 모자랐어요? 오빤 자존심도 없어요? 거기서 뭘 하는 거예요?"

"서커스 사업을 해 볼까 생각하고 있었지." 박사가 말했다.

세라가 한숨을 내쉬더니 마치 기절할 것처럼 머리에 손을 얹었다. 그때 그녀 뒤에 서 있던 남자가 팔로 그녀를 잡았다. 그는 호리

호리한 몸매에 키가 컸고 목사 옷을 입고 있었다.

"여보, 무슨 일이에요?" 그 남자가 말했다.

세라가 힘없는 목소리로 말했다. "론실롯, 이 사람은 제 오빠 존 둘리틀이에요. 오빠, 이 사람은 제 남편 론실롯 딩글 목사예요. 그림블던 교구 목사랍니다. 그런데 오빠, 진심은 아니겠죠? 서커스를 하겠다니요! 정말 남부끄럽다니까! 설마 농담이죠? 근데 이 사람은 누구예요?" 매슈 머그가 느릿느릿 나타나서 이들과 합류하자 세라가 덧붙였다.

박사가 말했다. "매슈 머그 씨란다. 물론 기억하겠지?"

"으엑! 쥐잡이 아니에요?" 세라가 공포에 질려 눈을 감으며 말했다.

"전혀 그렇지 않아. 매슈는 고기를 판단다. 매슈, 론실롯 딩글 목사님이에요." 박사는 낡고 기름에 전 옷을 입은 친구를 마치 왕이라도 되는 양 소개했다. "매슈는 나에게 가장 중요한 환자란다." 박사가 덧붙였다.

세라가 말했다. "그런데, 오빠. 만약 그 정신 나간 사업을 시작할 거면 다른 이름으로 하겠다고 약속하세요. 교구 목사 처남이 흥행사라는 게 알려지기라도 하면 우리 체면이 어떨지 생각 좀 해 보라고요."

박사는 잠시 생각하더니 빙그레 웃었다.

"알겠다, 세라. 다른 이름을 사용하마. 그런데 누군가가 나를 알아본다면 그건 내가 어쩔 수 없을 것 같은데. 그렇지 않니?"

박사와 매슈는 세라에게 작별 인사를 한 후 다시 단장을 찾아 나섰다. 그들은 입구에서 돈을 세고 있는 단장을 발견했는데 이번에는 그에게 쉽게 말을 걸 수 있었다.

존 둘리틀 박사는 자신이 집에 데리고 있는 신기한 동물에 대해 설명하고는 단장과 함께 서커스 사업을 하고 싶다고 말했다. 알렉산더 블로섬 씨는 그 동물을 보고 싶다며 이리로 데려오라고 박사에게 말했다. 하지만 박사는 단장이 퍼들비로 와서 녀석을 보는 게 더 수월할 것 같다고 말했다.

단장이 그렇게 하기로 했다. 박사와 매슈는 블로섬 씨에게 옥슨소롭에 있는 작은 집을 찾아오는 길을 설명한 다음 지금까지 일이 잘 풀린 것에 매우 기뻐하며 다시 집을 향해 출발했다.

매슈는 정어리 샌드위치를 오물오물 씹으며 길을 따라 터벅터벅 걸으면서 물었다. "블로섬 씨와 서커스를 같이 하게 된다면 나도 함께 다니는 게 어떨까요? 캐러밴은 나한테 맡겨요. 말에게 먹이를 주고 청소도 할 수 있거든요. 도움이 많이 될 거예요."

"같이 간다면 대환영이지요, 매슈. 하지만 지금 하는 일은 어쩌고요?" 박사가 물었다.

매슈는 샌드위치를 한 입 더 베어 물며 말했다. "지금 하는 일은 전혀 돈이 안 돼요. 게다가 이미 배가 잔뜩 부른 푸들에게 꼬챙이에 끼운 고기를 주는 건 지루하기 짝이 없죠. 전혀 어…어…뭐라고 하더라…(매슈는 하늘을 향해 샌드위치를 흔들었다.) 긴장감이 없다고나 할까요. 난 천성적으로 모험을 즐기지요. 태어났을 때부터

매슈는 하늘을 향해 샌드위치를 흔들었다.

무모했달까. 서커스라… 서커스야말로 진짜 인생 아니겠소! 남자가 할 일이지요."

"하지만 당신 부인도 좋아할까요?" 박사가 물었다.

"시오도시아 말이에요? 아, 같이 갈 거예요. 나처럼 모험을 좋아하거든요. 옷을 고치는 일이나 다른 잡다한 일을 할 수 있을 거요. 무슨 생각해요?"

걸으면서 길을 응시하던 박사가 말했다. "무슨 생각하냐고요? 세라를 생각하고 있었어요."

"세라랑 결혼한 그 남자 말이에요, 좀 이상하지 않소? 댕글 목사라고 했던가요?" 매슈가 말했다.

박사가 바로잡았다. "딩글이에요. 그래요. 그 사람 또한 무모한 사람이지요. 우스운 세상이에요. 불쌍한 세라, 가엾은 딩글 목사! 흐음."

그림블던 축제가 끝난 후 그날 밤 늦게 서커스 단장 블로섬 씨가 퍼들비에 있는 박사의 집에 찾아왔다.

블로섬 씨는 손전등을 비춰 가며 잔디밭에서 풀을 뜯고 있는 푸시미풀류를 본 후 박사와 함께 서재에 돌아와서 말했다.

"저 녀석을 얼마에 파시겠소?"

"당치도 않아요. 저 녀석은 팔지 않아요." 박사가 말했다.

단장이 말했다. "이보세요. 당신한테 저 녀석은 필요 없잖소. 당신이 흥행사가 아니라는 건 누구나 알아요. 20파운드를 내겠소."

"안 됩니다." 박사가 말했다.

"30파운드로 합시다." 블로섬 씨가 말했다.

박사는 여전히 거절했다.

"40파운드. 50파운드." 단장이 말했다. 그는 계속해서 가격을 올렸고 이를 듣고 있던 동물 먹이 장수는 놀라서 눈이 휘둥그레졌다.

마침내 박사가 말했다. "소용없어요. 이 녀석을 나와 함께 당신 서커스단에 합류시키든지 아니면 이곳에 그냥 두든지 둘 중 하나를 선택해야 해요. 난 이 녀석을 제대로 대우해 주기로 약속했거든요."

단장이 물었다. "무슨 말이죠? 저 동물이 당신 소유가 아닌가요? 누구와 약속을 했다는 거요?"

박사가 말했다. "저 녀석은 어느 누구의 소유도 아니에요. 나를 따라 여기에 왔고 난 저 녀석과 약속을 했지요."

"뭐라고? 당신 미쳤소?" 단장이 물었다.

매슈 머그는 블로섬 씨에게 박사가 동물과 말이 통한다는 사실을 설명하려고 했다. 하지만 존 둘리틀 박사는 그에게 가만히 있으라는 신호를 보냈다.

박사가 계속 말했다. "그러니 나와 저 녀석을 함께 데려가든지, 아니면 둘 다 포기하든지 선택해야 합니다."

블로섬 씨는 박사의 제안을 거절했다. 그리고 매슈에게 큰 실망과 슬픔을 안겨 준 채 모자를 집어 들고 떠나 버렸다.

사실 단장은 박사가 마음을 바꿔 자신의 제안에 응할 거라고 예상했었다. 결국 그는 채 10분이 지나기도 전에 박사의 집 초인종

"서커스 만세!"

을 눌렀고 다시 집에 들어와서 얘기를 꺼낼 수밖에 없었다.

마침내 단장은 박사가 요구한 모든 걸 들어주기로 했다. 푸시미풀류와 박사 일행에게 새 마차를 제공하기로 했고 서커스 공연을 하러 여행을 다닐 때에도 박사 일행이 전적으로 자유롭고 독립적으로 이동할 수 있도록 했다. 번 돈은 박사와 단장이 똑같이 나누기로 했다. 푸시미풀류가 하루 종일 쉬고 싶으면 언제라도 쉴 수 있도록 했으며 녀석이 원하는 먹이는 무엇이든 주기로 했다.

모든 협의가 마무리되자 단장은 다음 날 이곳으로 마차를 보내겠다고 말하고는 떠날 채비를 했다.

"그런데…" 단장이 현관문 앞에 멈춰 서더니 말했다. "당신 이름이 뭐지요?"

박사는 대답을 하려다가 문득 세라의 요구를 떠올렸다.

"아, 존 스미스라고 부르면 됩니다." 박사가 말했다.

"알겠소, 스미스 씨. 내일 아침 11시까지 떠날 준비를 하시오. 그럼 안녕히 계시오."

"안녕히 가십시오." 박사가 말했다.

문이 닫히자마자 집 구석구석에 숨어서 대화를 엿듣고 있던 대브대브과 거브거브, 지프, 투투와 흰쥐가 모두 복도로 몰려나오더니 목소리를 높여 수다를 떨기 시작했다.

거브거브가 꿀꿀거렸다. "만세! 서커스 만세!"

매슈가 박사에게 말다. "세상에! 당신은 무능한 장사꾼이 아니었어요. 블로섬 씨가 모든 조건을 받아들이게 하다니. 그 양반이 기회를 놓칠 수 없었겠지요. 거래가 깨지고 나서 그 사람이 얼마나 빨리 되돌아온 줄 알아요? 우리와 같이 다니면 큰돈을 벌 수 있을 거라고 확신한 게 분명해요."

대브대브가 정답게 모자걸이에 묻은 먼지를 털어 내며 말했다.

"딱한 우리 집 같으니… 이렇게 빨리 다시 떠나게 되다니…"

거브거브는 뒷발로 서서 박사의 모자를 코 끝에 세우고 소리쳤다. "만세! 서커스 만세! 내일이야! 와아!"

4장

정체가 탄로 난 박사

다음 날 이른 아침 대브대브가 온 식구를 깨웠다. 녀석은 11시까지 출발 준비를 마치려면 7시가 되기 전에 아침 식사를 마치고 식탁도 다 치워야 한다고 말했다.

사실 이 부지런한 살림꾼은 캐러밴이 도착하기 몇 시간 전에 이미 문단속을 끝낸 다음 모두 정문 계단에서 기다리도록 한 거였다. 하지만 한 사람, 박사는 여전히 바빴다. 떠나는 마지막 순간까지 온 동네에서 갖가지 병을 앓고 있는 동물 환자들이 치료를 받으려고 찾아왔기 때문이다.

밖을 살피던 지프가 마침내 정원에 모여 있던 식구들에게 허겁지겁 달려왔다.

"캐러밴이 오고 있어. 외관이 온통 알록달록해. 이제 거의 다 왔어." 지프가 숨을 헐떡거렸다.

그러자 모두가 신이 나서 자신의 짐 꾸러미를 들었다. 거브거브의 짐은 순무 한 다발이었는데 도로로 이어진 계단을 서둘러 내려가는 도중에 줄이 끊어지는 바람에 하얀 야채가 사방팔방으로 굴러떨어졌다.

마침내 시야에 들어온 캐러밴은 정말 아름다웠다. 그 모습이 마치 창과 문, 굴뚝이 달린 집시 캐러밴 같았다. 외관이 아주 화사한 색 페인트로 칠해져 있었으며 꽤 새것이었다.

하지만 마차를 끄는 말은 전혀 달랐다. 아주 늙은 말이었다. 박사는 이렇게 쇠약하고 지친 동물은 처음 본다고 말했다. 박사는 말과 나눈 이야기를 통해 그 말이 서커스단에서 35년간 일했다는 걸 알게 된 후 몸서리를 쳤다. 말 이름은 베포였다. 박사는 베포가 이제 일을 그만두고 평화롭게 살도록 해야 한다고 단장에게 건의하기로 결심했다.

캐러밴이 새것이었는데도 대브대브는 짐을 넣기 전에 안을 깨끗이 쓸었다. 그리고 박사가 덮을 이불을 마치 세탁할 옷 꾸러미처럼 보자기로 잘 싸서 묶었다. 이불이 때가 타지 않도록 세심하게 신경 썼다.

짐을 싣고 동물들도 다 타고 나자 박사는 늙은 말이 끌기에 짐이 너무 많다며 몹시 걱정했다. 그는 뒤에서 마차를 밀어 말을 도우려고 했다. 하지만 베포는 자신이 알아서 할 수 있다고 말했다.

동물들은 정문 앞 계단에서 기다렸다.

박사는 무게가 더 나갈까 봐 마차를 타려고 하지 않았다. 이윽고 캐러밴 문이 닫혔고 가는 길에 푸시미풀류가 눈에 띄지 않도록 창문 커튼을 친 다음 미부 한 명과 함께 모두 그림블던을 향해 출발했다. 동물 먹이 장수와 박사는 뒤에서 걸어갔다.

퍼들비 시장을 지나갈 때 마부가 필요한 게 있다며 가게에 들렀다. 캐러밴이 밖에서 기다리는 동안 많은 사람들이 주위로 몰려들었다. 이들은 캐러밴이 어디로 가는지, 안에 뭐가 있는지 궁금해했다. 매슈 머그는 뿌듯함에 가슴이 부풀어 올랐고 사람들에게 얘기하고 싶어 죽을 지경이었지만 박사가 한마디도 꺼내지 못하게 했다.

오후 2시경 그림블던 축제가 열리는 곳에 도착한 이들은 뒷문을 통해 서커스장으로 들어갔다. 안에는 블로섬 씨가 이들을 환영하기 위해 기다리고 있었다.

캐러밴 문이 열리자 블로섬 씨는 박사가 데리고 온 신기한 동물들을 보고 아주 놀란 듯했다. 특히 돼지를 보고는 기겁을 했지만 푸시미풀류를 보자 너무 기쁜 나머지 개의치 않았다.

블로섬 씨가 박사 일행을 그들이 서게 될 무대로 안내했다. 그들을 위해 아침에 설치한 무대라고 했다. 박사는 이곳이 자신이 블로섬 씨에게 처음 말을 붙인 곳과 비슷하다고 생각했다. 그곳은 땅바닥에서 1미터 정도 높게 지어져 있었는데 그 위에 널빤지와 캔버스 천으로 만든 방이 보였다. 한쪽에 무대에 오를 수 있는 계단이 있었고 무대 앞 끝에서 약간 뒤쪽에 방 입구를 막아 놓은 커튼이 있어서 돈을 내고 들어가지 않으면 안을 볼 수 없었다.

무대 앞에는 간판이 있었다.

푸시미풀류!

아프리카 정글에서 온

머리가 둘 달린 신기한 동물을

보러 오세요!

입장료 6펜스

푸시미풀류를 제외한 박사 식구들이 살게 될 빨간색과 노란색으로 칠한 캐러밴은 무대 뒤에 세워 놓았다. 대브대브가 곧바로 안에 잠자리를 펴자 캐러밴은 집처럼 아늑해졌다.

블로섬 씨는 푸시미풀류를 당장 공연에 올리길 바랐지만 박사는 그 요청을 거절했다. 그는 어느 야생 동물이든 퍼들비에서 이곳까지 여행을 한 후에는 휴식이 필요하다고 말했다. 또한 행락인파의 주목을 받기 전에 이 소심한 동물이 서커스장 내 시끄러운 소음에 익숙해지기를 바랐다

블로섬 씨는 실망했지만 받아들일 수밖에 없었다. 그는 박사에게 서커스단을 구경시켜 주면서 여러 서커스 단원들에게 박사를 소개해 주겠다고 제안했다. 이 소식에 동물들 모두가 기뻐했다. 박사는 푸시미풀류를 무대 안에 마련된 새 보금자리로 옮긴 다음 녀석에게 건초와 물, 잠자리가 제공되는 것을 지켜보았다. 이어서

퍼들비에서 온 일행은 서커스단 단장인 알렉산더 블로섬 씨의 안내를 받아 서커스단 구경에 나섰다.

본 공연은 서커스장 중앙에 있는 커나란 천막 안에서 하루에 딱 두 번(오후 2시와 6시 30분) 열렸다. 커다란 천막 주변에는 좀 더 작은 천막과 무대가 있었는데 이곳에 들어가려면 추가로 입장료를 내야 했다. 이 작은 천막들 중 한 곳에 박사가 공연을 선보일 무대가 세워졌다. 서커스장은 온갖 신기한 것으로 가득 차 있었다. 사격 연습장과 단어 맞히기 게임을 할 수 있는 곳, 보르네오 섬에서 온 원주민들과 수염 기른 여자들, 회전목마, 차력사와 뱀 부리는 사람들, 야생 동물들 등 끝이 없었다.

블로섬 씨는 먼저 박사 일행을 야생 동물이 모여 있는 우리로 안내했다. 그곳은 지저분한 삼류 수집품을 모아 놓은 곳 같았다. 대부분의 동물들이 불결했고 기분이 좋지 않아 보였다. 박사는 너무 슬픈 나머지 블로섬 씨와 말다툼을 할 뻔했다. 그때 동물 먹이 장수가 박사의 귀에 속삭였다.

"지금 당장 문제를 일으키지 말아요. 조금 기다려 봅시다. 동물들과 같이 하는 당신의 공연이 얼마나 대단한지 이 양반이 알게 되면 당신이 원하는 대로 할 수 있을 거예요. 지금 소동을 일으키면 우리는 일을 못 하게 될 수도 있어요. 그럼 당신이 하고 싶은 일을 하나도 할 수 없을 테죠."

존 둘리틀 박사는 적절한 충고라고 생각했다. 박사는 우리에 있는 동물들에게 철창 사이로 훗날 뭔가 해줄 수 있으면 좋겠다고 속삭이는 걸로 일단 만족해야 했다.

박사 일행이 우리 안에 들어갔을 때 꾀죄죄한 남자 한 명이 시골 사람들에게 동물들을 구경시켜 주고 있었다. 그 남자는 털이 북실북실한 동물이 갇혀 있는 우리 앞에 멈추더니 큰 소리로 말했다.

"자, 신사 숙녀 여러분, 이놈이 바로 파타고니아 삼림지대에서 온 그 유명한 후리구리랍니다. 꼬리로 나무에 매달려 있지요. 다음 우리로 가 볼까요."

거브거브의 앞에 가던 박사님이 '그 유명한 후리구리' 앞에 서서 안을 들여다보았다.

박사가 말했다. "세상에, 저 녀석은 미국에서 온 흔해 빠진 주머니쥐일 뿐인데. 캥거루와 같은 유대목 동물이란다."

거브거브가 물었다. "저 녀석이 유대목인지 어떻게 알아요? 힘이라곤 하나도 없어 보이는데. 아마 유졸개일 거예요."

그 꾀죄죄한 남자가 다음 우리 앞에 서서 소리를 질렀다. "그리고 이놈은 포획된 코끼리 중 가장 큰 코끼리지요."

"내가 본 것 중에 제일 작은 축에 속하는걸." 박사가 중얼거렸다.

블로섬 씨는 뱀을 부리는 프린세스 파티마의 공연장으로 가자고 말했다. 그가 꽉 막혀서 지독한 냄새가 나는 우리에서 탁 트인 밖으로 무리를 인도했다. 박사는 얼굴을 찡그린 채 못마땅한 표정으로 고개를 숙이고 길게 늘어선 우리 옆을 지나갔다. 훌륭한 존 둘리틀 박사를 알아본 여러 동물이 걸음을 멈추고 얘기 좀 하자며 박사에게 신호를 보냈기 때문이다.

"유대목 동물이란다."

뱀을 부리는 사람의 천막 안에 박사 일행 말고 다른 손님은 없었다. 그들은 작은 무대에서 프린세스 파티마가 자신의 큰 코에 분을 바르며 런던 말씨로 뭔가를 맹세하는 걸 지켜보았다. 그녀의 의자 옆에는 뱀으로 가득 찬 크고 납작한 상자가 있었다. 그 상자를 몰래 들여다본 매슈 머그는 겁에 질려 천막을 빠져나가려고 했다.

"매슈, 괜찮아요. 놀라지 말아요. 저 녀석들은 사람을 해치지 않으니까."

"사람을 해치지 않는다고? 무슨 말이에요? 이 녀석들은 인도에서 온 킹코브라예요. 살아 있는 것 중에서 가장 치명적인 뱀이지." 프린세스 파티마가 박사를 쏘아보며 코웃음을 쳤다.

박사가 말했다. "전혀 그렇지 않아요. 저 녀석들은 독성이 없는 미국검정뱀이지요." 그러고는 뱀의 턱 아래를 간질였다.

파티마가 의자를 박차고 일어나며 고함을 질렀다. "뱀을 그냥 놔두지 못해요? 아니면 당신 머리를 날려 버릴 테니까."

그때 블로섬 씨가 끼어들더니 스미스 씨에게 식식거리는 프린세스 파티마를 소개했다.

이들의 대화(파티마는 대화를 하기에는 여전히 너무 화가 난 상태였다.)는 뱀을 부리는 사람의 공연을 보러 온 사람들로 인해 중단되었다. 블로섬 씨가 박사님 일행을 구석으로 데려가더니 속삭였다.

"파티마는 정말 놀랍지요. 스미스 씨. 이곳 서커스단에서 열리는 공연 중에 거의 최고예요. 한번 보세요."

장막 뒤에서 누군가가 북과 피리를 연주하기 시작했다. 그러자 파티마는 뱀 두 마리를 상자에서 꺼내 들더니 자신의 몸과 팔에 감았다.

"저…신사, 저…숙녀 여리분, 가까이 오세요. 자… 들 더 잘 볼 수 있게…들!" 파티마가 관객들에게 속삭였다.

"왜 저렇게 말하는 걸까요?" 거브거브가 박사에게 속삭였다.

"쉬잇! 저 여자는 자기 말투가 동양인 같다고 생각하나 봐." 존 둘리틀 박사가 말했다.

"저한테는 뜨거운 감자가 말하는 것처럼 들리는걸요. 저 여자는 뚱뚱한 데다가 뒤뚱거리잖아요!"

박사가 공연에 그다지 흥미를 보이지 않자 서커스단 단장은 일행을 이끌고 다른 공연을 보러 갔다.

거브거브는 차력사의 공연장을 지나가다가 한창 진행 중인 '펀치와 주디' 인형극을 보게 되었다. 개 토비가 펀치 씨의 코를 콱 깨무는 장면이었다. 거브거브는 인형극에 매료되었다. 박사 일행이 아무리 잡아 끌어도 녀석은 그 자리에서 꼼짝할 줄 몰랐다. 거브거브는 이날 본 모든 서커스 중에서 인형극을 제일 마음에 들어 했다. 한순간도 인형극에서 눈을 떼지 않았으며 결국 대사를 통째로 외워 버렸다. 인형극은 항상 똑같았지만 거브거브는 결코 싫증을 내지 않았다.

다음 공연장에는 많은 관객이 모여 있었는데 차력사가 어마어마하게 무거운 걸 공중으로 들어 올리자 촌사람들이 놀라서 탄성을 질렀다. 이 공연에는 속임수가 없었다. 존 둘리틀 박사 역시 크

"뱀을 그냥 놔두지 못해요?"

게 흥미를 느끼며 같이 박수를 치고 탄성을 질렀다.

차력사는 우락부락한 근육을 가진, 정직하게 생긴 사람이었다. 박사는 곧 이 남자를 좋아하게 되었나. 그의 기술 중 하나는 무대에 누워서 발을 공중으로 쭉 뻗으며 어마어마하게 무거운 바벨을 들어 올리는 것이었다. 이 묘기에 성공하기 위해서는 힘은 물론이고 균형감각도 필요했다. 공중에서 바벨이 잘못 떨어지기라도 하면 차력사가 부상을 입기 십상이었다. 그날 차력사가 마침내 바벨을 올린 다리를 쭉 뻗고, 관객들이 탄성을 자아낼 때 별안간 뭔가가 쩍 갈라지는 소리가 들렸다. 무대를 떠받치고 있던 널빤지 한 쪽이 떨어져 나간 거였다. 그 순간 커다란 바벨이 그 남자의 가슴으로 떨어졌다.

관객들이 비명을 질렀고 블로섬 씨가 무대로 뛰어 올라갔다. 남자 두 명이 차력사의 몸 위로 떨어진 바벨을 들어 올렸다. 하지만 그 후에도 그는 일어나지 못했다. 눈을 감은 채 미동도 하지 않는 얼굴에는 죽은 듯 핏기가 하나도 없었다.

블로섬 씨가 동물 먹이 장수에게 소리쳤다. "의사를 불러요! 서둘러요! 의식이 없어요. 의사! 빨리!"

그때 이미 존 둘리틀 박사가 무대에 올라와 있었다. 단장 옆에 서서 지켜보던 박사가 다친 남자 옆에 무릎을 꿇었다.

"비켜 서세요. 제가 살펴볼게요." 박사가 조용히 말했다.

"당신이 뭘 할 수 있는데요? 이 남자는 크게 다쳤어요. 보라고요. 숨 쉬는 게 이상해요. 의사를 불러야 한다고!"

존 둘리틀 박사가 말했다. "제가 의사예요. 매슈, 캐러밴으로 달려가서 내 검정색 가방 좀 가져다줘요."

"당신이 의사라고요!" 블로섬 씨가 무릎을 세워 일어서면서 말했다. "스미스 씨라고 부르라면서요."

"그분 의사 맞아요." 관객 사이에서 목소리가 들렸다. "한때는 영국 최고 의사였어요! 내가 잘 알아요! 둘리틀이 그분 이름이지요! 습지 옆 퍼들비에 사는 존 둘리틀이랍니다!"

5장

낙담한 박사

박사는 바벨 때문에 차력사의 갈비뼈가 두 개나 부러졌다는 사실을 발견했다. 하지만 워낙 튼튼한 체질이라 환자가 금방 회복할 거라고 예견했다. 다친 남자는 자신의 캐러밴에 있는 침대로 옮겨졌다. 박사는 완쾌될 때까지 하루에 네 번씩 환자를 찾았으며 매슈가 함께 잠을 자며 그를 돌보았다.

차력사(공연에서 그는 헤라클레스라고 불렸다.)는 존 둘리틀 박사에게 매우 고마워했으며 박사를 대단히 좋아하게 되었다. 그리고 곧 알게 되겠지만 가끔 박사에게 큰 도움이 되었다.

서커스단에 합류한 첫째 날, 박사는 뱀을 부리는 파티마와는 사이가 안 좋아졌지만 차력사 헤라클레스라는 친구를 얻었다고 생각하며 잠자리에 들었다.

박사는 자신의 정체가 습지 옆 퍼들비에서 온 괴팍한 의사로 탄로 났기에 이제 더 이상 자신이 누군지 숨길 필요가 없어졌으며 곧 서커스 단원들 사이에서 '박사'로 통하게 됐다. 그리고 헤라클레스의 강력한 추천으로 여기저기 불려 다니며 수염을 기른 여자부터 광대에 이르기까지 모든 사람들의 자질구레한 병을 치료하게 되었다.

다음 날 푸시미풀류는 난생처음으로 공연에 나섰다. 녀석은 정말 인기가 많았다. 머리가 둘 달린 동물이 서커스에 등장한 적이 한 번도 없었기 때문이다. 사람들은 너도 나도 돈을 내고 녀석을 보러 몰려들었다. 처음에 녀석은 당황한 데다가 부끄러워서 죽을 지경이었다. 자신을 뚫어져라 쳐다보는 관객들의 눈과 마주치지 않으려고 한동안 한쪽 머리를 건초 아래에 숨기고 있었다. 그러자 사람들은 푸시미풀류의 머리가 두 개라는 사실을 믿으려고 하지 않았다. 박사는 녀석에게 두 머리가 모두 잘 보이도록 고개를 들면 좋겠다고 말했다.

"네가 관객들을 볼 필요는 없단다. 다만 사람들이 네 머리가 두 개라는 걸 알 수 있도록 하면 돼. 관객 쪽으로 등을 돌리고 서 있어도 괜찮아." 박사가 말했다.

그런데 일부 멍청한 관객들은 머리 두 개를 분명히 본 후에도 하나는 가짜가 틀림없다는 말을 지껄이고 다녔다. 그리고 녀석의 몸 일부가 박제일지도 모른다고 의심하며 막대로 이 불쌍하고 소심한 녀석을 쿡쿡 찌르곤 했다. 어느 날 시골 무지렁이 두 명이 똑같은 짓을 하자 짜증이 난 푸시미풀류가 두 머리를 한꺼번에 들고 발로 둘을 차 버렸다. 그제야 그들은 푸시미풀류가 진짜 살아 있는 동물이라는 걸 확실히 알게 됐다.

동물 먹이 장수가 헤라클레스를 돌보는 데 시간을 할애할 필요가 없게 되자(매슈는 그 일을 아내에게 넘겼다.) 박사는 즉시 그에게 푸시미풀류 곁을 지키며 녀석을 들볶는 바보 같은 손님이 없는지 지켜보라고 했다. 이 불쌍한 동물은 처음에는 굉장히 힘든 나날을 보냈다. 하지만 지프를 통해 자신이 얼마나 많은 돈을 벌어들이는지 알게 되자, 존 둘리틀 박사를 위해 참고 견뎌 보기로 했다. 그리고 어느 정도 시간이 지나자 인간에 대한 녀석의 평가가 바닥까지 떨어진 것과는 별개로 푸시미풀류는 탄성을 지르며 자신을 바라보는 어리석은 관중들의 얼굴에 익숙해졌으며 두 머리를 꼿꼿이 세우고는 무서울 게 없다는 듯이 거만하게, 인간들이 받아 마땅한 경멸감을 드러낸 채 사람들을 응시하게 되었다.

공연 시간 동안 박사는 무대 앞쪽에 놓인 의자에 앉아서 입장료 6펜스를 받았는데 마치 자신의 집을 방문하는 오랜 친구들을 대하듯 만면에 미소를 띤 채 서커스장에 들어오는 사람들을 맞았다. 사실 박사는 이런 식으로 류머티즘을 앓고 있는 나이 든 여인인 스콰이어 젠킨스와 퍼들비에서 온 이웃 등 오랫동안 알아 왔던 많은 친구들을 다시 만났다.

불쌍한 대브대브는 그 어느 때보다도 정신없이 바빴다. 집안일을 하는 건 물론이고 항상 박사를 주의 깊게 살펴야 했다. 대브대브는 박사에게 자주 잔소리를 해 댔다. 녀석이 보지 않을 때 박사가 아이들을 무료로 서커스장에 입장시켰기 때문이다.

하루 일과가 끝나면 서커스 단장 블로섬 씨가 돈을 나누러 왔다. 산수 담당 투투는 합산이 끝나고 나서도 항상 자리를 지켰고 박사가 제대로 돈을 받는지 확인했다.

박사는 이 새로운 일을 시작한 지 얼마 지나지 않아 푸시미풀류의 인기가 하늘을 찌르는데도 동물 식구들이 먹고살 만한 돈을 버는 건 차치하고 뱃사람에게 진 빚을 갚을 돈을 마련하는 데에도 꽤 오랜 시간이 걸릴 거라는 걸 깨달았다.

박사는 몹시 낙담했다. 서커스 사업에는 그의 마음에 들지 않는 게 많았다. 박사는 서커스단을 떠나고 싶은 마음이 간절했다. 그의 공연은 모든 게 정직하게 이루어졌지만 다른 서커스 공연에는 속임수가 많이 쓰였다. 어떤 거짓말이든 싫어하는 둘리틀 박사는 정직과는 담 쌓은 듯한 이 서커스단에 속해 있는 게 못마땅했다. 대부분의 도박은 게임을 하는 사람들이 돈을 잃도록 짜여 있었다.

박사가 가장 걱정하는 건 동물의 상태였다. 녀석들의 삶은 대부분 불만족스러워 보였다. 서커스단에 합류한 첫날 관객들이 집으로 돌아가고 서커스장이 조용해지자 박사는 동물 우리로 가서 동물들과 이야기를 나눴다. 녀석들은 대부분 불만을 터뜨렸다. 녀석들이 사는 우리는 청소를 하지 않아 지저분했다. 동물들은 운동을 하지도 못했고 편하게 지낼 만한 공간조차 없었다. 서커스단에서

투투는 항상 자리를 지켰다.

주는 먹이는 녀석들이 좋아하는 게 아니었다.

동물들에게 모든 이야기를 들은 박사는 분노한 나머지 곧바로 단장의 개인 마차를 찾아가 고쳐야 할 점을 모두 분명하게 얘기했다.

블로섬 씨는 박사의 얘기가 끝날 때까지 참을성 있게 귀를 기울이더니 웃기 시작했다.

"세상에, 당신이 말한 대로 다 하느니 이 사업을 그만두는 게 낫겠소. 파산하고 말 테니까. 말을 명예퇴직시키라고요? 후리구리는 집으로 보내고? 하루 종일 동물 우리를 청소할 사람들을 두라니요? 동물들이 좋아하는 먹이를 사라고요? 숙녀들이 다니는 학교처럼 매일 동물들이 운동을 할 수 있게 우리에서 내보내 달라고요? 어이가 없군요. 당신은 미쳤어. 이것 봐요. 당신은 이 사업에 대해 아무것도 몰라. 아무것도. 알겠어요? 난 당신이 원하는 걸 다 들어줬어요. 당신이 원하는 대로 공연을 하도록 해줬잖아요. 하지만 나머지는 내 방식대로 운영할 거요. 알겠소? 참견은 딱 질색이에요. 차력사가 아픈 것만으로도 머리가 아프단 말이오. 난 당신 말처럼 자선사업을 해서 무일푼이 될 생각은 없소. 더 이상 왈가왈부하지 마시오."

박사는 절망감을 느끼며 단장의 캐러밴에서 나와 자신의 캐러밴으로 향했다. 캐러밴에 도착하자 동물 먹이 장수가 캐러밴 계단에서 담배를 피우고 있었다. 옆에서는 늙은 말 베포가 달빛을 받으며 풀을 뜯어 먹고 있었다.

"날씨가 참 좋구만. 박사, 걱정거리가 있는 모양이군요. 뭐가 잘못됐나요?"

"그래요." 존 둘리틀 박사는 절망스러운 표정으로 매슈 옆에 앉으며 말했다. "모든 게 잘못됐시요. 동물 우리 환경을 개선하는 것에 대해 블로섬 씨와 얘기하고 오는 길이에요. 단장은 내 요구를 하나도 들어주지 않겠다는군요. 아무래도 이 서커스단을 떠나야겠어요."

매슈가 말했다. "이런, 아직 제대로 시작도 안 했잖아요. 박사, 블로섬 씨는 당신이 동물과 말이 통한다는 사실조차 몰라요. 서커스단이 꼭 나빠야 할 이유가 없어요. 당신이 서커스단을 새롭게 운영할 수 있을 거예요. 깨끗하고 정직하고 특별한 서커스단으로. 세상 모든 사람들이 와서 보는 그런 서커스단. 하지만 그러려면 먼저 돈을 벌어야 해요. 쉽게 포기하지 말아요."

"아뇨. 소용없어요. 매슈, 난 여기서 아무 도움이 안 돼요. 그리고 동물들이 불행한 걸 보고만 있을 수는 없다고요. 이 사업을 시작하지 말았어야 했는데."

그때 친구의 목소리를 들은 늙은 말 베포가 가까이 오더니 박사의 귀에 다정하게 입을 갖다 댔다.

존 둘리틀 박사가 말했다. "안녕, 베포. 너한테 아무 도움이 안 될 것 같구나. 미안해. 난 서커스단을 떠날 거란다."

늙은 말이 말했다. "하지만 박사님, 박사님은 우리의 희망이에요. 오늘에서야 코끼리하고 큰 공연장에서 공연하는 '말하는 말'이 말하는 걸 들었어요. 박사님이 와서 걔들이 얼마나 기뻐하는지 몰라요. 기다려 보세요. 단번에 모든 걸 바꿀 수는 없잖아요. 박사님이 가 버리면 우리는 원하는 걸 진짜 아무것도 얻을 수 없을 거예요. 하지만 박사님이 여기 계신다면 얼마 지나지 않아 모든 서커스단이 올바르게 운영될 거라고 믿고 있어요. 박사님이 같이 있는 한 우리는 하나도 걱정하지 않는답니다. 일단 여기 계세요. 그리고 제 얘기를 기억하세요. 분명히 '둘리틀 서커스'가 이 세상에서 가장 멋진 서커스단이 되는 날이 올 테니까."

잠시 박사는 침묵을 지켰다. 박사와 말이 나눈 대화를 알아듣지 못한 매슈는 조바심을 내며 박사가 입을 열기를 기다렸다.

마침내 박사가 일어서더니 캐러밴으로 향했다.

동물 먹이 장수가 걱정스럽게 말했다. "계속 머무를 건가요?"

"그래요, 매슈. 그래야 할 것 같아요. 잘 자요."

주말에 그림블던 축제가 끝나자 서커스단은 다음 도시로 이동해야 했다. 긴 여행을 앞두고 많은 짐을 꾸리는 건 정말 큰일이었다. 일요일 내내 서커스단은 정신이 없었다. 사람들이 큰 소리로 명령을 내리면서 이리저리 뛰어다녔다. 크고 작은 천막들을 모조리 걷은 다음 둘둘 말았다. 무대는 해체해서 캐러밴에 실었다. 그렇게 즐거움이 넘쳐 보였던 이 넓은 곳이 금세 칙칙하고 지저분한 쓰레기장처럼 변했다. 이 모두가 박사의 동물 식구들에게는 낯선 광경이었다. 대브대브는 정신없이 짐을 쌌지만 나머지 동물들은 처음 보는 이 신나는 풍경을 한없이 즐겼다.

동물들은 서커스 단원들이 여행을 떠나기 전에 서커스복을 벗은 모습을 보고 깜짝 놀랐다. 거브거브는 굉장히 혼란스러워했다. 그 누구도 알아볼 수 없었기 때문이다. 광대는 얼굴에 칠했던 흰색 페인트를 지웠다. 화려한 옷을 벗은 프린세스 파티마는 마치 명절을 준비하는 점잖은 일꾼처럼 보였다. 보르네오 원주민은 칼라에 넥타이를 매고는 아주 자연스럽게 얘기했다. 수염을 붙인 여자는 수염을 뗀 다음 접어서 트렁크에 넣었다.

곧 기나긴 캐러밴 행렬이 도로로 향했다. 다음 도시는 80킬로미터 정도 떨어진 곳이었다. 물론 하루 안에 갈 수 있는 거리가 아니었다. 밤이 되면 길가나 깨끗한 곳 어디서든 야영을 하기로 했다. 동물들은 낮 동안 바퀴 달린 보금자리에서 시골 풍경을 바라보는 새로운 즐거움에 흠뻑 빠졌는데 밤에 집시처럼 야영까지 하게 되자 가슴이 설렜다. 지프는 쥐를 길가 도랑으로 쫓아 버리는 재미에 흠뻑 빠졌고 여우 냄새를 쫓아 초원을 가로질러 달리기도 했다. 서커스단 행렬의 느린 속도 덕분에 지프는 온갖 소소한 모험을 즐겼다. 그러고도 항상 서커스단 일행을 따라잡을 수 있었다. 반면에 거브거브는 밤을 지낼 장소를 물색하며 즐거워했다.

모두가 밤에 잠을 자기 위해 이동을 멈추는 걸 좋아했다. 길가에 불을 피우고 주전자를 올리면 다들 신이 나서 수다를 떨었다. 밤을 지내기 위해 행렬이 멈추면 지프의 두 친구, 광대의 개 스위즐과 '펀치와 주디' 인형극에 나오는 개 토비가 언제나 박사 일행 쪽으로 달려왔다. 이 녀석들 역시 존 둘리틀 박사가 직접 이 서커스단을 맡거나 박사만의 서커스단을 운영하면 더 좋겠다고 생각

지프는 여우 냄새를 쫓아 달렸다.

하는 것 같았다. 박사의 동물 식구들이 녀석들이 들려주는 서커스단 개의 생활에 관한 놀라운 이야기에 그다지 흥미를 보이지 않을 때면, 이 개들은 박사에게 가서 만약 진짜 둘리틀 서커스단이 생긴다면 완벽한 서커스단이 될 거라고 얘기하곤 했다.

존 둘리틀 박사는 사람들의 성격이 다 다른 만큼 개들의 성격도 각양각색이라고 입버릇처럼 말하곤 했다. 사실은 사람들의 성격보다 더 다양하다고 했다. 박사는 이 사실을 증명하기 위해 『개의 심리학』이라는 책을 쓰기도 했다. 대부분의 학자들은 바보가 아닌 다음에야 그런 주제로 책을 쓰지 않을 거라며 콧방귀를 뀌었다. 하지만 그건 그들이 그 책을 이해하지 못한다는 사실을 숨기기 위한 변명에 지나지 않았다.

확실히 이들 둘, 광대를 돕는 개 스위즐과 '펀치와 주디' 인형극 쇼에 나오는 개 토비는 성격이 굉장히 달랐다. 스위즐(생김새는 평범한 똥개에 지나지 않았다.)은 굉장한 익살꾼이었다. 어떤 상황에서도 농담을 던지곤 했다. 이런 성격은 광대를 도와서 사람들을 웃기는 녀석의 일 때문이기도 했다. 하지만 농담은 녀석의 철학이기도 했다. 녀석은 자신이 강아지였을 때 이 세상에는 심각하게 받아들일 만한 게 아무것도 없다는 사실을 깨달았다고 박사와 지프에게 누누이 말했다. 그럼에도 녀석은 언어의 마술사였으며 항상 아주 세련된 농담을 던졌는데 농담을 통해 자신을 낮출 줄도 알았다.

훗날 박사가 생쥐 클럽을 설립했을 때 동물들을 위한 만화를 펴

내야겠다는 생각을 하게 된 것도 바로 스위즐의 유머 감각 덕분이었다. 박사가 펴낸 만화의 제목은 『밑바닥 삶과 지하실 유머』였으며 어두운 곳에 사는 동물들에게 가벼운 즐거움을 주려는 의도로 쓰여진 책이었다.

한편 토비는 친구 스위즐과 굉장히 달랐다. 왜소한 흰색 푸들인 토비는 자신의 존재와 삶을 아주 심각하게 받아들였다. 토비의 가장 두드러진 특징은 자기가 갖겠다고 마음 먹은 건 다 갖고야 마는 투지였다. 하지만 결코 이기적인 성격은 아니었다. 박사는 작은 개 대부분이 이런 영리함과 기민함을 가지고 있다고 항상 말하곤 했다. 작은 몸집의 불리함을 뻔뻔스러움으로 극복한다는 거였다. 존 둘리틀 박사의 마차를 처음 방문한 날, 녀석이 박사의 침대에 올라가서 오줌을 눴다. 머리끝까지 화가 난 대브대브가 토비를 침대에서 내쫓으려고 했다. 하지만 녀석은 꿈쩍도 하지 않았다. 그리고 침대 주인인 박사가 개의치 않는 것 같다고 말했다. 그 후 가끔 저녁에 토비가 박사의 마차를 방문하면 박사의 침대는 항상 녀석의 차지였다. 뻔뻔스러움을 무기로 특권을 누린 셈이었다. 녀석은 언제나 특별 대접을 요구했고 대개는 자신이 원하는 것을 성취했다.

하지만 토비와 스위즐에게 비슷한 점이 하나 있었는데 그건 바로 존 둘리틀 박사와 개인적인 우정을 나눈다는 뿌듯함이었다. 이들은 박사를 세상에서 가장 위대한 사람이라고 생각했다.

첫 여행 중에 맞은 어느 날 밤, 행렬이 여느 때처럼 길가에 멈췄

토비와 스위즐

다. 상당히 가까운 곳에 옛날식 농장이 있었다. 거브거브는 돼지 우리 안에 혹시 돼지가 있는지 보려고 자리를 떴다. 거브거브 말고는 박사의 식구들이 모두 모여 있었다. 물을 끓이기 위해 불에 주전자를 올리고 얼마 안 있어 토비와 스위즐도 왔다. 밤이 되자 서늘해졌다. 대브대브가 밖에 모닥불을 피우는 대신 캐러밴 안에 있는 난로에 불을 피웠고 모두가 난롯가에 둘러앉아 이야기꽃을 피웠다.

토비가 침대에서 폴짝폴짝 뛰면서 말했다. "박사님, 그 소식 들었어요?"

존 둘리틀 박사가 말했다. "무슨 소식 말이니?"

"다음에 갈 도시 애슈비 있잖아요. 거긴 아주 큰 곳인데요. 거기서 소피를 태울 거래요."

"소피가 도대체 누구니?" 박사가 난로 뒤에서 슬리퍼를 벗으며 물었다.

스위즐이 말했다. "소피는 공연하는 바다표범이랍니다. 박사님이 서커스단에 들어오기 전에 이곳을 떠났어요. 코에다가 공을 올리기도 하고 물속에서 묘기도 부려요. 근데 한 달쯤 전에 아파서 블로섬 씨는 소피를 남겨 두고 떠나야 했죠. 이젠 괜찮대요. 애슈비에서 소피를 돌보는 사육사를 만날 거예요. 그럼 소피가 다시 서커스단에 합류할 수 있어요. 소피는 마음이 여린 여자애예요. 그래도 운동을 잘하죠. 박사님도 소피를 좋아하게 될걸요."

서커스단은 수요일 저녁 9시쯤 애슈비에 도착했다. 서커스단은

잠을 못 이룬 박사는 피곤한 몸을 이끌고 침대에서 내려왔다.

다음 날 아침에 손님을 받을 예정이었다. 남자들은 그날 밤 내내 불빛 아래에서 천막을 치고 칸막이 방을 만든 다음 바닥에 말린 나무껍질 조각들을 깔았다. 박사 일행은 푸시미풀류가 설 무대를 다 세우고 나서 쉬려고 잠자리에 누웠지만 아무도 잠을 이루지 못했다. 말뚝을 박기 위해 망치질을 해대는 바람에 여전히 땅이 흔들렸기 때문이다. 애슈비의 지붕들 위로 동이 트면서 밤새도록 친 천막이 하나둘 모습을 드러낼 때까지 일꾼들의 외침과 바쁜 손길은 멈출 줄 몰랐다.

잠을 못 이룬 존 둘리틀 박사는 피곤한 몸을 이끌고 침대에서 내려오면서 서커스단 생활을 하려면 익숙해져야 할 것이 참 많다고 생각했다. 그는 아침 식사를 한 후 매슈에게 무대를 맡겨 놓고 공연하는 바다표범을 만나 보기 위해 출발했다.

6장

알래스카에서 온 소피

다른 흥행사들과 마찬가지로 소피의 사육사 역시 이 시간이 되면 관객을 맞을 준비를 했다. 바다표범은 핀토 형제(공중 곡예사들)와 말하는 말에 이어 커다란 천막 안에서 하루에 두 차례 공연을 하는 데 익숙해져 있었다. 나머지 시간에는 푸시미풀류처럼 소규모 공연을 했다. 소피는 입장료 3펜스를 내고 자신을 보러 온 관객들을 위해 울타리를 쳐 놓은 수조 안에서 물속으로 다이빙을 하고 물고기의 뒤를 쫓으면서 즐거움을 선사했다.

그날 아주 이른 아침, 소피의 사육사가 밖에 있는 계단에서 아침을 먹고 있을 때 박사가 무대로 들어왔다. 안에는 폭이 4미터가 조금 안 되는 수조가 바닥 안쪽에 설치되어 있었고 수조 둘레에는 관객들이 서서 공연을 관람할 수 있는 난간이 달린 관람대가 마련되어 있었다. 미끈한 피부와 초롱초롱한 눈에 길이가 150센티미터인 알래스카산 바다표범 소피가 수조 물속에서 침울하게 수영을 하고 있었다. 박사가 말을 걸자, 소피는 그가 누구인지 알아보고는 눈물을 펑펑 쏟았다.

"왜 그러니?" 박사가 물었다.

바다표범은 여전히 흐느끼면서 대답하지 않았다.

박사가 말했다. "진정하렴. 흥분하지 말고. 나한테 말해 보려무나. 아직도 아프니? 다 나은 줄 알았는데."

"아, 맞아요. 다 나았어요." 소피가 울면서 말했다. "전 그냥 체한 거였어요. 사람들이 우리한테 상한 물고기를 먹이로 주거든요."

"그럼 왜 그러니? 왜 우는 거야?" 박사가 물었다.

"기뻐서 우는 거예요. 곤경에 처한 나를 도와줄 만한 사람은 이 세상에 박사님밖에 없다고 생각하던 차에 박사님이 들어오셨지 뭐예요. 물론 박사님에 대해서는 『우체국』과 『월간 북극』을 통해 잘 알고 있었어요. 사실 박사님한테 편지를 쓴 적이 있어요. 박사님이 잠영에 대한 글을 쓸 때 도움을 준 게 저예요. 기억하세요? 물 위로 두 번 손을 뻗어 젓는 알래스카 꿈틀이요. 박사님이 펴낸 잡지 8월호에 나왔었죠. 박사님이 『월간 북극』 발행을 중단해야 했을 때 우린 정말 슬펐어요. 바다표범들 사이에서 진짜 인기가 많았거든요."

"그런데 네가 곤경에 처했다는 건 무슨 뜻이니?" 박사가 물었다.

소피는 다시 울음을 터뜨리며 말했다. "아, 박사님이 너무 반가워서 또 잊고 있었네요. 잠깐이지만 죄다 잊고 있었어요. 박사님이 처음 들어왔을 때 전 그냥 보통 관객인 줄 알았답니다. 그런데 박사님이 말한 바다표범의 말, 그것도 알래스카 바다표범들에게 익숙한 첫 단어를 듣고 단번에 누군지 알았어요. 제가 이 세상에서 만나고 싶은 단 한 분이었거든요! 정말 참을 수 없었어요. 전…"

박사가 말했다. "어서, 어서! 또 울지 말고. 네가 처한 어려움이란 게 뭔지 말해 보렴."

소피가 말했다. "이런 거예요. 제가…"

그때 밖에서 들통이 덜거덕거리는 소리가 났다.

박사가 재빨리 속삭였다. "쉬잇! 사육사가 오나 보다. 그냥 공연을 계속 하렴. 내가 동물들과 얘기할 수 있다는 걸 알리고 싶지 않구나."

사육사가 바닥을 닦기 위해 들어오자 소피는 단 한 명의 관객을 위해 물속으로 풍덩 뛰어들더니 이리저리 헤엄쳤다. 사육사는 머리에 닳아 빠진 긴 모자를 쓴 작고 뚱뚱한 남자였다. 일을 시작하기 전에 박사를 흘긋 보더니 특별할 게 없는 평범한 사람이라고 생각했다.

그가 걸레질을 끝내고 다시 사라지자마자 소피가 이야기를 이어 나갔다.

"서커스단이 바다 옆 하틀리에서 공연을 할 때 제가 아팠어요.

저와 제 사육사(이름이 히긴스예요.)는 거기서 2주 동안 머물렀고 서커스는 저희 없이 계속됐어요. 하틀리에는 둔치 근처에 작은 동물원이 있어요. 동물원 안에 인공 연못이 있는데 거기에 바다표범이랑 수달이 있죠. 어느 날 히긴스가 동물원의 바다표범 사육사랑 얘기를 하게 됐어요. 히긴스가 제가 아프다고 말하니까 그 사람은 저한테 친구가 필요할 거라고 생각했나 봐요. 제가 나을 때까지 다른 바다표범들과 함께 지내도록 저를 그 연못으로 데려갔답니다. 그중에 저처럼 베링 해협에서 온, 나이가 지긋한 바다표범이 있었는데 그 바다표범이 제 남편에 대한 안 좋은 소식을 전해줬어요. 제가 잡힌 후 제 남편은 너무나 슬픈 나머지 아무것도 입에 대질 않았나 봐요. 그이는 바다표범 무리의 대장이었어요. 그런데 제가 잡혀 가자 근심에 싸여 점점 말라 가더니 결국 다른 바다표범이 대장 자리를 차지했다는 거예요. 지금 그이는 살아 있을 것 같지 않아요." (소피는 다시 소리를 죽여 흐느끼기 시작했다.) "전 그 마음을 잘 알아요. 우리는 서로를 아꼈어요. 그이는 정말 크고 힘이 셌고 무리 중에 어떤 바다표범도 감히 그이와 언쟁할 생각도 못했지만, 저 없이는 그냥 길을 잃은 아기나 다름없어요. 그이는 모든 걸 저한테 의지했답니다. 지금 그이한테 무슨 일이 일어나고 있는지 모르겠어요. 그냥 끔찍해요. 끔찍해!"

박사가 말했다. "흐음, 잠깐 기다려 봐. 울지 말고. 이제 어떻게 할 생각이니?"

"그이에게 가야 해요." 소피가 물 위로 나오더니 물갈퀴를 펼쳤

"전 그이에게 가야 해요."

다. "제가 남편 옆에 있어야 해요. 그이야말로 무리를 훌륭하게 이끌 수 있는 대장이고 그이에겐 제가 필요해요. 하틀리에서 도망칠 수 있으리라 생각했는데 기회가 없었어요."

"베링 해협까지는 정말 먼 길인데. 도대체 거기까지 어떻게 갈 생각이니?"

소피가 말했다. "그게 바로 제가 박사님을 만나고 싶었던 이유예요. 물론 육지로 가면 굉장히 느리겠죠. 만약 하틀리에서 탈출할 수 있었다면 문제가 없었을 거예요. 왜냐하면…" 소피는 꼬리로 물을 수조 밖으로 세게 튀기면서 덧붙였다. "바다에 닿기만 하면 곧바로 알래스카까지 가는 건 일도 아니거든요."

"아, 그래." 박사는 장화로 튄 물을 털어 내며 맞장구를 쳤다. "그래, 넌 대단한 수영선수지. 여기가 해안에서 얼마나 떨어져 있니?"

"160킬로미터 정도 돼요." 소피가 말했다. "아, 불쌍한 슬러시! 가엾고 불쌍한 슬러시!"

"누가 불쌍하다는 거니?" 박사가 물었다.

바다표범이 대답했다. "제 남편이요. 슬러시가 남편 이름이에요. 그이는 저한테 모든 걸 의지했답니다. 불쌍한 슬러시, 전 어떡하죠? 어떡해야 할까요?"

박사가 말했다. "자, 들어 보렴. 너를 여기서 바다로 몰래 빼내는 건 쉬운 일이 아니야. 불가능하다는 건 아니지만. 생각 좀 해 봐야겠다. 어쩌면 다른 방법으로, 공개적으로 너를 풀어 줄 수 있을지도 몰라. 일단, 새를 통해서 넌 괜찮으니 걱정하지 말라는 소식을 네 남편에게 전해야겠다. 그 새가 남편이 어떻게 지내는지 소식을 가져올 거야. 자, 이제 기운 내렴. 저기 네 공연을 보러 사람들이 오는구나."

학교 여자 선생이 아이들 한 무리를 이끌고 사육사 히긴스와 함께 수조 쪽으로 들어왔다. 이들이 안으로 들어오자 그 작고 뚱뚱한 남자는 혼자 웃으며 밖으로 나갔다. 곧이어 아이들은 수조에 있는 그 커다란 동물의 익살스런 몸짓을 보면서 웃음을 터뜨렸다. 히긴스는 소피가 이제 완쾌된 게 틀림없다고 생각했다. 소피가 이렇게 활기 넘치고 기분 좋아 보인 적이 전에는 한 번도 없었기 때문이다.

7장

북녘에서 온 전갈

그날 밤 늦게 박사는 투투와 함께 다시 바다표범을 만나러 갔다.

박사가 수조 옆으로 가서 말했다. "자, 소피, 이 올빼미는 내 친구야. 알래스카 어디로 가야 네 남편을 찾을 수 있는지 이 녀석한테 설명해 주렴. 그러면 녀석을 해변으로 보낼 거야. 녀석이 북서쪽으로 가는 갈매기들에게 네 메시지를 전할 거란다. 소개해 줄게. 이 녀석 이름은 투투야. 내가 아는 한 가장 똑똑한 새란다. 특히 산수를 잘하지."

소피가 어디로 가야 슬러시를 찾을 수 있는지, 그리고 남편에게 전할 사랑이 가득 담긴 긴 메시지를 술술 이야기하는 동안 올빼미는 난간에 앉아 있었다. 소피의 이야기가 끝나자 올빼미가 말했다.

“브리스톨로 가야겠어요, 박사님. 여기서 제일 가까운 해안 도시거든요. 그곳 항구에는 갈매기 떼가 상주하고 있어요. 거기서 이 소식을 가지고 목적지까지 갈 갈매기를 찾아볼게요.”

“아주 좋아, 투투. 가능한 한 서두르는 게 좋겠어. 소식을 가지고 목적지까지 쭉 갈 수 있는 바닷새를 찾아야 할 텐데.”

“알겠어요.” 투투가 떠날 준비를 하며 말했다. “제가 들어갈 수 있게 캐러밴 창문을 열어 놓으세요. 돌아오면 새벽 2시가 넘을 것 같네요. 그럼 안녕!”

박사는 캐러밴으로 돌아가서 새로운 책 『동물 수영』의 마지막 부분을 다시 고쳐 썼다. 소피가 수영법에 대한 정보를 많이 줘서 추가로 세 장을 더 써야 했다.

집필 작업에 푹 빠져서 시간이 어떻게 지나가는지도 몰랐던 박사는 새벽 2시와 3시 사이에 밤의 새 투투가 어느새 탁자에 서서 자신을 보고 있는 걸 알았다.

투투는 다른 동물들이 깨지 않도록 나직하게 말했다. “박사님은 제가 누굴 만났는지 짐작도 못 할걸요. 박사님에게 스티븐 곶 등대에 대해 경고했던 갈매기를 기억하세요? 글쎄 브리스톨 항구에서 그 갈매기를 우연히 만났지 뭐예요. 수상우체국에서 살던 시절 이후에는 만난 적이 없거든요. 그래도 단번에 알아봤죠. 녀석한테 알래스카까지 소식을 전해 줄 갈매기를 찾는다고 말했어요. 나를 보낸 게 박사님이라는 얘기를 듣자 녀석은 자기가 기꺼이 그 일을 하겠다고 하더군요. 아마 닷새 후에나 돌아올 거예요.”

"훌륭해, 투투. 정말 잘했어!" 박사가 말했다.

"금요일에 브리스톨에 가 볼게요. 그때까지 갈매기가 돌아오지 않으면 올 때까지 거기서 기다려야겠어요."

다음 날 아침 존 둘리틀 박사는 소피에게 가서 전갈을 보냈다고 말했다. 소피는 굉장히 기뻐했다. 이제 갈매기가 돌아오기를 기다리는 일 말고는 딱히 할 일이 없었다.

목요일(투투가 브리스톨로 돌아가기 전날이었다.)에 박사 일행이 모두 캐러밴 안 탁자에 둘러앉아 펀치와 주디 인형극을 공연하는 토비의 이야기를 듣고 있었다. 가장 신나는 부분에서 토비가 가쁜 숨을 몰아쉬며 이야기를 잠시 멈췄는데 그때 창문을 조심스럽게 두드리는 소리가 들렸다.

"휴우! 간 떨어질 뻔했네!" 거브거브가 놀라서 침대 밑으로 기어 들어갔다.

존 둘리틀 박사가 일어서서 커튼을 젖히고 창문을 열었다. 창틀에는 몇 달 전 박사님이 수상우체국에 살 때 밤에 메시지를 전해 준 갈매기가 조용히 서 있었다. 녀석은 비바람을 맞은 데다가 피로가 쌓여 거의 녹초가 된 상태였다. 박사는 녀석을 살며시 창틀에서 들어 탁자로 옮겼다. 모두가 가까이 다가와서 말없이 갈매기를 바라보며 이 지친 새가 무슨 말을 할지 기다렸다.

갈매기가 마침내 말문을 열었다. "박사님, 투투가 저를 만나러 올 때까지 브리스톨에서 기다릴 수가 없었어요. 박사님이 당장 알아야 한다고 생각했거든요. 소피랑 남편이 속해 있는 바다표범 무

거브거브가 놀라서 침대 밑으로 기어 들어갔다.

리는 지금 큰일 났어요. 아주 위험해요. 소피가 잡히고 남편 슬러시가 대장 자리에서 쫓겨나서 그렇게 된 거예요. 올해는 알래스카에 겨울이 예년보다 일찍 찾아왔어요. 정말 끔찍한 겨울이었죠! 예년보다 몇 달 일찍 눈보라가 쳐서 눈이 산더미처럼 쌓이고 바다가 꽁꽁 얼어붙었어요. 저도 추위에 거의 얼어 죽을 뻔했다니까요. 우리 갈매기들은 엄청나게 낮은 기온에도 견딜 수 있는데 말이에요. 날씨가 궂을 때는 바다표범 무리의 대장이 누구인지가 굉장히 중요해요. 바다표범들도 양처럼 떼를 지어 다니는 다른 동물들과 다르지 않죠. 먹이를 잡을 수 있는 트인 공간과 겨울을 날 수 있는 곳으로 무리를 이끌어 줄 몸집이 크고 강력한 대장이 없다면 바다표범들은 혼란에 빠지게 돼요. 속수무책이죠. 슬러시가 슬픔에 빠지자 새로운 대장이 잇달아 바다표범 무리를 이끌었지만 다들 형편없었어요. 바다표범 무리 안에서 혼란과 혁명이 계속됐죠. 그러는 사이에 바다코끼리와 바다사자들이 삶의 터전에서 이 녀석들을 내쫓으려고 했어요. 바다표범 사냥꾼인 에스키모들도 사방팔방에서 녀석들을 죽이려 들었고요. 식구들을 위험에서 구할 수 있을 만큼 지혜롭고 훌륭한 대장이 없으면 녀석들은 이 모피 사냥꾼을 상대로 오래 버틸 수 없답니다. 슬러시야말로 가장 훌륭한 대장이었어요. 황소처럼 힘이 셌죠. 그런데 이제 빙산에 누워 멍하니 시간을 보내거나 흐느끼기만 하고 있어요. 가장 아끼는 아내가 잡혀갔으니까요. 슬러시는 부인이 굉장히 많아요. 잘생겼거든요. 하지만 소피만 원해요. 그런데 소피는 여기 있잖아요. 이제 바다표범 무리는 뿔뿔이 흩어지게 생겼어요. 슬러시가 대장일 땐 이들이 북극권에서 가장 뛰어난 무리였다고 해요. 곧 더 끔찍하고 맹렬한 겨울 추위가 시작되면 무리는 바로 흩어지고 말걸요."

갈매기의 긴 얘기가 끝난 후 캐러밴 안에는 1분쯤 침묵이 이어졌다.

이윽고 존 둘리틀 박사가 말했다.

"토비, 소피의 주인이 누구니? 블로섬 씨야? 아니면 히긴스야?"

"히긴스예요, 박사님. 히긴스는 박사님과 똑같은 방식으로 운영해요. 소피가 큰 무대에서 공연하는 대신에 소피의 소규모 공연 입장료 수입을 모두 그 사람이 챙긴답니다."

"흐음, 나와 전혀 같지 않아. 푸시미풀류는 자진해서 여기 있지만 소피는 억지로 잡혀 있다는 게 큰 차이점이지. 사냥꾼들이 북극까지 진출해 닥치는 대로 동물 사냥에 나서서 결국 가족들이 헤어지고 무리가 곤경에 처하는 건 정말 큰 문제야. 끔찍한 일이지. 토비, 바다표범을 사려면 돈이 얼마나 들까?"

"종류에 따라 달라요, 박사님. 소피한테 들었는데 리버풀에서 히긴스가 사냥꾼들에게 소피를 살 때 20파운드가 들었대요. 소피는 육지에 내리기 전에 배에서 재주를 익혔어요." 토비가 대답했다.

"투투, 돈궤에 돈이 얼마나 있니?" 박사가 물었다.

"1실링 3펜스 빼고 지난주에 번 입장료를 계산해 볼게요. 박사님이 이발하는 데 3펜스가 들었고 거브거브에게 줄 셀러리를 사느라 1실링을 썼거든요."

"그럼 얼마나 남았니?"

산수 담당 투투가 한쪽으로 고개를 젖히더니 왼쪽 눈을 감았다. 녀석은 계산을 할 때면 항상 이 자세를 취했다.

"2파운드 7실링에서 1실링 3펜스를 빼면… 현금 2파운드 5실링 9펜스가 남았어요."

"하느님 맙소사! 소피를 10등분하면 한 조각쯤 사겠구나! 돈을 빌릴 만한 사람이 누구 없을까. 병원을 할 때는 환자들한테 돈을 꿀 수 있었는데."

대브대브가 중얼거렸다. "제 기억이 맞다면 환자들이 훨씬 자주 박사님한테 돈을 꿔 갔는걸요."

"설령 박사님에게 돈이 있다고 해도 블로섬 씨가 박사님이 소피를 사도록 내버려두지 않을 거예요. 히긴스가 1년 동안 서커스단과 함께 공연을 다니기로 계약이 되어 있거든요."

"좋아, 그럼. 할 수 있는 일은 한 가지밖에 없구나. 어쨌든 저 바다표범은 그 사람들 것이 아니야. 소피는 북극권에 사는 자유 시민이지. 거기로 가고 싶다면 다시 가야지. 소피는 탈출해야만 해."

그날 밤 잠자리에 들기 전에 박사는 소피의 걱정거리만 늘게 될 테니 갈매기가 가져온 나쁜 소식을 소피에게 전하지 말라고 동물 식구들한테 신신당부했다. 녀석이 바다에 안전하게 닿도록 박사가 도울 때까지는 녀석이 알 필요가 없었기 때문이다.

박사는 새벽까지 매슈와 함께 앉아서 소피를 탈출시킬 계획을 짰다. 동물 먹이 장수는 처음에는 박사의 생각에 강하게 반대했다.

매슈가 말했다. "바다표범이 주인에게서 탈출할 수 있도록 돕겠다고요! 잡히면 체포될 텐데요. 도둑질이라고 할 거요."

"상관없어요." 박사가 손가락으로 딱딱 소리를 내며 말했다. "마음대로 부르라지요. 나를 잡겠다면 잡으라고 하세요. 법정에 서게 되면 최소한 야생동물의 권리를 위해 한마디 할 기회라도 얻게 되겠죠."

"그들은 당신 말에 신경도 안 쓸 거예요. 당신을 감상에 빠진 괴짜라고 할걸요. 히긴스가 재산권 다툼에서 쉽게 이길 거예요. 물론 난 당신이 무슨 말을 하는지 알아요. 하지만 재판관들은 몰라요. 당신더러 놔 준 바다표범의 대가로 히긴스에게 20파운드를 지불하라고 할 거요. 돈을 못 내면 감옥에 가야 할 거고."

박사가 반복해서 말했다. "상관없어요, 매슈. 하지만 들어 봐요. 만약 내가 옳지 않다고 생각한다면 당신은 이 일에 끼어들지 않는 게 좋겠어요. 이 일이 성공하려면 사람들을 속여야 해요. 당신을 곤경에 빠뜨리게 돼서 정말 미안해요. 문제가 될 것 같으면 지금 얘기해요. 난 이미 결정했어요. 내가 감옥에 가더라도 소피는 알래스카에 갈 거예요. 뭐 새로울 것도 없어요. 예전에 감옥에 들어가 본 적이 있거든요."

동물 먹이 장수가 말했다. "나도 가 봤어요. 카디프 감옥에 가 본 적 있어요? 징그 옆이죠! 거긴 정말 형편없어요! 내가 가 본 곳 중에 최악이었죠."

박사가 말했다. "아뇨. 아프리카에 있는 감옥은 가 봤어요. 그곳

"난 상관없어요."

도 다른 곳 못지않게 끔찍했지요. 그건 그렇고 다시 본론으로 돌아갑시다. 나를 도와주지 않겠어요? 나는 법이 틀렸다고 생각하지만 어쨌든 내가 하려는 일은 불법 맞아요. 그러니 당신이 양심에 걸려서 내가 하는 일을 도와주거나 방조할 수 없다고 해도 난 전혀 언짢아하지 않을 거예요. 다 이해해요."

"양심에 걸린다고요, 이런!" 동물 먹이 장수는 창문을 열고 어둠 속으로 침을 뱉으며 말했다. "물론 당신을 도울 거요. 심술궂게 생긴 히긴스는 저 바다표범에 대한 권리가 없어요. 소피는 자유로운 바다 생물이에요. 만약 20파운드를 내고 소피를 샀다면 히긴스도 바보가 틀림없어요. 말만 해요. 다 할 테니까요. 이 서커스 사업에서 우린 동업자잖아요? 재밌을 것 같군요. 내가 모험을 즐긴다고 얘기하지 않았던가요? 참 복도 많지! 사실, 난 공연하는 바다표범을 탈출시키는 것보다 더 나쁜 짓을 저질렀지요. 카디프에서 감옥에 갇혔을 때 말이에요. 무슨 짓을 했는지 알아요?"

박사가 말했다. "글쎄요. 분명히 조그만 실수였겠죠. 자 이제 우리…"

매슈가 말했다. "작은 실수가 아니었어요. 난…"

박사는 재빨리 말을 끊었다. "신경 쓰지 말아요. 모두 실수를 하잖아요." (박사가 얘기를 이어 나갈 때 매슈가 중얼거렸다. "그건 실수가 아니었다니까.") "이 일을 같이 하는 데 정말 후회가 없다면 이제 방법을 생각해 봅시다. 블로섬 씨의 의심을 피하려면 내가 며칠 동안 서커스단을 떠날 필요가 있어요. 내가 참석해야 할 자리가 있다고 말할 거예요. 그런 약속이 있는 건 사실이에요. 그런데 나와 소피가 같은 날 밤에 사라진다면 정말 이상하겠죠. 내가 먼저 갈 테니까 당신은 여기 남아서 공연을 맡으세요. 그리고 하루나 이틀 후에 소피가 사라지는 거죠."

매슈가 웃으며 끼어들었다. "당신이 간 다음 나더러 소피를 수조에서 내보내는 일을 맡으라는 거군요?"

"그래요, 당신만 괜찮다면요." 박사가 말했다.

"괜찮다마다요." 동물 먹이 장수가 말했다.

"훌륭해요! 그럼 난 먼저 소피가 서커스단에서 빠져나오게 되면 어디서 만날지 녀석과 의논을 해 볼게요."

"그때 당신 일이 본격적으로 시작되겠구려." 매슈 머그가 웃었다.

2부

1장

탈출 계획

소피를 탈출시키려는 계획이 블로섬 씨 서커스단의 사람들에게 철저히 비밀에 부쳐진 건 당연한 일이었다. 하지만 서커스단에 있는 동물들은 모두 지프와 토비, 스위즐을 통해 이 계획을 곧 알게 되었다. 그리고 탈출하기 전 며칠 동안 모든 동물들이 박사의 캐러밴과 서커스단 우리, 마구간에서 이 주제로 이야기꽃을 피웠다.

존 둘리틀 박사가 블로섬 씨에게 일 때문에 며칠 동안 서커스단을 비울 거라고 얘기한 후 돌아왔을 때 동물들은 캐러밴 안에 있는 탁자에 둘러앉아 소곤거리고 있었다.

계단에 앉아 있던 매슈가 말했다. "박사, 단장한테 얘기했어요?"

박사가 대답했다. "네, 말했어요. 다 잘됐어요. 오늘 밤에 떠날 거예요. 너무나 죄책감이 드네요. 이 일을 솔직하게 터놓고 할 수 있다면 얼마나 좋을까요?"

"그렇게 하면 이 일이 성공할 가능성은 거의 없겠지요. 난 전혀 죄책감이 들지 않는걸요."

지프가 말했다. "박사님, 서커스단에 있는 동물 모두가 박사님 계획에 큰 관심을 갖고 있어요. 다들 도울 게 없는지 물어본다니까요. 소피는 언제 도망치나요?"

"내일모레란다. 매슈, 공연이 끝난 다음 소피가 공연하는 무대의 문을 열어 둬요. 그리고 명심해요. 당신이 자물쇠를 만진 사실을 아무도 눈치채지 못하도록 각별히 주의해야 해요. 만약 잡히면 큰 곤경에 빠지게 돼요. 자물쇠에 손을 대는 건 무거운 죄니까요. 정말 조심해야 해요. 알겠죠?"

"나만 믿으세요, 박사." 동물 먹이 장수가 자랑스럽게 가슴을 펴며 말했다. "자물쇠에 관해서는 나만의 방법이 있어요. 힘을 쓸 필요가 없지요. 자물쇠를 살살 달래면 된다고나 할까."

"소피를 풀어 주고 나면 바로 몸을 피하세요. 그럼 이 일에 연루되지 않을 거예요. 아, 불법 모의를 하는 것 같군요." 박사가 말했다.

"난 아주 재미있을 것 같은데요." 매슈가 말했다.

"저도요." 지프가 말했다.

"공연 중에 사라지면 대박일 텐데." 스위즐이 끼어들었다.

"신사 숙녀 여러분, 세계에서 가장 유명한 마술사, 존 둘리틀 박

스위즐이 앞에 관객이 있는 것처럼 머리를 숙였다.

사님이 바로 여러분 눈앞에서 살아 있는 바다표범을 사라지게 하겠습니다. 수리수리 마수리 아브라카다브라 얍! 사라졌습니다!"

스위즐이 난로 뒤에 뒷발로 서서는 관객이 앞에 있는 것처럼 머리를 숙였다.

박사가 말했다. "흐음, 정직하지 않은 것 같지만 내가 잘못을 저지른다고 생각하지 않아요. 그들에겐 소피를 잡아 둘 권리가 없어요. 만약 게으름뱅이들에게 즐거움을 주기 위해 우리더러 물고기를 잡으러 더러운 물속으로 다이빙을 하라고 한다면 좋겠어요?"

"빌어먹을! 난 물고기도, 물도 좋아하지 않아요. 그나저나 소피와 어디서 만날지 정했어요?" 매슈가 말했다.

박사가 대답했다. "네. 소피가 서커스장을 빠져나오자마자… 아! 소피가 공연하는 무대의 문은 물론이고 뒷문을 열어 놓는 것도 맡길 테니 잊지 말아요. 소피는 울타리를 벗어나자마자 빈 집이 있는 데서 길을 건널 거예요. 길가에 어두운 골목이 있는데 내가 거기서 소피를 기다릴 거고요. 모든 게 잘되어야 할 텐데! 소피에게 그리고 알래스카에 있는 다른 바다표범들에게 정말 중요한 일이에요."

"그 골목에 도착한 다음엔 어떻게 할 거죠?" 매슈가 물었다.

"아주 세세한 것까지 다 계획을 세워 봤자 소용없어요. 일단 브리스톨 해협으로 갈 거예요. 여기서 바다로 가려면 그리로 가는 게 가장 가까운 지름길이에요. 거기에 닿기만 하면 소피는 문제없어요. 그런데 여기서 브리스톨까지 직선거리로 거의 160킬로미터나 돼요. 게다가 가는 내내 우리는 눈에 띄면 안 돼요. 쉽지 않은 여정일 거예요. 하지만 미리 걱정해 봐야 다 헛일이죠. 소피가 안전하게 서커스장에서 빠져나오기만 하면 분명히 다 잘될 거예요."

동물 식구들은 박사가 겪게 될 모험에 동참하고 싶어 했다. 특히 지프가 데려가 달라고 떼를 썼다. 존 둘리틀 박사는 동물 친구들의 도움을 몹시 받고 싶었지만 동물들이 지금처럼 서커스단에 남아 있어야 의심을 덜 살 거라고 생각했다.

그날 밤 박사는 소피와 마지막으로 얘기를 나눈 후 일을 보러 혼자 출발했다. 박사가 자리를 비운 사이 자질구레한 것들을 사는 데 필요한 약간의 돈을 매슈에게 주었고 대부분의 돈은 자신이 몸에 지녔다. 사실 박사가 '일' 때문에 가는 곳은 가까운 이웃 도시였으며 역마차를 타고 갔다. 당시에도 물론 철도가 있긴 했지만 굉장히 드물었다. 작은 도시 간 여행은 대부분 여전히 옛날 방식으로 이루어졌다.

이웃 도시에 도착하자 박사는 여관에 방을 잡고는 그 안에 내내 머물렀다. 두 밤을 그곳에서 지낸 박사는 날이 어두워지자 애슈비로 향했다. 애슈비에 가까워지자 소피와 만나기로 한 골목에 다다를 때까지 인적이 드문 길을 따라 이동했다.

동물 식구들은 소피의 탈출 계획에 각자 맡은 역할이 없는데도 뭐든 기꺼이 돕기로 작정했다. 그리고 여러분도 곧 알게 되겠지만 이들은 멋진 활약을 펼쳤다. 약속 시간까지 기다리는 동안 동물들의 흥분은 점점 커져 갔다. (거브거브는 흥분을 감추느라 애를 먹었다.)

박사는 인적이 드문 길을 따라 이동했다.

밤 10시쯤 서커스가 끝날 때가 되자 투투는 모든 광경이 한눈에 들어오는 동물원 꼭대기에 자리를 잡았다. 녀석은 서커스단 사람들이 바다표범이 탈출하는 걸 눈치채지 못하도록 신호에 맞춰 소란을 피워서 사람들의 주목을 끌기로 코끼리랑 다른 동물들과 미리 약속을 해 둔 상태였다. 거브거브는 단장의 캐러밴 밑에 있는 말뚝을 차지한 후 거기서 블로섬 씨를 지켜보기로 했다.

서커스장에 있는 등불이 다 꺼졌는데도 보름달이 떠서 주위가 무척 환했다. 박사는 이 때문에 탈출을 나중으로 미루려고 했다. 하지만 알래스카 바다표범들의 현재 상태를 봐서는 소피가 최대한 빨리 도망쳐야겠다고 생각했다.

한 시간쯤 후 블로섬 씨가 울타리 문을 잠그고 자신의 캐러밴으로 들어가자 매슈가 몰래 푸시미풀류의 무대에서 나와 어슬렁거리며 서커스장을 가로질러 걸어갔다. 지프 역시 특별히 할 일이 없다는 듯 조금 떨어져서 그를 쫓아갔다. 모두가 잠자리에 들었는지 박사가 말한 문에 다다를 때까지 매슈는 누구와도 마주치지 않았다. 아무도 없다는 걸 확인한 동물 먹이 장수가 민첩한 손놀림으로 얼른 걸쇠를 푼 다음 문을 살짝 열었다. 그러고는 지프가 남아서 그 문을 지켜보는 동안 소피의 무대 쪽으로 향했다.

그가 떠난 지 1분도 채 되지 않아 손전등을 든 서커스단 경비원이 나타났다. 그는 매슈가 열어 둔 문을 닫고 열쇠로 채워 버렸다. 놀란 지프는 코를 킁킁거리며 울타리 주변에 있는 쥐를 쫓는 척하면서 경비원이 다시 사라지기를 기다렸다. 그러고는 매슈를 찾으러 부리나케 소피의 무대 쪽으로 달려갔다.

일은 동물 먹이 장수가 기대한 대로 술술 풀리지 않았다. 바다표범의 수조에 가까워졌을 때 저 멀리서 히긴스가 계단에 앉아 담배를 피우며 달을 바라보고 있는 모습이 매슈의 눈에 들어왔다. 매슈는 천막 그림자 속으로 몸을 피한 채 바다표범 사육사가 잠자리에 들기를 기다렸다.

매슈는 히긴스가 서커스장 반대편 블로섬 씨 캐러밴 가까이에 있는 다른 캐러밴에서 잠을 잔다는 사실을 알고 있었다. 하지만 매슈가 기다리는 동안 히긴스가 사라지기는커녕 또 다른 사람, 서커스단 경비원이 계단으로 다가오더니 히긴스 옆에 앉아서 수다를 떠는 것이었다. 한편 천막 뒤에서 매슈의 냄새를 맡은 지프가 그의 옆으로 다가와서 열어 둔 문이 다시 닫혔으며 잠겨 버렸다는 사실을 알리기 위해 미친 듯이 애를 썼다.

지프는 동물 먹이 장수를 이해시키려고 갖은 노력을 했지만 뜻을 이루지 못했다. 매슈는 거의 한 시간 동안 천막 그림자 속에 서서 소피의 무대 계단에 앉아 있는 두 사람, 그가 바다표범을 탈출시키는 걸 방해하는 훼방꾼들이 사라지기를 기다렸다. 한편 좁고 어두운 골목에서 소피를 기다리던 존 둘리틀 박사는 일이 왜 이렇게 늦어지는지 의아해하며 희미한 달빛 아래에서 시계를 보려고 애를 썼다.

결국 매슈는 이 두 남자가 잠을 자러 들어가지 않을 거라고 결론을 내렸다. 그는 작은 목소리로 욕을 하면서 천막 그림자에서

동물 먹이 장수는 민첩한 손놀림으로 문을 열었다.

살금살금 빠져나와 아내 시오도시아를 찾으러 갔다.

캐러밴에 도착했을 때 매슈의 아내는 촛불 옆에서 양말을 꿰매고 있었다.

"이봐! 시오도시아." 매슈가 창문을 통해 속삭였다.

"하느님 맙소사!" 머그 부인이 바느질하던 걸 떨어뜨리며 말을 제대로 잇지 못했다. "여보, 간 떨어질 뻔했잖아요. 잘됐어요? 바다표범은 탈출했어요?"

"아니, 다 잘못됐어요. 히긴스하고 경비원이 계단에 앉아 얘기를 하고 있어요. 그들이 거기 있으면 내가 문으로 접근할 수 없어요. 천막이 바람에 무너져 내렸다고 말하든지 해서 그 사람들이 자리를 떠나게 좀 해 봐요. 별일이 없는 한 그 사람들은 밤새도록 거기 앉아 있게 생겼어요."

시오도시아가 말했다. "알겠어요. 내 숄을 갖고 올 때까지 기다려요. 그 사람들에게 이리로 와서 코코아를 마시라고 해야겠어요."

머그 부인이 나가더니 차를 함께 마시자며 히긴스와 경비원을 남편의 캐러밴으로 초대했다. 부인은 매슈도 곧 올 거라고 말했다.

훼방꾼들이 사라지자마자 동물 먹이 장수가 재빨리 바다표범 무대의 계단으로 가더니 민첩한 손놀림으로 문을 열었다. 소피는 이미 긴 여정을 떠날 준비를 끝낸 후 바로 문 안쪽에 있었다. 킁킁거리는 소리로 고맙다는 인사를 한 바다표범은 달빛을 받으며 뒤뚱뒤뚱 걸어갔다. 미끄러지며 계단을 내려가더니 어설픈 걸음걸이로 문으로 향했다.

지프는 매슈에게 일이 잘못됐다는 걸 전하기 위해 다시 애를 썼다. 하지만 문제가 생겼다는 지프의 신호를 기뻐서 그러는 걸로 착각한 동물 먹이 장수는 자신이 맡은 일을 잘 끝냈다고 생각하며 코코아를 마시러 발길을 옮겼다.

한편 뒤뚱뒤뚱 걸어서 힘들게 문에 도착한 소피는 문이 잠겨 있다는 사실을 알게 됐다.

결국 지프는 울타리로 돌아가서 소피가 빠져나갈 만한 구멍이 있는지 찾아보기로 했다. 하지만 찾을 수 없었다. 불쌍한 소피는 수조에서 탈출했지만 여전히 서커스장 안에 갇힌 신세라는 걸 깨달았다.

동물원 지붕 위에 앉아 있는 작고 동그란 새 한 마리가 이 모든 광경을 주의 깊게 지켜보고 있었다. 귀와 밤눈이 밝고 산수에 능한 투투가 그 어느 때보다도 눈을 말똥말똥하게 뜬 채 깨어 있었다. 그리고 지프가 여전히 울타리 주변에서 코를 킁킁거리며 소피가 나갈 곳을 찾고 있을 때 머리 위에서 날개가 푸드덕거리는 소리가 들렸다. 곧 올빼미 한 마리가 녀석 옆으로 내려앉았다.

투투가 속삭였다. "제발, 지프. 침착해. 네가 침착하지 않으면 모든 게 다 끝이야. 그렇게 이리저리 뛰어다녀 봐야 아무 도움이 안 돼. 소피는 몸을 숨겨야 해. 천막 같은 곳 아래로 밀어 넣어. 녀석 좀 봐. 여기가 꼭 그린란드라도 되는 것처럼 달빛 아래 버젓이 나와 있잖니. 누가 와서 녀석을 보기라도 하면 큰 낭패야. 매슈가 와서 문이 어떻게 됐는지 보게 될 때까지는 소피를 숨겨야 해. 서둘러. 누군가가 오고 있어."

투투가 동물원 지붕 위로 다시 날아갔고 지프는 소피에게 급히 달려가서 몇 마디 말로 현재 상황을 설명했다.

"이리로 와. 이 천막 아래로 들어가. 그리고… 이크! 큰일 날 뻔했어. 손전등 빛이 움직이고 있잖아. 이제 꼼짝도 하지 말고 누워 있어. 그리고 내가 와서 얘기할 때까지 기다리렴."

존 둘리틀 박사가 서커스장 울타리 너머 컴컴한 골목에서 다시 시계를 보며 중얼거렸다.

"무슨 일이 일어난 거지? 소피는 못 오는 걸까?"

매슈가 캐러밴으로 가서 코코아 모임에 합류한 지 몇 분 지나지 않아 경비원이 탁자에서 일어나더니 순찰을 돌아야 한다고 말했다. 소피가 도망갈 수 있는 충분한 시간을 벌어 주고 싶었던 동물 먹이 장수가 좀 더 앉아 있으라며 그를 설득하려고 했다.

"아, 그러지 말고 코코아 한 컵 더 마셔요. 여긴 조용한 곳이에요. 아무도 이곳을 침범하지 않는다니까. 파이프를 채우고 좀 더 얘기합시다."

경비원이 말했다. "고맙지만 안 돼요. 그러고 싶긴 하지만 그럴 수 없어요. 블로섬 씨가 내게 밤새도록 돌아다니라고 엄명을 내렸어요. 만약 그가 나왔을 때 내가 근무 중이 아니라는 사실을 알게 된다면 불호령이 떨어질 걸요."

잡아 두려는 매슈의 온갖 노력에도 불구하고 경비원은 등불을 들고 밖으로 나섰다.

하지만 히긴스는 여전히 캐러밴에 남아 있었다. 그리고 동물 먹이 장수는 아내가 정치와 날씨에 대해 그와 즐겁게 이야기를 나누는 동안 금방이라도 소피가 없어졌다고 서커스단에 알리는 소리가 들릴 거라고 생각했다.

하지만 경비원은 문이 열려 있고 무대가 텅 비어 있는 걸 발견하고도 소리를 지르지 않았다. 대신 매슈의 캐러밴으로 뛰어왔다.

"히긴스, 당신의 바다표범이 없어졌어요!"

"없어졌다고!" 히긴스가 외쳤다.

"없어져요! 그럴 수가 없는데!" 매슈가 말했다.

경비원이 말했다. "바다표범이 사라졌어요. 내가 갔을 때 문이 열려 있었고 바다표범이 거기 없었어요."

히긴스가 벌떡 일어나면서 외쳤다. "세상에! 평상시처럼 분명히 문을 잠갔는걸요. 그래도 울타리 문이 잠겨 있다면 멀리 가지 못했을 거예요. 곧 다시 찾을 수 있을 겁니다. 갑시다!"

그가 캐러밴에서 달려 나갔다. 매슈와 시오도시아는 크게 당황한 척하며 바로 그의 뒤를 쫓아갔다.

"내가 가서 울타리 문들을 다시 살펴볼게요. 분명히 문제가 없겠지만 아무튼 다시 확인해 볼게요." 경비원이 말했다.

히긴스와 매슈, 시오도시아는 바다표범의 무대로 한달음에 달려갔다.

"분명 문이 열려 있군요. 정말 기이하군." 그곳에 다다랐을 때 매슈가 말했다.

"안으로 들어가 봅시다. 수조 바닥에 숨었을지도 모르니." 히긴스가 말했다.

세 명 모두 안으로 들어가서 성냥불 빛으로 어두운 물 아래를 자세히 살폈다.

그때 경비원이 다시 나타났다.

"문들은 문제없어요. 다 잠겨 있어요. 모두 다."

그제야 매슈는 뭔가 문제가 생겼다는 걸 알았다. 히긴스와 경비원이 램프로 물속을 살피는 동안 그는 아내에게 뭔가를 속삭였다. 그러고는 시오도시아가 그 두 사람을 그곳에 좀 더 오래 붙잡아두길 바라면서 살짝 빠져나와 문 쪽으로 달려갔다.

실제로는 시오도시아는 자신의 역할을 잘 해냈다. 정말 멋지게 해냈다. 곧 히긴스가 말했다.

"물속엔 아무것도 없어요. 소피는 여기 없다고요. 밖으로 나가서 찾아봅시다."

그리고 두 남자가 막 떠나려고 할 때 시오도시아가 외쳤다. "저건 뭐죠?"

"뭘 말하는 거죠?" 히긴스가 돌아서면서 말했다.

"저기 저 아래요." 머그 부인은 더러운 물 안쪽을 가리키며 말했다. "뭔가 움직이는 걸 본 것 같아요. 램프를 더 가까이 가져와 보세요."

경비원이 수조 가장자리로 몸을 굽혔다. 그리고 히긴스가 옆에

"오! 오! 어지러워요!"

서서 더 잘 보기 위해 눈을 가늘게 떴다.

"아무것도 안 보이는걸요." 경비원이 말했다.

그때 머그 부인이 외쳤다. "오! 오! 어지러워요. 도와줘요. 빠지겠어요."

그리고 거구인 시오도시아가 흔들흔들하더니 별안간 쭈그리고 있는 두 남자 위로 넘어졌다.

곧이어 풍덩! 풍덩! 물에 빠진 건 시오도시아가 아니라 히긴스와 경비원 그리고 램프였다.

2장

한밤의 소동

머그 부인이 소피의 수조에서 우연을 가장해 일부러 이 두 남자를 물속에 빠뜨리는 장면을 목격한 동물은 흰쥐가 유일했다. 이후 여러 주 동안 녀석은 바다표범 사육사인 히긴스가 물에 빠졌다가 수면 위로 떠오르는 모습을 묘사해서 동물 식구 모두에게 재미를 선사했다.

동물들에게 이날은 가장 바쁘고도 신나는 밤이었다. 두 남자가 물에 빠져서 도와달라고 소리 지르는 것으로 시작된 소동은 30여 분간 계속되었고 결국 애슈비에 있는 모든 이들의 단잠을 깨웠다.

맨 먼저 블로섬 씨가 공포에 사로잡힌 외침을 듣고 캐러밴에서 달려 나오다가 계단 어디선가 불쑥 튀어나온 돼지 한 마리에게 발

블로섬 씨는 작은 돼지에게 걸려 넘어지고 말았다.

이 걸려 바닥에 코를 찧고 말았다. 블로섬 씨는 일어나서 다시 가려고 했으나 어느 틈에 다시 튀어나온 녀석에게 걸려 넘어지는 바람에 결국 멀리 가지 못했다.

다음으로 뱀을 부리는 파티마가 한 손에는 촛불, 다른 한 손에는 망치를 들고 방에서 달려 나왔다. 하지만 두 발자국도 옮기기 전에 이상한 오리 한 마리가 머리 위로 날아오더니 날갯짓을 해서 촛불을 꺼뜨렸다. 파티마는 다시 안으로 달려가서 촛불을 켠 다음 사람들을 구하러 가려고 했다. 그러자 이상하게도 똑같은 일이 반복되는 것이었다. 대브대브는 거브거브가 블로섬 씨에게 그런 것처럼 파티마를 정신없게 만들었다.

블로섬 씨 부인은 실내복을 입은 채 밖으로 나왔다가 사람들에게 설탕을 달라고 요구하는 버릇이 있는 늙은 말 베포와 마주쳤다. 블로섬 씨 부인이 옆으로 지나가려고 하자 베포는 공손하게 길을 터 주었다. 하지만 그 과정에서 녀석이 그녀의 발에 있는 티눈을 꽉 밟았다. 부인은 비명을 지르며 침대로 돌아갔고 다시는 나오지 않았다.

동물들이 다양한 기술을 동원해서 많은 사람들이 모이는 걸 막으려고 했지만 서커스단에 있는 모든 사람들이 나오는 걸 막을 수는 없었다. 오래지 않아 천막을 세우는 사람들과 다른 흥행사들이 히긴스와 경비원의 비명 소리를 듣고 소피의 무대로 모여들었다.

한편 매슈 머그는 울타리로 가서 문을 다시 열었다. 하지만 소피가 눈에 띄지 않았다. 사실 지프와 투투만이 소피가 어디 있는지 알고 있었다. 하지만 매슈가 열어 둔 문에서 고작 몇 걸음밖에 떨어지지 않은 바다표범의 무대로 많은 사람들이 모여드는 걸 본 지프는 소피에게 은신처에서 나오라는 말을 전할 엄두가 나지 않았다. 블로섬 씨 측 사람들이 속속 도착해서 무리에 합류했다. 등불 여러 개가 현장을 비췄다. 모두가 소리를 질러 댔다. 사람들 중 반은 무슨 일이냐고 물었고 나머지 반은 묻는 사람들에게 상황을 설명했다. 거브거브 때문에 여섯 번이나 진흙탕에 넘어졌던 블로섬 씨는 현장으로 오는 길에 맞닥뜨린 사람들을 모두 밀치면서 미친 황소처럼 고함을 질러 댔다. 북새통이 따로 없었다.

마침내 히긴스와 경비원이 수조에서 구조되었다. 이들은 등유로 불을 밝히고 다시 바다표범 사냥에 나섰다.

경비원과 모든 사람들은 소피가 근처 어디엔가 있을 거라고 확신했다. 그건 사실이었다. 소피가 누워 있는 천막은 무대에서 고작 9미터 정도 떨어져 있었다. 소피가 나갈 수 있는 문 역시 가까운 거리였다.

지프가 이 남자들이 언제 사라질지 궁금해할 때쯤 히긴스가 보드라운 흙 발자국을 찾았다고 소리를 질렀다. 그러자 등불 여러 개가 앞을 비췄고 사람들이 소피가 은신처로 발걸음을 옮길 때 생긴 발자국을 뒤쫓기 시작했다.

다행히 그곳에는 많은 발자국이 겹쳐져 있어서 동물 발자국을 찾아내기가 쉽지 않았다. 매슈는 이들을 다른 방향으로 이끌기 위해 최선을 다했다. 하지만 추격자들은 착실하게 올바른 방향으로 움직였다. 충실한 아내이자 가엾은 소피가 가슴을 콩닥거리며 숨어 있는 천막을 향해서.

좁은 골목에서 조바심을 내며 소피를 기다리던 존 둘리틀 박사에게도 서커스장 쪽에서 나는 고함 소리가 들렸다. 박사는 그 소리가 소피가 무대에서 탈출했다는 사실을 의미한다는 걸 알았다. 하지만 시간이 흘러도 녀석이 약속 장소에 오지 않자 박사의 불안감은 걷잡을 수 없이 커졌다.

지프의 불안감은 박사보다 훨씬 컸다. 추격자들이 소피가 몸을 숨긴 곳으로 점점 더 가까이 가고 있었다. 이 불쌍한 개는 절망감에 사로잡혔다.

한편 지프는 산수 박사 투투의 존재를 잊고 있었다. 이 작은 올빼미는 서커스장 저편에 있는 동물원 지붕에 앉아서 장군의 눈으로 전장을 감시하고 있었다. 투투는 서커스장의 모든 사람들이 수색에 나서서 더 이상 나올 사람이 없을 때만을 기다리고 있었다. 마침내 작전을 개시했을 때 예상치 못한 훼방꾼이 나타나지 않기를 바랐다.

별안간 투투가 동물원 벽에 붙은 통풍구로 내려오더니 가볍게 '후후' 하고 소리를 냈다. 그 순간 한 번도 본 적 없는 대혼란이 일어났다. 사자가 포효했고 주머니쥐가 비명을 질렀다. 야크와 하이에나가 울부짖었고 코끼리가 코로 나팔을 불면서 장작을 향해 쿵쿵 걸어갔다. 동물들의 음모는 이 대소동으로 절정에 다다랐다.

서커스장 반대편의 추격꾼들은 가만히 서서 귀를 기울였다.

"도대체 이 천둥 같은 소리는 뭐지?" 블로섬 씨가 물었다.

"동물원 쪽에서 나는 소리 아닌가요? 코끼리가 도망친 것 같은데요." 사람들 중 한 명이 말했다.

"알겠다! 소피예요. 동물원으로 들어간 게 틀림없어요. 코끼리가 소피를 보고 놀란 거예요." 다른 사람이 말했다.

블로섬 씨가 말했다. "맞아요. 맙소사! 여기서 소피를 찾고 있었다니! 동물원으로 갑시다!" 그러고는 등불을 들고 뛰기 시작했다.

"동물원으로!" 무리가 외쳤다. 곧바로 이들은 모두 서커스장 반대편으로 우르르 몰려갔다.

딱 한 명, 매슈만 빼고. 뒤에 남아서 신발 끈을 매는 척하던 매슈 머그의 눈에 작은 천막을 지나 천막 덮개 밑으로 부리나케 사라지는 지프가 보였다.

지프가 말했다. "지금이야, 소피! 헤엄을 치든 날아서 가든 어떻게든 해! 빨리 문으로 빠져나가!"

지프가 서두르라며 소리를 지르고 매슈가 연 문을 잡고 있는 동안 소피는 있는 힘을 다해 퍼덕거리며 앞으로 나아갔다. 마침내 바다표범이 뒤뚱거리며 길로 나갔다. 동물 먹이 장수는 녀석이 길을 건너서 외딴 집 옆 골목으로 사라지는 모습을 지켜보았다. 그는 문을 다시 닫은 다음 소피가 남긴 발자국을 따라가며 자신의 발로 발자국을 뭉개 버렸다. 그러고는 땀을 닦으면서 문에 기댔다.

"세상에! 내가 바다표범 탈출을 돕기는커녕 방해꾼 노릇을 했다고 박사한테 말해야겠군. 만약 내가…"

코끼리가 장작을 향해 쿵쿵 걸어갔다.

그때 뒤에서 문 두드리는 소리가 들렸다. 매슈는 다시 문을 열었다. 허리에 볼록렌즈가 달린 손전등을 찬 경찰 한 명이 서 있었다. 경찰이라면 질색인 매슈는 심장이 멈추는 듯했다.

“전 아무것도 안 했는데요. 전…” 매슈가 말했다.

“도대체 무엇 때문에 이 소란이죠? 당신들 때문에 이 도시 주민들이 다 깼어요. 사자가 도망치기라도 했나요?”

매슈는 안도의 한숨을 내쉬었다.

“아니에요. 코끼리 때문에 작은 소동이 있었죠. 코끼리 발에 밧줄이 걸리는 바람에 천막이 무너졌거든요. 지금 다시 세웠어요. 걱정할 일은 없답니다.”

경찰이 말했다. “그게 다예요? 사람들이 나와서는 세상이 망하는 거 아니냐고 물었다고요. 안녕히 계세요!”

“안녕히 가세요! 그리고 다른 경찰들한테 안부 전해 주세요.” 매슈는 이날 밤 세 번째로 문을 닫고 동물원을 향해 발걸음을 옮기면서 작은 소리로 덧붙였다.

빈집 옆 어두운 골목에서 불안해하며 조바심 속에 기다리던 존 둘리틀 박사에게 마침내 특이한 발자국 소리가 들렸다. 좀 더 정확하게 말하자면 물갈퀴가 달린 발에서 나는 소리였다. 소피가 돌바닥을 걸어올 때 나는 소리는 누군가가 젖은 넝마 조각으로 땅바닥을 찰싹 때리는 소리와 마룻바닥에 있는 감자 자루를 확 잡아당기는 소리를 섞어 놓은 듯했다.

“소피, 너니?” 박사가 속삭였다.

"네." 바다표범이 박사가 서 있는 쪽을 향해 몸을 세우며 말했다.

"세상에! 도대체 왜 이렇게 늦은 거니?"

"아, 문 때문에 소동이 좀 있었어요. 빨리 여기서 떠나는 게 좋지 않을까요? 여긴 별로 안전하지 않은 것 같아요." 소피가 말했다.

"지금은 그럴 수가 없겠구나. 서커스단 소동 때문에 사람들이 다 잠에서 깼거든. 지금은 거리로 나서지 않는 게 좋겠어. 방금 경찰 한 명이 저기 골목 끝으로 지나가는 게 보였어. 다행히 네가 골목으로 들어선 후였지."

"그러면 이제 우리는 어떻게 하죠?"

"지금은 여기 있어야 해. 지금 도망치는 건 미친 짓이야."

"하지만 사람들이 여기를 뒤지러 올 거예요. 그럼 우리는…"

그때 등불을 든 두 사람이 골목 끝에 멈추더니 잠시 이야기를 하다가 사라졌다.

박사가 속삭였다. "그래, 여기도 안전하지 않구나. 더 나은 곳을 찾아야겠다."

골목의 한쪽 벽은 높은 돌담인 데 반해 반대쪽 담장은 벽돌로 되어 있었다. 이 벽돌담이 빈집의 뒤뜰을 둘러싸고 있었다.

박사가 중얼거렸다. "이 빈집 안으로 들어갈 수만 있다면 이곳 주민들이 흥분을 가라앉힐 때까지 안전하게 머무를 수 있을 텐데. 이 담을 넘을 방법이 없을까?"

바다표범은 눈대중으로 높이를 쟀다.

녀석이 중얼거렸다. "2미터가 조금 넘네요. 사다리가 있으면 넘을 수 있어요. 사다리 오르는 걸 연습했거든요. 서커스 공연에서 하니까요. 아마…”

박사가 속삭였다. “쉬잇! 또 경찰이 든 불빛이야. 아, 고맙게도 지나갔구나. 내가 뜰에서 과수원 사다리를 찾아보마. 여기 납작하게 엎드려서 내가 올 때까지 기다리렴.”

통통하지만 굉장히 날렵한 존 둘리틀 박사는 뒷걸음질을 치다가 담을 향해 달리더니 훌쩍 뛰어 올랐다. 그리고 손가락으로 담 꼭대기를 잡았다. 몸을 담 위로 끌어 올리고는 다리 한쪽을 담 너머로 넘긴 다음 반대쪽 화단으로 가볍게 뛰어내렸다. 달빛 아래로 뜰 저쪽 끄트머리에 헛간 같은 게 보였다. 박사는 문 쪽으로 몰래 다가가서 문을 열고 안으로 들어갔다.

안쪽에서 박사의 손에 빈 화분이 닿아 달그락거리는 소리가 났다. 하지만 사다리는 눈에 띄지 않았다. 잔디 깎는 기계, 땅 고르는 기계, 갈퀴와 온갖 종류의 도구들이 있었지만 사다리는 없었다. 게다가 어둠 속에서 사다리를 찾으리라는 보장도 없었다. 박사는 조심스럽게 문을 닫더니 빛이 밖으로 새어 나가지 않도록 거미줄이 낀 더럽고 작은 창문에 코트를 걸고서 성냥불을 켰다.

그러자 머리 바로 위쪽 벽에 딱 적당한 길이의 과수원 사다리가 걸려 있는 게 보였다. 박사는 바로 성냥불을 끈 후 문을 연 다음 어깨에 사다리를 얹고 뜰로 걸어갔다.

바닥이 단단한 곳에 사다리를 세운 박사는 사다리를 타고 담 위로 올라간 후 두 다리를 담 양쪽으로 벌리고 앉았다. 그리고 사다리를 당겨서 위로 올린 다음 담 반대쪽으로 넘겼고 이어서 골목으로 향하는 바닥에 내려놓았다.

곧이어 존 둘리틀 박사는 담 꼭대기에 걸터앉아서(진짜 험프티 덤프티 같았다.) 어두운 골목 쪽을 향해 속삭였다.

"자, 소피, 올라와. 사다리 끝을 꽉 잡고 있을게. 네가 담 꼭대기까지 올라오면 사다리를 정원 쪽으로 놔 주마. 당황하지 말고. 조심하렴."

소피가 균형 잡는 법을 터득해 둔 건 정말 행운이었다. 사실 소피가 서커스를 할 때도 이날 밤처럼 묘기를 멋지게 성공한 적은 없었다. 사람이 해냈더라도 자랑할 만한 솜씨였다. 소피는 자신의 자유와 남편의 행복이 끈기에 달려 있다는 걸 알고 있었다. 탈출하기 위해 벌이는 이 화려한 최후의 공연 도중에 당장이라도 누군가가 이 골목으로 와서 그들을 찾아낼지 모른다는 두려움에 떨면서도 자신을 사로잡은 자들로부터 배운 기술을 사용해 그들에게 패배를 안길 수 있다는 생각이 들자 짜릿한 쾌감을 느꼈다.

소피는 흔들리지 않고 한 칸 한 칸 올라가기 시작했다. 다행히도 사다리가 담 높이보다 더 길었다. 그래서 박사는 사다리를 수직으로 세우는 대신 소피가 올라오기 쉽도록 완만하게 세웠다. 바다표범의 무게 때문에 사다리가 위태롭게 휘청거렸다. 담 위에 앉은 박사는 사다리가 소피의 무게를 지탱할 정도로 튼튼하기를 빌었다. 과수원에서 가지를 칠 때 쓰는 사다리여서 그런지 위로 갈수록 폭이 좁아졌다. 이윽고 소피가 두 앞발로 잡기에 너무 좁은

박사가 사다리를 정원 쪽으로 내려놓았다.

곳에 이르렀다. 아슬아슬한 곡예가 필요한 지점이었다. 그 불편한 상태에서 박사님이 사다리를 옮기는 동안 소피는 사다리에서 폭이 30센티미터밖에 안 되는 벽 위로 둔한 몸을 옮겨야 했다.

소피는 서커스단에서 사다리 올라가는 법은 물론 좁은 공간에서 균형 잡는 방법도 익혔다. 박사가 몸을 구부려서 녀석의 축 처진 배를 손으로 받쳐 끌어 올려 주자 마침내 소피는 씰룩거리며 사다리에서 담 꼭대기로 옮겨 왔으며 좁은 담 위에서 별일 아닌 듯 쉽게 균형을 잡았다.

소피가 달빛을 받으며 멋진 조각상처럼 서 있는 동안 박사가 사다리를 들어 올린 다음 정원 쪽으로 내려놓았다. 그러는 사이 박사의 기다란 모자가 바닥에 떨어졌다.

녀석은 사다리를 내려올 때 공연에서 썼던 또 다른 기술을 발휘했다. 사다리에 기대 눕더니 바닥까지 미끄럼틀을 타듯이 내려간 것이다. 올라갈 때보다 훨씬 빠른 속도였다. 게다가 소피가 미끄러지면서 내려온 건 정말 다행이었다. 골목에서 다른 사람 목소리가 들리는 바람에 박사가 사다리를 잔디밭에 제대로 고정시키지 못했기 때문이었다. 이들은 아슬아슬하게 정원으로 몸을 피했다.

"휴, 다행이다!" 발자국 소리가 사라지자 박사가 말했다. "정말 아슬아슬했어, 소피! 아무튼 이젠 안전해. 누구도 너를 찾으러 여기까지 올 생각은 못 할 거야. 오, 네가 카네이션을 밟고 있구나. 여기 돌 위로 오렴. 자, 저기 헛간이나 집 안에서 눈을 좀 붙일까?"

"저는 여기도 좋은걸요" 소피가 풀이 길게 자란 잔디밭에서 뒹

굴며 말했다. "밖에서 자요."

박사가 말했다. "아니, 그건 절대 안 돼. 주변에 이 집들 좀 보렴. 날이 밝은 후 꼭대기 창문에서 내다보면 우리가 보일 거야. 헛간에서 눈을 붙이자꾸나. 난 헛간 냄새가 참 좋단다. 그리고 헛간에서 자면 다른 문들을 부숴서 열 필요가 없지."

"계단으로 올라가지 마세요." 소피가 헛간으로 재빨리 향하며 말했다. "전 계단이 정말 싫어요. 사다리는 어떻게든 올라갈 수 있어요. 하지만 계단은 딱 질색이에요"

그들은 희미한 달빛이 비치는 헛간 안에서 낡은 자루와 물풀을 잔뜩 찾아냈다. 그리고 그것들로 아주 푹신한 침대를 두 개 만들었다.

"휴, 자유라니 정말 좋아요!" 소피가 커다랗고 부드러운 몸을 쭉 펴며 말했다. "박사님은 졸리지 않으세요? 지금은 박사님이 억만금을 준다고 해도 한순간도 깨어 있지 못하겠어요."

"흐음, 그럼 얼른 자렴. 나는 눈을 붙이기 전에 정원을 좀 거닐어야겠구나."

3장

외딴 정원

모든 종류의 정원을 좋아하는 박사는 파이프에 불을 붙인 다음 헛간에서 달빛 속으로 걸어 나갔다. 방치된 화단과 잔디밭을 보자 퍼들비에 있는 자신의 아름다운 집이 떠올랐다. 사방에 잡초가 무성했다. 존 둘리틀 박사는 화단에 있는 잡초를 보자 그냥 지나칠 수 없었다. 장미나무 뿌리에 있는 잡초 한두 포기를 뽑았다. 좀 더 가 보니 무성한 잡초가 멋진 라벤더 꽃나무를 거의 덮고 있었다.

박사는 괭이와 바구니를 가져오기 위해 까치발로 헛간에 돌아가면서 말했다. "세상에! 이렇게 멋진 곳을 방치해 두다니 정말 심하군!"

그리고 오래지 않아 박사는 달빛 아래에서 미친 듯이 잡초를 뽑았다. 마치 자신이 이 정원의 주인인양, 위험에 처하지 않은 사람처럼.

박사는 바구니를 민들레로 가득 채우고 혼자서 중얼거렸다. "이제 다 됐군. 우리가 이 집을 공짜로 전세 냈으니 집주인을 위해 최소한 이 정도는 하는 게 좋겠지."

시끄러워서 이웃 주민들이 깰지도 모른다는 걱정만 없었다면 박사는 아마 잔디 깎는 기계를 가져다가 잔디까지 깎아 버렸을 것이다.

일주일 후 이 집 주인은 고모에게 집을 빌려주었는데 그 선량한 여성으로부터 정원을 잘 가꿨다며 칭찬하는 편지를 받고 크게 당황했다.

고된 밤일을 마친 후 침대로 돌아간 박사는 배가 고프다는 사실을 깨달았다. 등나무 아래에서 사과나무를 본 걸 기억해 내고 다시 밖으로 나갔다. 하지만 열매가 눈에 띄지 않았다. 서리꾼 아이들이 다 따 갔던 것이다. 박사는 해가 뜨면 뜰에 나갈 수 없다는 걸 알았기에 곧바로 과일을 찾으러 뜰 이곳저곳을 살폈다. 하지만 이번에는 운이 따르지 않았다. 결국 박사는 다음 날에는 하는 수 없이 굶어야겠다고 생각하며 잠자리에 들었다.

소피가 아침에 일어나자마자 말했다. "세상에, 밤새도록 예전에 지냈던 바다에 대한 꿈을 꾸었어요. 그랬더니 정말 배가 고프네요. 박사님, 먹을 게 있나요?"

"아니, 없단다. 아침이랑 점심까지 굶어야 할 것 같아. 낮에는 감히 밖에 나갈 수가 없거든. 어두워지면 바로 내가 가게에 가서 훈제 청어 같은 걸 사다 주마. 오늘 밤쯤 사람들이 널 찾는 걸 포기하면 좋을 텐데. 그럼 트인 시골길 쪽으로 바다에 갈 수 있을 거야."

소피는 굉장히 용감했고 나름대로 최선을 다했다. 하지만 시간이 지나자 둘 다 참을 수 없을 만큼 배가 고파졌다. 오후 한 시쯤 되자 별안간 소피가 말했다.

"쉬잇! 박사님, 저 소리 들었어요?"

"아니." 헛간 구석에서 양파를 찾던 박사가 대답했다. "무슨 소린데?"

"정원 담 반대쪽 골목에서 개 짖는 소리가 나요. 작업대 밑에서 나와 보세요. 그럼 들릴 거예요. 세상에! 저를 쫓는 사람들이 개를 데리고 온 거면 어쩌죠? 그렇다면 이제 정말 끝인데."

박사가 작업대에서 기어 나와 문 쪽으로 가서 귀를 기울였다. 담 너머에서 개가 낮고도 조심스럽게 짖는 소리가 들렸다.

박사가 중얼거렸다. "세상에! 저건 지프가 짖는 소리야. 녀석이 뭘 원하는 거지?"

헛간에서 멀지 않은, 담벼락에서 가까운 곳에 가지가 무성한 배나무가 서 있었다. 창문에서 정원을 내려다보는 사람이 없다는 걸 확인한 박사는 재빨리 그 나무 아래로 갔다.

"지프, 무슨 일이야? 무슨 문제라도 생겼니?" 박사가 물었다.

"저 좀 안으로 들여보내 주세요. 담을 넘을 수 없거든요." 지프가 속삭였다.

"어떻게 해야 하지? 문이 없는데. 게다가 내가 트인 곳으로 나가면 사람들 눈에 띄게 될걸."

"밧줄을 가져와서 끝에다가 바구니를 묶으세요. 그리고 나무 뒤 담 너머로 던지면 제가 바구니 안으로 들어갈게요. 제가 짖으면 밧줄을 잡아당겨서 저를 올려 주세요. 서둘러요. 이 골목에 있는 걸 들키면 안 되니까요."

박사는 기어서 헛간으로 되돌아갔다. 거기서 노끈을 찾아냈고 줄 끝에 정원에서 쓰는 바구니를 묶었다.

나무 밑으로 되돌아온 박사는 손으로 줄 끝을 잡고 바구니를 담 너머로 던졌다.

지프가 짖는 소리가 골목에서 들리자 박사가 줄을 잡아당기기 시작했다. 바구니가 담 꼭대기에 이르자 담벼락 반대쪽에서 지프의 머리가 보였다.

지프가 속삭였다. "줄을 팽팽하게 당긴 다음 나무에 묶으세요. 그리고 박사님 코트를 앞치마처럼 쫙 펼치세요. 박사님한테 던져 줄 게 있어요."

박사는 지프가 시키는 대로 했다. 그러자 지프가 바구니에 가져온 걸 박사에게 던졌다. 햄 샌드위치 네 개와 우유 한 병, 청어 두 마리, 면도칼, 비누와 신문이었다. 이어서 빈 바구니를 잔디밭으로 던졌다.

지프가 말했다. "자, 이제 저를 받으세요. 코트를 진짜 팽팽하게 잡고 있어야 해요. 준비됐어요? 하나, 둘, 셋!"

지프가 날 듯이 코트에 멋지게 뛰어내리자 박사가 말했다. "세상에! 서커스에서 공연을 해도 손색이 없겠어!"

"언젠가 하게 될지도 모르죠. 박사님은 여기 어디쯤에 머물고 있는 거예요? 지하실에 계신 건가요?"

"아니, 저쪽 헛간에 있단다. 자, 들키지 않게 얼른 가자."

이들은 얼마 지나지 않아 헛간에 안전하게 도착했다. 소피는 청어 한 마리를 꿀꺽 삼켰고 박사는 굶주린 듯 햄 샌드위치를 게걸스럽게 씹었다.

박사가 입에 샌드위치를 가득 넣은 채 말했다. "지프, 넌 정말 놀랍구나. 도대체 우리가 여기 있는 것과 음식이 필요하다는 걸 어떻게 알았지? 우린 둘 다 배고파 죽을 지경이었어."

지프가 바다표범에게 나머지 청어 한 마리를 던져 주며 말했다. "소피가 서커스장 문을 빠져나간 후에도 소동이 가라앉지 않았죠. 블로섬 씨와 다른 사람들이 밤새도록 소피를 찾아다녔어요. 우리는 창문으로 머리를 내밀고 있는 사람들을 보고 주민들도 이 소동 때문에 불안해한다고 생각했어요. 투투가 정말 걱정을 많이 했어요."

지프가 말을 이었다. "박사님이 지금 마을을 빠져나가려고 하면 안 된다고 생각했죠. 잡힐 테니까요. 지금은 숨어 있어야 할 때라고 판단했어요. 우리는 박사님하고 소피가 서커스단으로 끌려올 거라고 생각하면서 밤새도록 앉아 있었어요. 그런데 아침이 됐는데도 박사님은 여전히 잡히지 않았어요. 그리고 제가 아는 한 그

지프가 날듯이 뛰어내렸다.

누구도 박사님이 이 일과 관련이 있을 거라고 의심하지 않았어요. 아무튼 서커스단 사람들은 날이 밝은 후에도 수색을 계속했어요. 투투는 내내 안절부절못했죠. 제가 투투에게 말했어요.

'박사님이 아직 애슈비에 있는지 아닌지 내가 곧 알려 줄게.'

그리고 전 조사를 시작했어요. 눅눅한 아침이어서 냄새를 맡기에 참 좋았죠. 이 도시 안쪽과 주변을 한 바퀴 빙 돌았어요. 만약 박사님이 어떻게든 도시를 떠났다면, 날아서 가지 않는 한, 박사님 냄새를 맡을 수 있었을 거예요. 하지만 어디서도 박사님 자취를 찾을 수 없었어요. 결국 투투에게 돌아와서 말했죠.

'박사님이 풍선을 타고 가지 않았다면 아직 애슈비를 떠나지 않았어.'

투투가 말했어요. '좋아. 그럼 박사님은 안전한 곳에 숨어 있는 게 틀림없어. 꾀가 많은 분이니까. 자, 이제 박사님이 어디 있는지 찾아보고 와서 나한테 알려 줘. 그동안 박사님이 드실 음식을 준비해 놓을게. 박사님하고 바다표범은 분명히 배가 고플 거야. 둘 다 어제 정오 이후로 아무것도 먹지 못했을 테니까. 그리고 오늘 밤 늦게까지 숨어 있어야 할걸.'

그래서 전 이 마을을 돌아다니며 냄새를 맡았어요. 그리고 역마차가 서는 곳에서 박사님의 흔적을 찾아냈죠. 제가 예상한 대로 그 흔적은 옆길에서 어두운 골목으로 이어졌어요. 그런데 놀랍게도 거기서 더 나아가지 않고 완전히 멈춰 버린 거예요. 소피의 자취도 마찬가지였어요. 박사님이 쥐구멍으로 기어 들어가거나 하늘로 날아갈 수는 없잖아요. 몇 분 동안 정말 혼란스러웠어요. 그때 담 너머로 담배 연기 냄새가 나는 거예요. 박사님이 즐겨 피우는 담배였죠. 그래서 박사님이 정원 안에 계시다는 걸 확신했어요. 그나저나 소피와 박사님 둘 다 높이뛰기 선수로군요."

박사가 두 번째 샌드위치를 입으로 가져가면서 웃었고 소피 역시 뒷발로 생선이 묻은 수염을 닦아 내며 활짝 웃었다.

"지프, 우린 담을 뛰어넘은 게 아니란다. 저쪽에 있는 사다리를 사용했지. 그런데 넌 어떻게 들키지 않고 음식을 얻을 수 있었니?"

지프가 말했다. "결코 쉽지 않았죠. 투투와 대브대브가 샌드위치를 만들었어요. 히긴스의 생선통에서 청어를 꺼냈고요. 우유는 배달부가 캐러밴으로 배달해 준 거랍니다. 그리고 박사님이 하루 종일 이곳에 머물러야 한다면 신문을 보면서 시간을 보내고 싶어 할 거라고 투투가 말했어요. 그래서 『모닝 가제트』를 가져오기로 한 거예요. 박사님이 그 신문을 읽는 걸 종종 봤거든요. 또 흰쥐가 박사님 면도칼과 비누를 꼭 챙기라고 했어요. 박사님은 면도를 하지 않고 외출하는 걸 싫어하니까요. 우리는 준비한 모든 걸 안에 넣었어요. 하지만 한꺼번에 들어 보니 한번에 옮기기에는 너무 무거웠어요. 전 짐을 두 개로 나눈 다음 일단 짐 한 개를 골목에 있는 쓰레기통에 숨기고 두 번째 짐을 옮겼답니다. 첫 번째 짐을 옮길 때 할머니 한 분을 만났어요. 전 음식이 눈에 띄지 않게 신문으로 둘둘 감았죠. 그 할머니가 말하더군요. '어머, 주인한테 신문을 가져다주는 저 착한 개 좀 봐! 이리 오렴! 똘똘한 멍멍아!'"

소피가 싱긋 웃었다.

"전 그 멋대가리 없는 할머니에게 신문을 줘 버리고는 얼른 도망쳤어요. 두 번째 짐을 옮길 때는 바보 같은 개들을 만났지 뭐예요. 녀석들이 소피에게 가져갈 청어 냄새를 맡고는 떼를 지어 저를 쫓아오기 시작했어요. 녀석들한테서 도망치려고 이 마을 주변을 계속 달리다가 몇 번이나 짐을 잃어버릴 뻔했다니까요. 결국 짐을 내려놓고는 녀석들하고 한바탕 싸움을 벌였죠. 정말 쉽지 않았어요."

"세상에!" 박사가 마지막 샌드위치를 다 먹어 치운 후 우유병을 열면서 말했다. "너 같은 친구가 있어서 얼마나 좋은지 모르겠다. 면도칼을 가져다줄 생각을 하다니 정말 기뻐. 수염 때문에 턱 주변이 너무 까칠하거든. 아, 그런데 면도할 물이 없네."

지프가 말했다. "우유로 하셔야 해요. 조심해요! 다 마셔 버리면 안 돼요. 그 부분까지 생각했답니다."

박사가 반쯤 빈 우유병을 내려놓으며 말했다. "흐음, 괜찮은 생각인데. 한 번도 우유로 면도를 해 본 적은 없지만 말이야. 피부에는 정말 좋겠어. 소피, 넌 우유를 마시지 않는구나. 그렇지? 아, 이제야 좀 일이 풀리네."

박사가 옷깃을 떼어 내더니 면도를 시작했다.

박사가 면도를 끝내자 지프가 말했다.

"박사님, 이제 전 가 봐야겠어요. 가능한 한 빨리 캐러밴으로 돌아가서 모든 일이 순조롭게 돌아가고 있는지 얘기해주기로 약속했거든요. 박사님이 오늘 여길 떠나지 못한다면 제가 음식을 가지고 내일 같은 시간에 다시 올게요. 이제 마을 사람들은 어느 정도 잠잠해졌어요. 하지만 히긴스와 블로섬 씨는 아직 무슨 수를 써서라도 소피를 찾으려 하고 있어요. 그러니까 조심하셔야 해요. 여긴 숨어 있기 딱 좋네요. 필요하면 이틀이나 사흘 이상 머무르는 게 좋겠어요. 서둘러서 도망치려다가 잡힐 수도 있으니까요."

박사가 말했다. "그래, 지프. 조심할게. 와 줘서 정말 고마워. 모두에게 안부 전해 주렴."

"나도." 소피가 말했다.

"그리고 투투와 다른 동물들에게 도와줘서 고맙다고 전해 주렴." 지프가 헛간 문을 열 때 박사가 덧붙였다.

그들은 다시 몸을 숨긴 채 배나무 쪽으로 향했다. 지프가 나뭇가지로 기어 올라가자 박사가 녀석을 바구니에 태운 다음 담 너머 골목으로 줄을 늘어뜨려서 내려 주었다.

몇 시간 동안 더 이상 떠들썩한 일은 일어나지 않았다. 가끔 골목과 주변 도로에서 그들을 찾는 목소리가 들려오긴 했지만 박사는 신문을 읽으면서, 소피는 생각에 잠긴 채 침대에 누워서 기분 좋은 오후를 보냈다.

어둠이 내리자 존 둘리틀 박사는 더 이상 신문을 읽을 수 없었다. 소피와 낮은 목소리로 탈출 계획에 대해 이야기를 나누기 시작했다.

"박사님은 우리가 오늘 밤 이곳을 빠져나갈 수 있을 것 같으세요? 그때쯤 되면 사람들이 저를 찾는 걸 포기하겠죠?" 소피가 물었다.

박사가 말했다. "그러기를 바라고 있단다. 어두워지자마자 정원에 나가서 무슨 소리가 들리는지 알아보마. 네가 얼마나 가고 싶어 하는지 알고 있다만 조급하게 굴지 말아라."

30여 분이 지났을 때 박사가 사다리를 가져와서 정원 담 꼭대기 근처까지 올라간 다음 오랫동안 세심하게 귀를 기울였다.

소피가 있는 헛간으로 돌아온 박사가 고개를 저으며 말했다.

"거리에는 아직도 굉장히 많은 사람들이 돌아다니고 있어. 그런데 그들이 너를 찾아다니는 사람들인지, 아니면 단지 이곳에 사는 주민들인지 분간할 수가 없구나. 좀 더 기다려 보는 게 좋겠다."

소피가 한숨을 내쉬었다. "맙소사! 우리는 이 정원에서 한 발자국도 나갈 수 없는 건가요? 불쌍한 슬러시! 정말 걱정스러워요."

녀석은 어둠 속에서 소리를 죽여 흐느끼기 시작했다.

또 한 시간이 흐른 후 박사가 다시 밖으로 나갔다. 사다리를 막 오르려고 할 때 담장 맞은편에서 그에게 속삭이는 지프의 말소리가 들렸다.

"박사님이에요?"

"응, 무슨 일이니?"

"잘 들으세요! 히긴스와 단장이 마차를 타고 어디론가 떠났어요. 블로섬 씨가 방금 매슈에게 와서 서커스단과 관련된 일을 더 시켰어요. 당분간 이곳에 없을 거래요. 투투는 지금이 박사님이 이 마을을 빠져나갈 절호의 기회라고 생각해요. 서커스단 사람들이 모두 바쁜 이 한 시간 안에 출발하세요. 아시겠어요?"

"그래, 알겠다. 고마워, 지프. 한 시간 안에 떠날게." 박사는 시계를 보았다. "그런데 블로섬 씨는 어느 쪽으로 갔니?"

"동쪽으로요. 그림블던 쪽으로 갔어요. 스위즐이 그들을 따라갔다가 되돌아와서 말해 줬어요. 박사님은 서쪽으로 가면 돼요. 이 골목 끝에서 왼쪽으로 가세요. 그리고 다음 골목 끝에서 다시 왼쪽으로 가세요. 그럼 컴컴한 뒷골목을 만나는데 그 길로 가면 던위치 길로 향하게 돼요. 그 길에 다다르기만 하면 괜찮아요. 그곳엔 집들이 거의 없죠. 곧 탁 트인 시골길로 갈 수 있어요. 제가 박사님을 위해서 샌드위치를 여기 골목에 더 가져다 놓을게요. 나가는 길에 가지고 가세요. 아시겠죠?"

"그래, 알겠어." 박사가 속삭였다. 그리고 이 기쁜 소식을 알리기 위해 서둘러 헛간으로 향했다.

불쌍한 소피는 그날 밤 떠난다는 소식을 듣자 꼬리로 서더니 발로 박수를 치며 기뻐했다.

박사가 말했다. "자, 잘 들으렴. 길에서 사람과 마주치게 되면, 아마 분명히 그럴 테지만, 너는 벽 옆에 누워서 내가 옮기는 부대인 것처럼 보여야 해. 가능한 한 부대처럼 보이도록 해야 한단다. 알겠니?"

소피가 말했다. "알겠어요. 정말 흥분돼요. 제 발이 얼마나 파닥이는지 보세요."

박사는 계속 시계를 보았다. 한 시간이 채 지나기 전에 박사와 소

존 둘리틀 박사가 사다리에서 멈춰 섰다.

피는 떠날 준비를 마치고 사다리 앞에서 조바심을 내며 서 있었다.

마침내 박사가 시계를 한 번 더 본 후 속삭였다.

"좋아. 지금 출발하는 게 좋겠다. 저번처럼 내가 먼저 가서 사다리를 잡아 주마."

하지만, 아아! 박사가 사다리를 반쯤 올라갔을 때 멀리서 성이 난 듯한, 굵고 낮은 개 짖는 소리가 들렸다.

존 둘리틀 박사는 사다리에 멈춰 서서 얼굴을 찡그렸다. 많은 개들이 한꺼번에 으르렁대며 짖어 대는 소리가 점점 더 가까이 다가왔다.

"저게 뭐죠?" 소피가 아래서 아주 낮은 소리로 말했다. "저 소리는 지프나 우리 개들이 내는 소리가 아니잖아요."

박사가 천천히 내려오며 말했다. "아니지. 소피, 뭔가 잘못됐구나. 냄새를 맡은 블러드하운드(영국과 벨기에 원산의 사냥개—옮긴이)들이 으르렁거리는 소리야. 녀석들이 오고 있어. 이리로!"

4장

블러드하운드

지프는 담장 너머로 박사와 이야기를 마친 후 모든 게 잘될 거라고 확신하며 편한 마음으로 친구들이 있는 캐러밴으로 돌아왔다.

투투와 지프가 탁자 아래에서 수다를 떨고 대브대브가 가구의 먼지를 닦고 있을 때 별안간 토비가 가쁜 숨을 몰아쉬며 뛰어 들어왔다.

토비가 외쳤다. “지프, 최악의 상황이야. 사람들이 블러드하운드를 데려왔어. 블로섬 씨하고 히긴스가 떠난 이유가 그거였던 거야. 이웃 마을에 블러드하운드를 키우는 사람이 있거든. 블러드하운드 여섯 마리를 마차에 싣고 오고 있어. 저들이 다리를 막 건너올 때 알아냈어. 내가 뒤로 쫓아가서 녀석들에게 말을 붙여 보려고 했는데 덜컹거리는 마차 바퀴 소리 때문에 녀석들이 내 말을 듣지 못했지. 저들이 하운드에게 소피의 냄새를 알려 줬다면 소피는 이미 잡힌 거나 진배없어."

"빌어먹을! 토비, 그 사람들은 지금 어디 있니?"

"모르겠어. 내가 이리로 올 때 그들이 탄 마차가 시장을 지나고 있었어. 여기로 오는 길이야. 난 가능한 한 빨리 너에게 알려 주려고 앞서서 달려온 거야."

지프가 벌떡 일어서더니 말했다. "좋아. 나랑 같이 가자."

지프는 밤거리로 달려 나왔다.

"녀석들은 바다표범이 공연한 무대에서 냄새를 맡을 거야." 지프는 토비와 함께 서커스장을 가로질러 가며 말했다. "거기 가면 녀석들을 만날 수 있겠지."

하지만 바다표범 무대에는 블러드하운드가 없었다.

지프는 땅에 코를 대고는 한 번 킁킁대더니 소곤거렸다.

"젠장! 녀석들이 이미 왔다 갔어. 냄새를 쫓기 시작한 거야. 들어 봐, 녀석들이 저기서 으르렁거리고 있군. 그 골목으로 빨리 가 보자! 아직 시간이 있을 거야."

지프가 쏜살같이 문을 향해 달려갔다. 딱하게도 한참 뒤처진 토비는 불어오는 바람에 귀를 파닥이며 최선을 다해 지프를 쫓아갔다.

그 골목으로 황급히 달려갔을 때 지프는 등을 든 사람들과 개들이 잔뜩 모여 있는 걸 발견했다. 블로섬 씨와 히긴스, 하운드의 주인이 거기 있었다. 사람들이 얘기를 하면서 등을 흔드는 동안 귀가 기다랗고 목살이 축 처진 커다란 블러드하운드 여섯 마리가 눈에 핏발을 세운 채 땅에서 냄새를 맡더니 그 냄새가 향한 곳을 찾기 위해 사방팔방으로 날뛰기 시작했다. 이따금 녀석들은 코를 들어 올리고 커다란 입을 벌린 채 굵은 소리로 달을 향해 울부짖었다.

이웃집 뒤뜰에 있는 다른 개들이 녀석들의 짖는 소리에 응답했다. 지프는 혼잡한 골목으로 달려 들어가서 소피를 찾는 데 합류하는 척했다. 그리고 녀석들의 우두머리로 보이는 가장 큰 블러드하운드를 찾아낸 후 녀석 옆으로 갔다. 지프가 여전히 눈과 코를 땅으로 향한 채 속삭였다.

"네 얼간이들을 데리고 여기서 꺼져. 이건 존 둘리틀 박사님이 하는 일이라고."

블러드하운드는 멈칫하더니 건방지게 지프를 쳐다보았다.

"야, 똥개! 넌 누구야? 우린 바다표범을 찾고 있어. 우리를 속일 생각일랑 하지 마. 존 둘리틀 박사님은 항해 중인걸."

지프가 속삭였다. "그렇지 않아. 박사님은 담 맞은편에 있어. 여기서 2미터도 안 되는 곳에 있다니까. 박사님은 너희가 찾고 있는 바다표범을 바다로 탈출시킬 생각이야. 너희 멍청한 놈들이 여기서 사라지기만 하면 바다표범이 이 사람들에게서 탈출할 수 있다고."

블러드하운드 우두머리가 말했다. "믿을 수 없는걸. 내가 박사님에 대해 마지막으로 들은 건 박사님이 아프리카를 여행하고 있다는 소식이었어. 우리는 할 일을 해야 해."

"이 얼간이! 멍청이 같으니라고!" 이성을 잃은 지프가 으르렁거렸다. "네 그 긴 귀를 확 잡아당기고 싶게 만드는군. 진실을 말해주지. 넌 지난 2년 동안 집에서 잠을 자고 있었던 게 틀림없어. 박사님이 영국에 돌아온 지 한 달도 넘었다고. 지금은 서커스단과 함께 다니고 있고."

하지만 고도의 훈련을 받은 수많은 전문가들이 그렇듯 이 블러드하운드의 우두머리 역시 (자신이 맡은 일을 뺀 나머지 일들에 대해) 매우 완강했으며 좀 멍청하기도 했다. 녀석은 박사가 영국에 있다는 사실을 믿으려고 하지 않았다. 전하는 바에 따르면 녀석은 일단 냄새를 맡으면 사냥감을 쫓는 데 실패하는 법이 없었다. 쓸데없는 이야기를 일삼는 애송이들을 따라가다가 길을 잘못 드는 법도 없었다. 녀석은 명성이 자자했으며 자신의 명성에 대한 자부심 또한 대단했다.

불쌍한 지프는 절망감에 사로잡혔다. 블러드하운드들이 소피가 올라간 벽에 코를 댄 채 킁킁대고 있었다. 지프는 담 너머 정원에 숨어 있는 소피의 체취가 사방으로 강하게 풍기는 한 이 커다란 짐승들이 이곳을 결코 떠나지 않을 거라는 사실을 깨달았다. 블로섬 씨와 히긴스가 담 너머에 소피가 숨어 있다는 걸 알아채고 낡은 집과 정원을 수색하게 하는 건 이제 시간문제였다.

그런데 우두머리와 말다툼을 하던 중 지프에게 좋은 생각이 떠올랐다. 지프는 블러드하운드 무리에서 떨어져 나와 태평스럽게 골목 끝으로 갔다. 골목은 온갖 개들이 으르렁거리는 소리로 시끌벅적했다. 지프는 고개를 젖히더니 개들의 합창에 동참하는 척했다. 하지만 지프의 외침은 담벼락 너머에 있는 박사를 향한 것이었다.

"이 멍청이들이 제 말을 안 믿어요. 박사님이 여기 있다고 제발 말 좀 해 보세요. 멍! 멍멍!"

그러자 정원에서 또 다른 개가 짖는 소리가 들려왔다. 그 소리는 이렇게 말하고 있었다.

"나야, 존 둘리틀 박사. 여기서 물러가지 않겠니? 멍! 멍! 멍멍!"

블로섬 씨와 히긴스에겐 골목을 가득 채운 다른 개들이 짖는 소리와 다를 바 없는 소리였다. 하지만 갑자기 블러드하운드 여섯 마리가 땅에서 코를 떼더니 기다란 귀 열두 개를 쫑긋 세우고는 미동도 없이 귀를 기울였다.

우두머리가 중얼거렸다. "이럴 수가! 그분이야! 위대한 분이라고."

지프가 녀석에게 향하며 속삭였다. "내가 뭐라고 그랬어? 이제 저 사람들을 남쪽으로 데려가. 마을 밖으로. 빨리. 그리고 아침까지 계속 달리라고."

블러드하운드 조련사는 개의 우두머리가 대뜸 빙글빙글 돌더니 골목 밖으로 향하는 걸 보았다. 기쁘게도 다른 개들이 그 뒤를 쫓아갔다.

그는 등을 휘두르며 외쳤다. "블로섬 씨, 됐어요! 다시 냄새를

블러드하운드들은 언덕을 넘고 계곡을 건너 대추격전에 나섰다.

맡았어요. 녀석들을 쫓아가요! 빨리 갑시다! 놈들이 빠르게 가고 있어요. 놓치지 말아요! 뛰어요!"

세 남자는 급하게 달려가다가 서로에 걸려 넘어지면서도 서둘러 하운드 뒤를 쫓았다.

"놈들이 남쪽 길로 방향을 틀었어요. 당신의 바다표범을 찾을 수 있을 거요. 걱정하지 말아요. 놈들은 좋은 개니까! 일단 냄새를 맡기만 하면 실수하는 법이 없어요. 블로섬 씨, 녀석들이 너무 앞서 가지 않도록 해요."

시끌벅적했던 그 좁고 깜깜한 골목이 눈 깜짝할 사이에 텅 비었고 달빛만 비치고 있었다.

박사의 위로에도 불구하고 잔디밭에서 끊임없이 흐느끼던 소피의 눈에 갑자기 정원 담 위로 날아온 올빼미의 모습이 보였다.

"박사님! 박사님!"

"응, 투투. 왜 그러니?"

"지금이 기회예요. 온 마을 사람들이 다 수색에 나섰어요. 얼른 사다리를 가져오세요. 서둘러요!"

블러드하운드들이 목청을 높이며 블로섬 씨와 히긴스를 이끌고 언덕을 넘고 계곡을 건너 남쪽을 향해 대추격전에 나선 가운데, 2분 후 박사가 소피를 데리고 던위치 길을 따라 조용히 애슈비를 빠져나온 후 바다가 있는 서쪽으로 향했다.

소피의 서커스단 탈출 사건이 옛 이야기가 되어 버린 먼 훗날 존 둘리틀 박사는 바다표범을 데리고 160킬로미터나 되는 거리를 몰래 이동하는 게 얼마나 힘든 일인지 처음부터 알았더라면 일을 성사시킬 용기를 내지 못했을 거라고 동물 식구들에게 말하곤 했다.

그 후 아주 오랫동안 동물 식구들은 난롯가에 모이기만 하면 소피와 박사 둘이 애슈비를 떠난 후 겪은 모험담을 가장 듣고 싶어 했는데, 녀석들이 특히 좋아하는 대목이 있었다. 녀석들은 신나는 이야기가 듣고 싶을 때면 언제나 거브거브가 '그랜체스터행 합승마차'라고 부르는, 소피와 박사가 함께 도망친 이야기를 해달라고 조르곤 했다. 그럼 다시 탈출 이야기로 돌아가 보자.

소피와 존 둘리틀 박사는 애슈비 마을을 벗어나 들판이 시작되는 던위치 길을 걸으면서 안도의 한숨을 내쉬었다. 이들이 길을 걸으면서 가장 두려워한 건 경찰과 마주치는 것이었다. 박사는 히긴스가 경찰서에 가서 없어진 재산을 찾는 대가로 현상금을 걸었을 것이라고 짐작했다. 만약 그랬다면 마을에 있는 모든 경찰들이 사라진 바다표범을 찾으러 나설 게 분명했다.

울타리 사이로 난 길을 걷는 동안 박사는 소피의 거친 숨소리와 부쩍 느려진 걸음걸이를 통해 육지를 걷기 시작한 지 얼마 지나지 않았는데도 녀석이 이미 지쳤다는 사실을 깨달았다. 하지만 도로에서 멈춰 설 엄두가 나지 않았다.

왼쪽에 인적이 드문 농지가 있었는데 그곳에 여러 종류의 나무들이 우거져 있는 잡목림이 눈에 띄었다. 박사는 그곳이 몸을 숨기고 쉬기에 좋은 장소라고 생각했다. 그는 곧 길에서 벗어나 울타리 안쪽에서 소피가 기어갈 수 있는 구멍을 찾아냈다. 그 구멍

그는 소피가 기어갈 수 있는 구멍을 찾아냈다.

은 도랑으로 이어졌는데 도랑을 따라가면 나무들이 우거진 곳이 나왔다.

덤불과 검은딸기나무가 엉켜 있는 곳에 도착한 이들은 이곳이야말로 가장 좋은 은신처라 생각하고 그 속으로 기어들어갔다. 토끼를 쫓다가 길을 잃은 사냥꾼이나 딸기를 따러 나선 아이들 말고는 백 년이 지난들 아무도 이곳에 들어오지 않을 듯 했다.

소피가 숨을 헐떡이며 우거진 산사나무와 가시금작화 속에 주저앉자 박사가 말했다. "흐음, 지금까지는 괜찮아."

소피가 말했다. "휴우! 전 숨이 차요. 바다표범들은 이런 일에 익숙하지 않거든요. 박사님, 우리가 얼마나 왔는지 아세요?"

"2킬로미터 좀 넘게 온 듯싶구나."

"세상에! 그것밖에 못 온 거예요? 바다까지 거의 160킬로미터나 가야 해요. 박사님, 이렇게 하는 게 좋겠어요. 강 쪽으로 가는 거예요. 강은 언제나 바다로 흐르잖아요. 전 물속에서는 말이 달리는 것만큼 빠르게 갈 수 있어요. 하지만 이렇게 육지로 계속 걷다가는 위장에 구멍이 뚫릴 거예요. 강으로 가야 해요."

"그래, 네 말이 맞아, 소피. 하지만 어디서 강을 찾지? 그게 문제야. 우리가 퍼들비 근처에 있다면 단번에 알 수 있는데. 하지만 난 이 지역 지형을 하나도 모른단다. 지도를 가져왔어야 했는데. 아무튼 아직은 사람들한테 물어보고 싶지 않구나. 여기서 서커스장까지 별로 떨어져 있지 않거든."

"흐음, 그럼 동물한테 물어봐요." 소피가 말했다.

"그래! 내가 왜 그 생각을 못 했지? 어느 동물이 우리가 알고 싶어 하는 정보를 가장 잘 알고 있을까?"

"물에 사는 동물이라면 다 잘 알 거예요."

"알겠다. 수달한테 물어보자꾸나. 잉글랜드 땅에 사는 동물 중에선 수달이 너랑 가장 가까운 동물이니까. 수달은 민물에서 살고 넌 바다에서 사는 것만 다를 뿐 물길로 여행하고 먹이를 잡는 건 둘이 똑같지. 여기서 쉬고 있으렴. 가서 수달을 찾아볼게."

박사는 밤 1시쯤 잡목림으로 돌아왔다. 박사가 낸 소리에 곤하게 자던 소피가 눈을 떴다.

박사와 함께 온 동물은 좀 이상했다. 그 동물은 잡목림을 뒤덮은 키 큰 고사리 위로 이상하면서도 우아한 곡선을 그리며 끊임없이 튀어 올랐다. 그러면서 소피를 뚫어져라 쳐다보았다. 소피를 무서워하는 듯했지만 한편으로는 굉장히 흥미롭게 바라보았다.

녀석이 속삭였다. "박사님, 쟤가 크지 않다구요? 우리랑 친척이라고 하셨잖아요?"

"어느 정도는. 엄밀히 말하자면 소피는 기각류에 속한단다. 너희는 족제빗과에 속하지만."

"아, 그렇다니 기쁘네요. 저 앤 꽤 둔한 걸요. 보세요. 뒷다리가 없잖아요. 대신 뭉툭한 게 달려 있어요. 저 애가 진짜로 깨물지 않을까요?"

마침내 소피가 아무런 해를 끼치지 않는다는 사실을 믿게 된 수달은 가까이 다가오더니 다른 세상에서 온 털이 북실북실한 물고기 사냥꾼과 유쾌하게 이야기를 나눴다.

박사가 말했다. "자, 아까도 말했듯이 우리는 가능한 한 가장 빠른 방법으로 바다에 가고 싶단다. 소피는 강 쪽으로 가는 게 가장 좋은 방법이라고 생각해."

수달이 말했다. "물론 그 말이 맞아요. 그런데 지금 이곳은 물길과는 동떨어진 곳이에요. 제가 이곳에 머무르는 이유는 딱 한 가지랍니다. 수달을 쫓는 사냥개가 없기 때문이지요. 전 여기 살면서 연못 몇 곳에서 물고기를 잡아요. 좋은 환경은 아니지만 최소한 사냥개한테 쫓기진 않죠. 이 지역엔 저 애가 바다로 헤엄쳐 갈 만한 강이 없어요."

"흐음, 그럼 어디로 가면 좋을까?" 박사가 물었다.

수달이 말했다. "잘 모르겠어요. 전 거의 여행을 하지 않거든요. 전 이곳에서 태어났어요. 그리고 엄마가 잉글랜드에서 수달이 안전하게 살아갈 만한 곳은 이곳밖에 없다고 했어요. 그래서 전 평생 여기서 살았답니다."

"그럼 우리한테 물고기 좀 줄 수 있니? 난 배고파 죽을 지경이야."

"물론이지. 잉어를 먹니?" 수달이 말했다.

"지금은 뭐든 먹을 수 있어." 소피가 말했다.

"좋아. 그럼 내가 연못에 다녀올 테니 조금만 기다려." 수달이 잡목림 밖으로 사라졌다.

녀석은 10분이 채 지나기 전에 입에 커다란 갈색 잉어를 물고 다시 나타났다. 소피는 두 입 만에 잉어를 해치웠다.

"박사님, 들오리에게 물어보지 그러세요? 들오리들은 바다를 향해 갈 때 물길을 따라서 긴 여행을 해요. 먹이를 잡아먹어야 하니까요. 녀석들은 언제나 사람들과 마주치지 않으려고 가장 인적이 드문 물길을 따라가요. 녀석들이 박사님한테 알려줄 수 있을 거예요."

"그래, 네 말이 맞을 것 같구나. 하지만 어디서 들오리를 만날 수 있을까?" 박사가 말했다.

"아, 그건 쉬워요. 녀석들은 항상 밤에 날아가거든요. 아무 언덕이든 올라가서 귀를 기울이다가 머리 위로 지나가는 소리가 들리면 녀석들을 부르세요."

박사는 조용히 수다를 떠는 소피와 녀석의 민물 사촌을 잡목림 속에 남겨 둔 채 산등성이를 따라 올라갔다. 이윽고 달이 빛나는 하늘이 보이는 높다란 밭에 다다랐다. 몇 분이 지나자 저 멀리서 들오리들이 꽥꽥거리는 소리가 희미하게 들렸다. 이내 머리 위에서 작은 점들이 V자 모양을 이루고 바다로 향하는 모습이 보였다.

박사는 양손을 트럼펫처럼 입에 모은 다음 위를 향해 재빨리 신호를 보냈다. 들오리 떼가 비행을 멈췄다. 녀석들이 흩어지더니 원을 그리면서 날기 시작했고 조심스럽게 아래로 내려왔다.

얼마 후 잡목림 속에 있던 소피와 수달이 말을 멈추고 긴장한 채 다가오는 발자국 소리에 귀를 기울였다.

존 둘리틀 박사가 양팔에 초록색과 파란색을 띤 귀여운 오리를 한 마리씩 끼고 은신처로 들어왔다.

박사가 상황을 설명하고 조언을 구하자 오리들이 말했다. "흐음, 바다표범이 헤엄칠 수 있을 만큼 크면서 가장 가까운 강은 키펫 강이에요. 안됐지만 이곳엔 그 강으로 흐르는 시내가 없어요. 키펫 강까지는 육지로 60킬로미터 정도 걸어가야 해요."

"세상에! 큰일이네."

소피가 힘없이 한숨을 쉬었다. "정말 큰일이네요. 불쌍한 슬러시! 그이 곁으로 가는 데 이렇게 오랜 시간이 걸리다니! 우리가 어떤 곳을 지나가야 하죠?"

오리들이 말했다. "다양해요. 경사진 곳도 있고 평평한 곳도 있어요. 농경지도 지나고 황야도 지나죠."

"맙소사!" 소피가 신음 소리를 냈다.

오리들이 말했다. "강이 멀리 떨어져 있으니까 도로로 가는 게 더 쉬울 거예요."

박사가 말했다. "너희들은 내가 사람들과 마주쳤다가 잡힐까 봐 겁내는 걸 모르겠니? 우리가 던위치 길에서 벗어난 게 그 때문이야. 이 지역에는 우리가 탈출한 걸 들어서 아는 사람들이 너무나 많단다."

오리들이 말했다. "그 던위치 길로 되돌아가지 않아도 돼요. 들어 보세요. 울타리를 따라 서쪽 방향으로 가면 또 다른 길이 나와요. 로마 사람들이 만든 오래된 길인데 이글레스비에서 그랜체스터로 이어져요. 남쪽이나 북쪽으로 가는 사륜마차들이 그 길을 이용한답니다. 그 길을 따라가면 애슈비 사람들과 마주치지 않을 거예요. 그 길을 따라 60킬로미터쯤 가면 키펫 강에 닿게 돼요. 그랜체스터에 닿기 바로 전에 탤버츠 다리로 강을 건너는 거죠." 박사가 말했다. "잘 걷는 사람에게는 간단한 일이지. 하지만 소피라면 다른 얘기란다. 그렇다고 하더라도 그 방법이 최선일 것 같구나. 그랜체스터 길을 따라 북쪽으로 가다가 탤버츠 다리에서 키펫 강을 건너라는 거지?"

"맞아요. 그 길에 이르면 절대로 잘못 찾을 수가 없어요. 강에 도착하면 물에 사는 다른 동물들에게 물어보는 게 좋겠어요. 키펫 강이 바다로 이어지긴 하지만 조심해야 할 곳이 있답니다." 오리들이 말했다.

"알겠다. 정말 친절하구나. 고마워."

곧이어 오리들이 여행을 위해 날아올랐고 존 둘리틀 박사는 시계를 보았다.

"지금 새벽 2시야. 해가 뜨려면 세 시간 정도 남았어. 소피, 여기서 내일 저녁까지 쉬었다가 갈래? 아니면 동이 트기 전에 갈 수 있는 데까지 움직여 볼래?"

"아, 일단 가요." 소피가 말했다.

"좋아, 가자." 박사가 말했다.

이들이 울타리를 따라 도로로 향할 때 작은 수달이 와서 고된 여정을 앞둔 소피에게 힘을 내라며 신선한 생선을 잔뜩 주었다. 또한 기나긴 들판이 끝나기 2킬로미터쯤 전에 다른 울타리를 통

“네.” 들오리들이 말했다.

과할 수 있는 구멍을 알려주었고 길이 바로 그 반대쪽에 있다고 말했다. 이어서 이들에게 작별 인사를 했다.

수달이 알려 준 구멍을 기어서 통과한 이들은 어둠 속으로 쭉 뻗은 널찍한 포장도로를 만났다.

소피는 체념 어린 한숨을 쉬었고 이들은 오른쪽으로 방향을 튼 후 북쪽을 향해 출발했다.

5장

펜처치에서 온 손님들

한 시간쯤 걸었을 때 소피가 말했다. "이 길도 다른 길과 매한가지네요. 울퉁불퉁하고 딱딱해요. 얼마나 온 거죠?"

"2킬로미터쯤." 박사가 말했다.

소피가 허연 먼지가 쌓인 길에 커다란 눈물 방울을 떨구며 울기 시작했다.

"맨날 '2킬로미터쯤'이라고 하시는군요. 전 박사님에게 끔찍한 골칫거리인 것 같아요."

"아니, 전혀 그렇지 않아. 낙담하지 말아라. 할 수 있어. 강에 닿기만 하면 쉽게 갈 수 있을 거야."

"네. 하지만 강까지 아직도 60킬로미터나 남았는걸요. 전 너무 지쳤어요."

박사가 내려다보니 과연 녀석은 매우 지친 상태였다. 다시 쉬는 것 외에는 뾰족한 수가 없었다.

박사가 말했다. "길을 벗어나서 저리로 가자. 저 도랑에 누워서 좀 쉬렴. 눈에 띄지 않을 거야."

가엾은 소피는 말한 대로 했다. 박사는 이정표에 앉아서 깊은 생각에 잠겼다. 소피의 기운을 북돋워 주기 위해 최선을 다했지만 이 속도로는 강에 다다를 수 없을 게 뻔해 보였다.

박사가 울적한 마음으로 이 상황의 어려움에 대해 생각하고 있을 때 대뜸 소피가 말했다.

"저게 무슨 소리죠?"

박사가 고개를 들고 귀를 기울였다.

"마차 바퀴 소리야. 네가 있는 곳은 안전해. 마차가 지나갈 때까지 조용히 있기만 하면 돼. 그 도랑에 있으면 절대 보이지 않을 거야."

덜컹거리는 소리가 점점 가까워지더니 이내 도로의 굽은 곳을 돌았고 이윽고 밝은 빛이 눈에 들어왔다. 마차는 박사님이 있는 곳에 이르자 마부가 말을 멈추고 외쳤다.

"승합마차를 기다리쇼?"

박사가 말을 더듬었다. "어, 어… 승합마차인가요?"

"그렇소만." 그가 말했다.

"어디로 가세요?" 박사가 물었다.

"지역 마차라 멀리 안 가요. 펜처치에서 앵글소프까지 가죠. 탈 거요?"

대답을 망설이고 있는 동안 멋진 생각이 떠올랐다.

"손님을 많이 태웠나요?" 박사가 물었다.

"아뇨. 남자 한 분과 그분의 아내, 이렇게 두 명뿐이에요. 지금 자고 있소. 안쪽에 공간이 많아요."

마차는 박사님이 앉아 있는 이정표를 조금 지나 서 있었다. 마차 안에 있는 등불 빛이 커튼 사이로 희미하게 비치고 있었다. 마부가 앉은 자리에서는 소피가 숨은 곳도, 마차의 뒷문도 보이지 않았다.

"당신 손님들은 이 지역 사람들인가요?" 박사가 목소리를 낮추면서 물었다.

"아니요. 펜처치에서 왔다고 말하지 않았소. 뭘 더 알고 싶은 거요? 타고 싶으면 서둘러요! 밤새도록 여기 서서 얘기나 하고 있을 수는 없으니까."

"좋아요. 내 짐을 가져올 테니 잠시만 기다리세요." 박사가 말했다.

"도와줄까요?"

"아니, 아니에요! 그 자리에 가만히 있어요. 내가 다 할 수 있어요."

이윽고 박사가 마차 뒤로 살금살금 다가가서 문을 열었다. 안쪽 구석에는 남자 한 명과 여자 한 명이 고개를 가슴 쪽으로 떨군 채 곯아떨어져 있었다. 박사는 문을 열어 놓고는 도랑으로 달려가서

그는 소피를 안고 마차로 향했다.

소피 몸통에 팔을 두르고 힘껏 들어 올렸다.

"일단 이런 식으로 어느 정도 거리는 갈 수 있겠다." 박사가 소피를 마차로 옮기면서 속삭였다.

"가능한 한 조용히 있으렴. 내가 너를 의자 밑으로 집어넣을 테니."

바닥보다 높은 마차로 오를 수 있도록 마차 문틀 밑에 철로 만든 두 칸짜리 작은 계단이 있었다. 박사가 다시 안을 들여다보았을 때 승객들은 여전히 자고 있는 것처럼 보였다. 그런데 박사가 거대한 짐을 들고 계단을 오르다가 휘청거리면서 삐걱거리는 소리가 났다. 그러자 구석에 있는 여자가 잠에서 깨더니 고개를 들었다. 소피의 물갈퀴가 여전히 박사의 목을 잡고 있는 가운데 여인을 응시하던 박사는 말문이 막히고 말았다.

"오빠!"

세라였다.

세라는 비명을 지르더니 남편의 품으로 쓰러지면서 기절했다. 말들이 날뛰었다. 박사는 계단에서 균형을 완전히 잃으면서 떨어지고 말았다. 마차는 여전히 무릎에 소피를 안고 있는 박사를 도로에 버려 둔 채 덜컹거리며 어둠 속으로 사라져 버렸다.

녹초가 된 박사가 일어나면서 한숨을 쉬었다. "아이고! 세라였어. 다른 사람일 수도 있었는데. 하지만 틀림없는 세라였어. 휴우."

소피가 물었다. "박사님은 뭘 하려고 하신 거예요? 저를 그 의자 밑에 둘 수는 없어요. 거기엔 개가 숨을 만한 공간도 없었거든요."

"흐음, 그냥 얼떨결에 해 본 거란다. 내가 비틀거리는 바람에 세라를 깨우지만 않았어도 몇 킬로미터는 편하게 갈 수 있었는데. 아쉽구나. 하지만 소피, 내 생각엔 마차를 타고 가는 게 제일 좋겠어. 다만 일을 약간 다르게 진행해야겠다. 계획을 조심스럽게 실행에 옮겨야 해. 한편으로는 세라였던 게 다행이야. 내가 바다표범을 옮기는 모습을 다른 사람이 봤다면 소문을 퍼뜨리고 다닐 테고 그러면 사람들이 우리를 뒤쫓게 되겠지. 하지만 세라 부부는 내가 서커스단에서 일하는 걸 부끄러워하니까 입을 다물고 있을 거야. 자, 들어 보렴. 동쪽 하늘이 회색으로 변하고 있어. 봐라. 오늘은 더 이상 가려고 해 봐야 소용없겠구나. 저쪽 수풀이 우거진 곳에 몸을 숨기고 있으렴. 이웃 마을로 가서 몇 가지를 알아볼게."

그들은 도로 가장자리에 있는 수풀을 향해 길을 따라 짧은 거리를 이동했다.

수풀이 우거진 곳에서 소피가 누워서 숨어 있기에 안성맞춤인 곳을 발견했다. 박사는 소피가 편히 쉬도록 두고 도로를 따라 걷기 시작했다. 그때 인근 농장에 있는 수탉이 꼬끼오 하고 울며 아침 해를 향해 첫인사를 건넸다.

박사는 3킬로미터쯤 걸어서 마을에 도착했는데 그곳에는 온통 담쟁이넝쿨로 덮인 '세 사냥꾼'이라는 이름의 작고 예쁜 여관이 있었다. 여관에 들어간 그는 아침 식사를 주문했다. 외딴 정원을 떠난 후 한 끼도 먹지 못했던 것이다. 박사가 자리에 앉자 아주 나이가 많은 종업원이 베이컨과 계란을 가져다주었다.

박사는 식사를 끝내자마자 딤벳대에 불을 붙이고는 종업원과 이야기를 하기 시작했다. 그리고 그랜체스터 길을 오가는 역마차들이 어떻게 다른지, 역마차가 몇 시쯤 도착하는지, 어느 마차가 주로 붐비는지 등등 역마차에 관한 많은 사실을 알아냈다.

이윽고 박사는 여관을 떠나 길을 따라 걸어서 마을에 있는 몇몇 가게에 들렀다. 그중 한 곳에서 여러 가지 옷과 바느질 도구를 팔았다. 박사는 창 앞에 걸려 있는 여성용 망토의 가격을 물었다.

"15실링 6펜스예요." 가게 주인인 여자가 말했다. "부인은 키가 큰가요?"

"제 아내요?" 박사는 크게 당황해서 되물었다. "오! 아, 네 그럼요. 흐음, 아무튼 전 긴 걸 사고 싶군요. 그리고 모자도 주세요."

"피부가 흰 편인가요? 아니면 까무잡잡한가요?" 여자가 물었다.

"어… 중간 정도예요." 박사가 말했다.

"여기 좋은 게 하나 있어요. 붉은 양귀비가 달려 있죠. 부인이 좋아하실까요?" 가게 주인이 말했다.

"아뇨, 너무 화려하군요." 박사가 말했다.

"흐음, 지금 런던에서는 꽃 장식이 달린 모자가 유행한답니다. 이건 어때요?"

가게 주인이 크고 무늬가 없는 검정 모자를 가져왔다. "이 모자는 굉장히 고상하죠. 전 이런 종류의 모자를 쓰죠."

"네, 그걸 살게요. 그리고 여성용 베일도 필요해요. 두툼한 걸로 주세요."

"아, 가족 중에 누가 돌아가셨나요?"

"어… 그런 건 아니에요. 아무튼 여행할 때 쓸 만한, 아주 두툼한 것으로 사고 싶어요."

곧 가게 주인은 박사의 구매 목록에 베일도 추가했다. 박사는 팔 아래 커다란 짐을 끼고서 가게를 떠났다. 다음으로 식료품점에 들러서 소피에게 줄 말린 청어를 샀다. 이 마을에서 구할 수 있는 생선이라고는 그것밖에 없었다. 정오쯤 박사는 다시 도로로 나섰다.

소피가 숨어 있는 수풀에 도착한 존 둘리틀 박사가 말했다. "소피, 내가 너를 위해 갖가지 정보와 음식, 옷을 가져왔단다."

"옷이라구요! 제가 옷으로 뭘 하죠?" 소피가 말했다.

"그 옷들을 입으렴. 당분간 숙녀가 되는 거야."

"세상에!" 소피가 물갈퀴로 수염을 문지르며 툴툴거렸다.

"왜요?"

"그래야 역마차로 여행을 할 수 있거든." 박사가 말했다.

"하지만 전 숙녀처럼 꼿꼿하게 서서 걸을 수 없는걸요."

"알아. 하지만 몸이 아픈 숙녀처럼 꼿꼿하게 앉을 수는 있잖니. 너는 절름발이가 되어야 해. 전혀 걸을 필요가 없지. 내가 너를 안고 갈게."

"하지만 얼굴은 어떻게 해요? 숙녀 얼굴이 아니잖아요."

"베일로 가릴 거야. 그리고 모자로 나머지 머리를 숨길 거고. 자, 가져온 물고기를 먹으렴. 그리고 옷을 입는 연습을 해 보자. 그랜체스터행 합승마차는 저녁 8시쯤 여기를 지나갈 거라고 하더라.

"이건 어때요?"

박사는 베일로 소피의 얼굴을 가렸다.

그걸 탈거야. 손님이 덜 붐비거든. 탤버츠 다리까지는 네 시간 정도 걸린단다. 그동안 넌 꼬리로 앉아서 조용히 있으면 돼. 할 수 있겠니?"

"해 볼게요." 소피가 말했다.

"마차를 타면 잠깐은 누울 수 있을 거야. 마차에 손님이 얼마나 많은지에 달려 있지. 이곳과 탤버츠 다리 사이에는 정류장이 세 곳이 있어. 하지만 밤 마차니까 손님이 많이 타지는 않을 거야. 운이 좋다면 말이지. 자, 옷을 입혀 줄게. 어떻게 보이는지 한번 보자."

박사가 숙녀에게 입히듯이 소피에게 옷을 입혔다. 녀석을 통나무에 앉힌 다음 머리에 모자를 씌우고 베일로 얼굴을 가린 후 망토를 둘러 주었다.

통나무 위에 사람처럼 앉도록 해 보니 녀석은 놀랄 만큼 자연스러워 보였다. 모자를 눌러쓰자 긴 코가 완벽히 가려졌고 모자 앞에 드리워진 베일로 인해 머리가 진짜 여자처럼 보였다.

"수염이 보이지 않도록 주의해야 해. 그 부분이 아주 중요하단다. 망토가 길어서 바닥까지 내려올 거야. 앉아 있으면 망토가 네 앞부분을 다 가리니까 희미한 불빛에서 보면 아무 문제가 없단다. 물갈퀴로 망토를 잡고 있으렴. 그렇게. 이제 손을 무릎에 포개고 있는 것처럼 보이는구나. 그게 숙녀지. 훌륭해! 그렇게 있기만 하면 누구나 너를 여자 승객으로 볼 거야. 아, 조심하렴! 머리를 흔들면 안 돼. 모자가 벗겨질 테니. 턱 밑에 리본을 묶어 줄 테니 기다리렴."

"그러면 어떻게 숨을 쉬죠?" 소피가 풍선을 불 듯 베일을 앞으로 불면서 물었다.

"그러면 안 돼. 좀 지나면 익숙해질 거야."

"박사님, 이런 자세로는 가만히 있기가 힘들어요. 전 등에 있는 척추 뼈로 앉거든요. 지금 이 자세로는 균형을 유지하기가 정말 힘들어요. 사다리를 오르는 것보다 훨씬 더 힘들다고요. 마차 바닥으로 미끄러지면 어떻게 해요?"

"마차 의자는 이 통나무보다 널찍하고 더 편할 거야. 그리고 구석 자리에 앉혀 줄게. 내가 네 옆에 앉을 거란다. 너는 나랑 마차 벽 사이에 끼여 앉게 되겠지. 미끄러질 것 같으면 나한테 작은 소리로 말하렴. 그럼 내가 너를 끌어 올려 줄 테니. 정말 멋지구나. 진짜로 멋져."

좀 더 연습을 한 후 박사는 소피가 숙녀 승객처럼 걸을 수 있겠다고 생각했다. 이윽고 저녁이 되자 박사는 곁에 앉은 두툼한 베일을 쓴 여자와 함께 도로 가장자리에서 그랜체스터행 합승마차를 기다렸다.

→ 6장 ←

그랜체스터행 합승마차

15분 정도 기다렸을 때 소피가 말했다.

"박사님, 바퀴 소리가 들려요. 보세요. 도로 멀리서 빛이 보여요."

존 둘리틀 박사가 말했다. "그렇구나. 하지만 저건 우리가 탈 마차가 아니야. 초록색과 하얀색 빛인 걸 보니 저건 트윈보로 익스프레스구나. 우리가 탈 마차는 앞에 하얀 빛 등이 두 개 달렸지. 좀 더 뒤로, 울타리 그림자 속으로 물러서렴. 망토를 밟고 걷지 않도록 하고. 진흙을 묻히면 안 되니까."

트윈보로 익스프레스가 덜컹거리며 지나간 후 얼마 안 되어 또 다른 마차가 다가왔다.

박사가 말했다. "아! 그랜체스터행 합승마차로구나. 저게 우리가 탈 마차야. 내가 마부에게 신호를 보낼 때까지 도로 이쪽 가장자리에 앉아서 움직이지 말고 조용히 있으렴. 내가 안아서 태워 줄게. 구석 자리가 비어 있어야 할 텐데. 모자를 단단히 여몄니?"

소피가 말했다. "네. 그런데 베일 때문에 코가 심하게 간지러워요. 재채기를 하지 말아야 할 텐데요."

"그러게 말이다." 박사가 바다표범들이 재채기를 할 때 내는 소리를 떠올리면서 말했다.

존 둘리틀 박사가 도로 가운데로 걸어가서 마차를 세웠다.

안에는 승객이 세 명 있었다. 끝에 남자 두 명이 앉아 있었고 문 가까이에 나이 든 여자가 앉아 있었다. 다행히도 나이 든 여자의 맞은편 구석 자리가 비어 있었다.

박사는 문을 열어 둔 채 얼른 달려가서 소피를 안고 마차 쪽으로 걸어왔다. 끝 쪽에 앉은 남자 두 명이 정치에 대해 진지하게 얘기하고 있었다. 이들은 절름발이 여자가 박사의 품에 안긴 채 마차에 오른 후 구석 자리에 앉을 때까지 거의 눈치를 채지 못했다. 그런데 마차 문을 닫고 앉았을 때 박사는 맞은편에 있는 늙은 여자가 박사의 옆에 앉은 환자에게 큰 관심을 보인다는 걸 알았다.

마차가 출발하자 박사는 소피의 발이 긴 망토 밑으로 보이지 않는지 확인한 후 주머니에서 신문을 꺼냈다. 머리 위에 있는 석유램프 빛이 신문을 읽기엔 너무 희미했지만 그는 신문을 펼친 후 기사를 읽는 데 몰두하는 척했다.

“실례해요.” 그녀가 말을 걸었다.

이내 늙은 여인이 앞으로 몸을 숙이더니 소피의 무릎을 두드렸다.

"실례해요." 그녀가 친절한 목소리로 말을 걸었다.

박사가 재빨리 고개를 들고 말했다. "아, 어… 이 사람은… 그러니까 영어를 할 줄 몰라요."

"멀리 가나요?" 늙은 여인이 물었다.

"알래스카까지 가요." 저도 모르게 박사의 입에서 대답이 튀어나왔다. "어… 마지막 목적지가 그렇다는 거예요. 이 마차로 그랜체스터까지 가지요."

박사는 승객들이 본인 일에만 신경 쓰기 바라면서 마치 자신의 목숨이 신문 속 모든 글자를 다 읽는 데 달린 것처럼 다시 신문에 고개를 파묻었다.

하지만 이 친절한 승객은 쉽게 물러서지 않았다. 잠시 후 다시 몸을 앞으로 숙이더니 박사의 무릎을 두드렸다.

그녀는 소피 쪽으로 고갯짓을 하며 물었다. "류머티즘인가요? 당신이 저 여자를 안고 타는 걸 봤어요. 세상에나!"

"아, 그렇지는 않아요. 이 사람은 다리가 너무 짧아요. 그래서 걷질 못하죠. 계단을 오를 수가 없답니다. 평생 이렇게 살았죠."

"저런! 딱해라!" 늙은 여인이 한숨을 쉬었다.

소피가 베일 밑으로 속삭였다. "전 지금 미끄러져 내려가고 있어요. 곧 바닥으로 떨어지겠어요."

박사가 신문을 치우고 소피를 들어 올리는 동안 늙은 여인이 다시 말을 걸었다.

"이 사람은 정말 좋은 물개 가죽으로 만든 코트를 입었군요!"

소피의 발이 망토 사이로 삐죽 튀어나와 있었던 것이다.

"네. 몸을 따뜻하게 해야 하거든요." 박사가 서둘러 소피를 망토로 감싸면서 말했다. "무엇보다도 중요하죠."

"당신 딸인가 보군요?"

이번에는 소피가 저도 모르게 소리를 내고 말았다. 별안간 낮게 으르렁거리는 소리가 마차를 뒤흔들었다. 베일이 간질이는 걸 참지 못한 소피가 결국 재채기를 한 것이었다. 박사가 벌떡 일어섰는데 그가 잡기 전에 소피가 박사의 다리 사이 바닥으로 미끄러져 버리고 말았다.

"많이 아픈가 보네요. 냄새 나는 약병을 찾을 때까지 기다려 봐요. 기절했어요. 저도 여행하다가 종종 그런답니다. 게다가 이 마차에서 뭔가 비린내 같은 끔찍한 냄새가 나는군요."

다행히도 늙은 여자는 핸드백을 뒤지느라 정신이 없었다. 박사는 소피를 들어 올려 의자에 앉혔다. 그리고 소피에게 관심을 보이기 시작한 두 남자와 소피 사이에 끼어 앉았다.

여자가 은색의 냄새 나는 약병을 내밀며 말했다. "여기 있어요. 베일을 걷고 이걸 코에 갖다 대 보세요."

박사가 재빨리 말했다. "고맙지만 괜찮아요. 푹 쉬는 게 보약이죠. 굉장히 지쳤거든요. 편하게 있도록 구석에 기대게 합시다. 이렇게요. 자. 이제 얘기를 그만합시다. 그럼 곧 잠이 들 거예요."

드디어 박사는 나이 많은 여자가 입을 다물고 자신의 일에만 신경을 쓰도록 하는 데 성공했다. 한 시간 반 동안 마차는 별일 없이 쉬지 않고 달렸다. 하지만 옆에 있는 남자들이 소피에 대해 궁금해하는 게 분명했다. 그들은 소피 쪽을 계속 응시하며 소곤거려서 박사를 불안하게 했다.

캐러밴은 말을 교체하기 위해 마을에 멈춰 섰다. 마부가 문을 열고 모습을 드러내더니 출발하기 전까지 30분 정도 시간이 있으니 원한다면 마차가 멈춘 마당 앞 여관에서 저녁 식사를 하라고 승객들에게 말했다.

남자 두 명이 박사와 소피를 뚫어져라 쳐다보면서 마차 밖으로 나갔다. 곧 나이 많은 여자도 뒤를 따라갔다. 마부 역시 사라졌고 이제 존 둘리틀 박사와 일행 한 명만 마차에 남았다.

박사가 속삭였다. "저 두 남자 때문에 점점 불안해지는구나. 저들이 네 정체를 의심하는 게 아닐까 겁이 나. 내가 식당으로 가서 저 남자들이 우리와 얼마나 더 함께 가는지 알아볼 테니까 여기 있으렴."

박사가 여관 쪽으로 걸어갔다. 복도에서 식사를 나르는 여자 종업원과 마주친 박사는 식당으로 가는 길을 물었다. 종업원이 복도를 조금 걸어가면 문이 열린 곳이 있는데 앞에 가리개가 걸려 있다고 말했다.

"곧 저녁 식사가 준비될 거예요. 가서 앉아 계세요." 그녀가 말했다.

박사가 말했다. "고마워요. 그나저나 지금 막 마차에서 내려 여기 들어온 남자 두 명이 누군지 혹시 아세요?"

"네, 한 명은 카운티 경찰이고 다른 한 명은 펜처치 시장인 터틀 씨랍니다."

"고마워요." 박사가 말했다.

가리개가 달린 문에 도착한 박사는 식당으로 들어가기 전에 잠시 망설였다. 그때 가리개 반대편에 있는 탁자에 앉아서 얘기하는 두 남자의 목소리가 들렸다.

한 남자가 낮은 어조로 얘기했다. "의심의 여지가 없어요. 저들은 분명히 노상강도들이에요. 여자로 변장하는 건 낡은 수법이지요. 그 두꺼운 베일 봤어요? 십중팔구 불한당 로버트 핀치일 거예요. 지난달에 트윈보로 익스프레스를 털었죠."

다른 한 명이 말했다. "두말하면 잔소리지요. 그리고 작달막한 악당은 동료 조 그레셤이 틀림없어요. 자, 이렇게 합시다. 저녁을 먹은 후 돌아가서 아무런 의심을 하지 않는 것처럼 우리 의자에 앉는 거예요. 분명히 그들은 마차가 손님으로 꽉 차고 나서 외진 길에 닿을 때까지 기다릴 거요. 거기서 승객들의 돈이나 목숨을 노리겠지. 그리고 비상벨이 울리기 전에 도망칠 거요. 여행용 권총을 가져왔소?"

"네."

"좋아요. 나에게 하나 주시오. 옆구리를 쿡 찌르면 남자의 베일을 벗기고 머리에 총을 겨눠요. 내가 작은 놈을 처리할 테니. 그다음 마차를 돌려 마을 감옥에 그들을 처넣읍시다. 알겠소?"

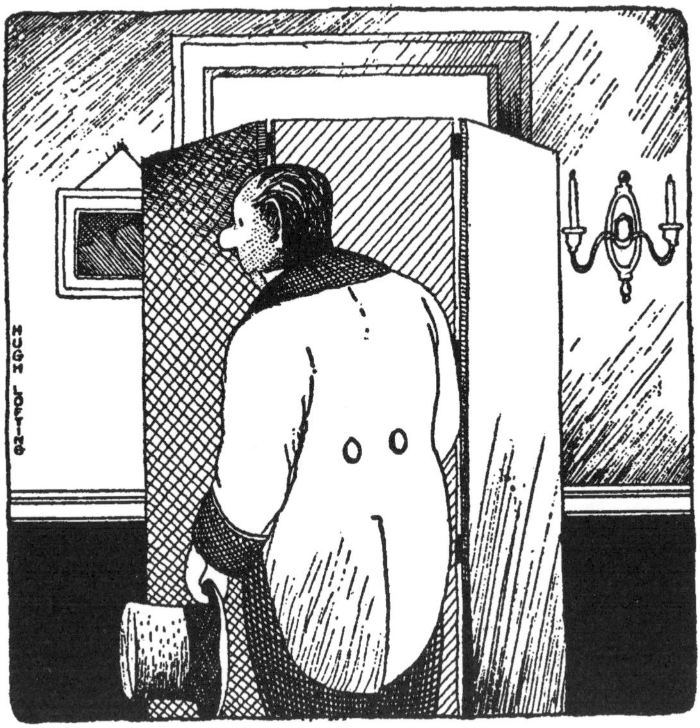

탁자에 앉아서 얘기하는 두 남자의 목소리가 들렸다.

박사가 여전히 엿듣고 있을 때 여자 종업원이 음식을 가득 얹은 쟁반을 들고 복도로 걸어오더니 박사의 등을 툭툭 쳤다.

"들어가서 앉으세요. 저녁 식사를 가져다 드릴게요."

박사가 말했다. "아니, 괜찮아요. 그다지 배가 고프지 않군요. 다시 바깥 공기를 쐬어야겠어요."

밖으로 나왔을 때 운이 좋게도 마당에 아무도 없었다. 마차를 끌고 온 말들은 이미 마구간에 옮겨져 있었다. 새로운 말들은 아직 마차에 매여 있지 않았다. 박사는 서둘러 마당을 가로질러서 마차 문을 열었다.

박사가 속삭였다. "소피, 마차에서 나오렴. 저들은 우리를 변장한 노상강도로 여기고 있어. 아무도 없을 때 얼른 도망가자."

두 팔로 바다표범의 육중한 몸을 안은 박사가 휘청거리며 마당을 빠져나왔다. 시간이 늦은 탓에 도로에는 아무도 없었다. 여관 부엌에서 들리는 그릇이 달그락거리는 소리와 마구간에서 들리는 씻는 소리 말고는 쥐 죽은 듯이 고요했다.

박사가 소피를 내려놓으며 말했다. "자, 이제 얼마 안 남았어. 여기가 마을 끝자락이야. 들판에 있는 울타리만 넘어가면 괜찮을 거야. 내가 먼저 가서 우리가 몸을 숨긴 상태로 이동할 만한 곳이 있는지 찾아볼게. 가능한 한 빨리 쫓아오렴. 망토와 모자를 이리 줘. 됐다. 이제 더 쉽게 걸을 수 있을 거야."

몇 분 후 그들은 키 큰 울타리 밑에 안전하게 몸을 숨기고 초원의 긴 풀들 사이에서 휴식을 취했다.

소피가 몸을 쭉 펴며 한숨을 쉬었다. "휴우! 그 끔찍한 망토와 베일을 벗어 버리니까 좋아요. 전 조금도 숙녀가 되고 싶지 않아요."

박사가 말했다. "아슬아슬하게 빠져나왔어. 안에 들어가서 그 남자들이 하는 말을 엿듣길 잘했지 뭐니. 그 사람들하고 마차로 쭉 여행했으면 분명히 잡히고 말았을 거야."

"우리를 잡으러 올지도 모르는데 무섭지 않으세요?" 소피가 물었다.

"그럴지도 모르지. 하지만 여기서 우리를 찾을 일은 없을 거야. 우리를 노상강도라고 생각하거든. 우리가 도망쳤다는 걸 알게 될 때쯤이면 아마 우리가 이미 멀리 갔다고 생각하겠지. 여기서 그 마차가 지나갈 때까지 기다리자꾸나. 그러면 걱정할 필요가 없을 거야."

소피가 말했다. "우리가 안전하다 하더라도 상황이 전보다 훨씬 나아진 것 같지는 않은걸요."

"하지만 이렇게 꽤 멀리까지 왔잖니. 인내심을 가지렴. 할 수 있을 거야."

"지금 우리는 얼마나 멀리 온 건가요?" 소피가 물었다.

"아까 그 마을이 쇼틀레이크였단다. 탤버츠 다리까지는 30킬로미터 정도 가면 돼."

"흐음, 하지만 이제 어떻게 가죠? 걸을 수가 없어요, 박사님. 30킬로미터나 걸어갈 수는 없어요."

"쉬잇! 크게 얘기하면 안 돼. 우리를 찾으려는 사람들이 이 근처 어디선가 기웃거리고 있을지도 몰라. 방법이 있을 거야. 걱정하지 말렴. 강에 닿기만 하면 최악의 상황은 끝나는 거야. 우선 마차가 지나갈 때까지 기다려야 해."

소피가 달을 쳐다보며 중얼거렸다. "불쌍한 슬러시! 그이가 어떻게 지내고 있을지 궁금해요. 박사님, 다른 마차를 탈 건가요?"

"아니, 안 그러는 게 좋을 것 같아. 그 남자들이 여관에 우리에 대해 말을 남겨 놓았을 테고, 마부들이 너처럼 생긴 여자를 찾기 위해 수소문하겠지."

"여기서 우리를 찾지 못하면 좋겠어요. 우린 제대로 몸을 숨기지 못한 것 같아요. 세상에! 발자국 소리예요!"

박사와 소피가 있는 곳은 목초지 끝자락이었다. 이들이 몸을 숨기고 있는 도로 옆 울타리 말고도 이들 오른쪽에 목초지와 도로를 분리하는 울타리가 또 있었다. 그 뒤로 왔다 갔다 하는 무거운 발소리가 들렸다.

"소피, 가만히 있어. 절대 움직이면 안 돼." 박사가 속삭였다.

이내 울타리 나무의 맨 윗가지들이 흔들리더니 가지가 탁탁 부딪치는 소리가 들렸다.

소피가 겁에 질려서 속삭였다. "박사님, 우리를 찾은 거예요. 누군가가 울타리 사이로 오고 있어요!"

잠시 동안 박사는 가만히 있을지, 아니면 도망가야 할지 결정을 내리지 못했다. 처음에는 이들을 뒤쫓는 사람들이 박사와 소피가 정확히 어디에 있는지 모를 거라고 생각했다. 그래서 조용히 있기만 하면 다른 쪽으로 옮겨 갈 거라고 생각했다.

하지만 가지가 부딪치는 소리가 점점 커졌다. 불과 몇 미터 떨어진 곳에서 나는 소리였다. 누군지 몰라도 목초지로 들어온 게 분명했다. 박사는 소리를 죽여 소피에게 말하더니 일어서서 초원을 가로질러 달리기 시작했다. 불쌍한 소피가 박사를 따라갔다.

그들은 계속해서 갔다. 뒤에서 나무가 쓰러지면서 그들을 쫓는 무거운 발자국 소리가 들렸다.

소리로 판단하건대, 누군지 몰라도 추격자가 점점 가까워지고 있었다. 박사는 그들을 노상강도로 오인한 사람들이 경고도 하지 않고 총을 쏠까 봐 두려워서 뒤를 돌아보았다.

아주 나이가 많은 밭갈이 말이 뒤에서 터벅터벅 걸어오고 있었다.

"소피, 이제 괜찮아. 사람이 아니었어. 괜히 뛰었구나. 아이고, 하지만 깜짝 놀랐지 뭐니!"

그들이 멈춘 걸 본 말이 걷는 속도를 늦추더니 달빛 속에서 천천히 걸어왔다. 녀석은 굉장히 나이가 많은 데다가 쇠약해 보였다. 소피는 말이 다가왔을 때 녀석이 안경을 쓰고 있는 걸 보고 무척 놀랐다.

박사가 외쳤다. "세상에, 퍼들비에서 온 내 친구였어. 뒤에서 쫓아오지 말고 그냥 나를 부르지 그랬니? 네가 등 뒤에서 총을 쏘는 줄 알았단다."

"지금 들리는 게 존 둘리틀 박사님 목소리인가요?" 나이 든 말이 박사의 얼굴을 가까이 살피면서 물었다.

"응. 내가 안 보이니?"

밭갈이 말이 대답했다. "어렴풋이 보여요. 요 몇 달 새 눈이 굉장히 나빠졌거든요. 박사님이 안경을 맞춰 준 후로 오랫동안 보는데 문제가 없었답니다. 이후에 다른 농부에게 팔려서 퍼들비를 떠나 이리로 오게 됐어요. 그런데 어느 날 밭을 갈다가 넘어지면서 코를 찧었어요. 일어나서 다시 안경을 썼는데 제대로 보이지 않더라고요. 그 후로 전 거의 장님이 되고 말았죠."

"내가 안경을 한번 살펴볼게. 어쩌면 네 처방을 바꿔야 할지 모르겠구나."

박사가 늙은 말에게서 안경을 벗긴 다음 달을 향해 들고는 이리저리 돌려 가며 안경을 들여다보았다.

"이런, 맙소사! 렌즈가 온통 뒤틀렸구나. 네가 못 보는 게 무리도 아니지. 오른쪽 안경알은 꽤 튼튼하단다. 안경을 잘 조정하는 게 가장 중요해. 너에게 잘 맞도록 지금 바로잡아 줄게."

"이 안경을 신발을 수선해준 대장장이에게 가져갔어요." 박사가 안경테에서 렌즈를 빼기 위해 나사를 풀 때 말이 말했다. "하지만 대장장이가 망치로 안경테를 두드려서 상태를 더 나쁘게 만들었지 뭐예요. 쇼틀레이크로 팔려 온 후로는 안경을 고치러 박사님에게 갈 수가 없었죠. 물론 이 동네 수의사들은 말이 쓰는 안경에 대해 알지도 못했고요."

박사가 안경을 친구의 코에 다시 얹어 주며 말했다. "자, 여기 있

존 둘리틀 박사는 안경을 들여다보았다.

다. 안경알이 빠지지 않게 꽉 조여 놨어. 이제 안경알이 돌아가는 일은 없을 거야. 잘 보이니?"

"아, 네. 이제 박사님이 분명하게 잘 보여요. 세상에! 박사님이 생긴 그대로 잘 보여요. 큰 코랑, 긴 모자랑 모두 다요! 박사님을 보니까 참 좋아요. 달빛에 비친 풀잎까지 보이네요. 말로 살면서 눈이 나쁜 게 얼마나 불편한지 박사님은 모를 거예요. 풀을 먹어야 하는데 잘못해서 달래를 먹고는 다시 뱉느라 시간을 다 보내게 되거든요. 아, 박사님은 세상에 오직 한 명뿐인 진짜 동물 의사예요."

3부

1장

2인조 노상강도

"네가 일을 해 주는 농부는 괜찮은 사람이니?" 박사가 풀밭에 앉으면서 물었다.

나이 든 말이 대답했다. "아, 네. 착한 사람이에요. 전 올해에는 일을 많이 하지 않았어요. 농부가 밭을 갈려고 더 어린 말들을 샀거든요. 말하자면 은퇴한 거죠. 허드렛일만 한답니다. 아시다시피 전 폭삭 늙었잖아요. 서른아홉 살이니."

"정말? 그렇게 보이지 않는데. 전혀 그렇게 보이지 않아. 서른아홉이라! 흐음, 그래, 이제 기억이 나는구나. 네가 서른여섯 살이 되던 그 주에 내가 안경을 맞춰 줬지. 그때 우리가 텃밭에서 너를 위해 잔치를 열었는데 기억나니? 거브거브가 잘 익은 복숭아를 가져와서는 자화자찬을 늘어놓았지."

"그럼요, 기억나고말고요. 그때 참 좋았는데! 그리운 퍼들비! 그나저나 같이 있는 이 동물은 누구죠? 오소리인가요?" 소피가 풀밭에서 안절부절못하며 움직이자 밭갈이 말이 물었다.

"아니, 바다표범이란다. 소개하마. 이쪽은 소피. 알래스카에서 왔어. 우리는 서커스단에서 도망쳤단다. 소피는 급한 일이 있어서 고향으로 되돌아가야 해. 내가 녀석이 바다로 가는 걸 돕고 있는 거야."

소피가 말했다. "쉬잇! 박사님, 보세요. 마차가 지나가요."

불빛이 도로로 사라지자 박사가 중얼거렸다. "다행이구나!"

박사가 늙은 말을 돌아보며 다시 말했다. "여기까지 오는 것도 정말 힘들었지. 소피가 사람들 눈에 띄면 안 되는데 오래 걸을 수도 없으니. 우리는 탤버츠 다리가 있는 키펫 강으로 가는 길이야. 쇼틀레이크까지는 마차를 타고 왔는데 마차에서 빠져나와야 했어. 저 울타리 뒤에서 너 때문에 혼비백산하기 전까지 어떻게 갈까 궁리하고 있었지."

나이 든 말이 말했다. "탤버츠 다리까지 가고 싶으세요? 쉬워요. 저기 지평선 쪽에 있는 외양간 보이세요? 거기에 낡은 수레가 있어요. 마구는 없지만 밧줄이 많이 있어요. 그리로 함께 뛰어가요. 박사님이 저를 그 수레에 매고 바다표범을 수레에 실으세요. 그리고 가는 거죠."

"그렇게 너희 농장 수레를 가져가면 너한테 문제가 생길 텐데."

박사가 말했다.

"농부는 전혀 모를 거예요." 늙은 말이 안경 아래로 빙그레 웃으며 말했다. "나올 때 헛간 문을 잠그지 말고 닫아 두세요. 그럼 제가 수레를 갖다 둔 다음 걸쇠를 전처럼 해 둘게요."

"그런데 혼자 어떻게 수레에서 줄을 풀고 나올래?"

"쉬워요. 제가 일러 주는 대로 박사님이 매듭을 묶으면 제 이빨로 풀 수 있어요. 박사님이 원하는 곳까지 모셔다 드릴 수는 없겠네요. 날이 밝기 전에 수레를 제자리에 갖다 놓으려면요. 하지만 그랜체스터 길을 따라 14킬로미터 정도 가면 레드힐 농장이 있는데 거기 제 친구가 있어요. 그 친구도 밤에 저처럼 풀을 뜯으러 나와요. 거기서부터 그 친구가 박사님을 실어다 줄 거예요. 녀석은 사람들이 깨기 전에 쉽게 농장으로 돌아갈 수 있을 거예요."

박사가 말했다. "너 정말 머리가 좋구나. 서둘러서 가자꾸나."

그들은 언덕을 올라 외양간으로 향했다. 안에 낡은 수레가 있었다. 박사가 수레를 밖으로 끌고 나왔다. 그리고 벽에 감긴 채 걸려 있는 밧줄을 내린 다음 여물통에 버려져 있는 낡은 개 목줄을 사용해서 마구와 비슷하게 만들었다. 밭갈이 말이 수레 손잡이 사이에 서자 박사가 밧줄로 말을 수레에 맨 다음 녀석이 알려주는 대로 신중하게 매듭을 묶었다.

곧이어 소피를 수레에 실은 다음 이들은 문을 향해 풀밭을 내려가기 시작했다.

밖으로 나왔을 때 박사가 말했다.

"그런데 키 큰 모자를 쓰고 마부 노릇을 하고 있는 나와 마주치면 누구라도 이상하게 생각하지 않을까? 오, 저쪽 들판에 허수아비가 있구나. 저놈이 쓰고 있는 모자를 빌려야겠다."

박사가 들판으로 가자 말이 뒤에서 불렀다. "허수아비를 통째로 가져오세요. 제가 농장으로 돌아갈 때 가짜 마부로 앉혀 둘 뭔가가 필요할 테니까요. 제가 마부 없이 시골길 주변을 떠돌아다니면 사람들이 저를 세우려고 할 거예요."

"그래. 알겠어." 박사가 말하고는 뛰어갔다.

몇 분 후 박사가 허수아비를 어깨에 얹고 돌아왔다. 말이 외양간으로 돌아왔을 때 문을 열 수 있도록 걸쇠는 걸지 않고 문만 닫은 다음 허수아비를 수레에 던지고 자신도 역시 수레에 올라탔다.

그는 자신의 키 큰 모자를 벗고 낡을 대로 낡은 허수아비 모자로 바꿔 썼다. 그리고 마부 자리에 앉아 고삐를 손에 쥔 다음 수레 손잡이 사이에 선 옛 친구를 향해 "가자!" 하고 외치며 길을 나섰다.

박사가 말했다. "소피, 언제라도 입을 수 있게 망토와 모자를 준비해 두는 게 좋겠다. 누군가가 태워 달라고 할지도 몰라. 누구든 태워 줘야 한다면 넌 다시 숙녀가 되어야 할 거야."

"여자가 되는 것만 빼면 뭐든 거의 다 할 수 있는데…" 소피는 베일이 코를 간질였던 걸 떠올리며 한숨을 쉬었다. "하지만 박사님 말씀이니 그렇게 할게요."

그리하여 존 둘리틀 박사는 농장 수레로 만든 마차에 허수아비

박사가 밧줄을 이용해 마구와 비슷하게 만들었다.

박사가 허수아비를 어깨에 얹고 돌아왔다.

와 바다표범을 태우고는 이 별난 여정의 다음 단계를 성공적으로 마무리 지었다. 거의 아무와도 마주치지 않았고 누구도 마차에 태워 달라고 부탁하지 않았다. 딱 한 번 긴장된 순간이 있었는데 안장에 달린 권총집에 권총을 넣은 채 굉장히 훌륭한 말을 타고 달려가던 신사 한 명이 길에서 남자 한 명과 베일을 쓴 여자를 보지 못했냐고 물을 때였다.

박사는 허수아비 모자를 눈까지 깊이 내려 쓰고는 소파 위에 앉아서 마차에 기댔다.

"여기서 몇 킬로미터 전에 사람 둘이 들판으로 가는 걸 봤는뎁쇼." 박사가 시골뜨기 말투를 흉내 내며 말했다. "지금쯤이면 거기서 한참 더 갔을 게요."

"그들이야, 분명해." 남자가 박차를 가하며 말했다. "핀치하고 그레셤이오. 노상강도들이지. 쇼틀레이크에 닿기 전에 마차를 탔소. 그런데 우리가 체포하기 전에 도망쳐 버렸지. 신경 쓸 것 없어요. 우리가 잡을 테니까. 안녕히 가시오!"

그러고는 도로를 전속력으로 달려서 사라졌다.

나이 든 말이 앞으로 나아가자 박사가 말했다. "불쌍한 핀치 씨! 우리가 핀치 씨의 명성을 드높이지 못하는 게 안타깝군."

"제가 박사님을 모시고 쇼틀레이크에서 벗어나게 되어 다행이에요. 저 사람은 박사님을 찾으려고 온 시골을 다 뒤질 작정인가 봐요." 나이 든 말이 말했다.

"수색해 봐야 쇼틀레이크에서 우리를 잡을 수 없을걸. 저들이 계속 바쁘도록 놔두는 게 좋겠지. 그나저나 네가 농장으로 돌아가는 길에 문제가 생기면 안 될 텐데."

말이 말했다. "별 문제 없을 거예요. 저들은 내가 어떻게 수레에 매였는지도 알지 못할 텐데요. 신경 쓰지 마세요. 제가 알아서 할게요."

좀 더 갔을 때 밭갈이 말이 멈춰 섰다.

"오른쪽이 레드힐 농장이에요. 조를 불러올 때까지 기다리세요."

녀석이 도로 옆 울타리로 가까이 가더니 부드럽게 히힝 하고 울었다. 이내 빠른 말발굽 소리가 들리더니 녀석보다 훨씬 어린 말이 산사나무 너머로 고개를 쑥 내밀었다.

밭갈이 말이 속삭였다. "존 둘리틀 박사님을 여기로 모셔 왔어. 박사님은 서둘러 탤버츠 다리로 가셔야 해. 네가 모셔다 드릴 수 있겠니?"

"물론이지." 친구가 말했다.

"네 수레를 갖고 가야 해. 내 건 농부가 깨기 전에 외양간에 가져다 놔야 하거든. 이 근처에서 수레 같은 걸 가져올래?"

"응. 뜰에 이륜마차가 있어. 그게 수레보다 빠를 거야. 박사님, 이쪽으로 오세요. 이륜마차가 어디 있는지 알려 드릴게요."

그들은 동이 트기 전에 서둘러서 마차 교체 작업을 했다. 소피 부인은 농장 수레에서 미끈한 이륜마차로 자리를 옮겼다. 늙은 밭갈이 말은 허수아비를 수레 앞에 앉히고 박사와 애정 어린 작별 인사를 나눈 후 수레를 끌고 돌아가기 위해 출발했다. 그와 동시에 존 둘리틀 박사와 소피는 반대 방향에 있는 키펫 강을 향해 빠른 속도로 출발했다.

여러분도 나중에 알게 되겠지만 헤어진 지 오래지 않아 박사의 그 옛 친구가 다시 박사를 찾아왔다. 그리고 녀석이 홀로 돌아가다가 겪은 이야기를 들려주었다. 농장까지 절반 정도 갔을 때 권총을 찬 신사와 다시 마주쳤다. 그는 여전히 노상강도 로버트 핀치를 잡으러 그랜체스터 길을 전속력으로 왔다 갔다 하고 있었다. 아까 마주쳤던 수레라는 걸 알아챈 신사는 길에 멈춰 서서 몇 가지 질문을 던졌다. 수레에 탄 마부는 대답을 하지 않았다. 신사는 다시 같은 질문을 던졌다. 마부는 여전히 미동도 않은 채 한 마디도 하지 않았다. 의구심이 커진 신사는 말 안장에 앉은 채 몸을 앞으로 숙이고는 마부의 머리에서 모자를 벗겼다.

아니나 다를까, 그 얼굴은 지푸라기와 누더기 천으로 만들어져 있었다!

신사는 그제야 속았다는 걸 깨달았고, 처음에 마주쳤을 때 수레에 타고 있던 남자가 진짜 노상강도이며 이 허수아비 마부는 경찰을 유인하기 위한 핀치의 영리한 술수라는 걸 눈치챘다. 이로써 핀치의 멋진 모험담 목록에 재미있는 이야기가 하나 더 추가되었다. 여자로 변장했던 자가 하룻밤 만에 허수아비 행세를 하다니!

한편, 일은 갈피를 잡을 수 없을 만큼 복잡해졌는데, 같은 날 새벽 2시에 진짜 로버트 핀치가 160킬로미터나 떨어진 곳에 나타나

입스위치행 마차를 털었던 것이다. 어떻게 핀치가 그토록 짧은 시간 안에 잉글랜드를 가로질러서 강도짓을 할 수 있었는지는 노상강도의 역사에 아직도 가장 큰 수수께끼로 남아 있다. 그들이 핀치의 평판을 한층 더 드높일 거라는 둘리틀 박사의 말은 아주 정확했다.

나이 든 말이 농장에 도착했을 때 농장 내 모든 사람들이 흥분에 휩싸여 있었다. 등을 든 사람들이 목초지 여기저기로 정신없이 뛰어다니고 있었다. 허수아비도, 낡은 수레도, 늙은 말도 사라져 버렸기 때문이었다. 농장 일꾼들이 풀밭에 난 바퀴자국을 따라갔다. 밭갈이 말은 입구에 다다르자마자 등과 총을 든 사람들에게 둘러싸였다. 이들은 저마다 짐작을 하거나 조언을 하고 얘기를 나누느라 바빴다. 하지만 말을 도둑맞았다고 생각했던 주인은 말에게 화를 내지 않았다. 그리고 이 사건이 일어난 후 한참 동안 마을 사람들은 밭갈이 말이 핀치 역할을 맡은 허수아비가 탄 수레를 끌었다고 수군댔다.

한편 이륜마차를 탄 박사와 소피는 탤버츠 다리를 향해 달려가고 있었다. 말을 탄 사람(그는 카운티 경찰의 조수였다.)은 있는 힘을 다해 이들을 뒤쫓았지만 결코 추월하지 못했다.

강에 도착한 박사는 소피를 마차에서 안아 다리 너머 강물에 내려 주었다. 그는 말에게 권총을 찬 사람과 다시 마주치지 않도록 왔던 길과 다른 길을 통해 레드힐 농장으로 돌아가라고 말한 다음 다리 난간을 뛰어넘어서 강기슭으로 내려갔다. 기쁜 나머지 꺄르

신사는 마부의 머리에서 모자를 벗겼다.

륵 소리를 내며 물속으로 풍덩 뛰어든 소피가 물살을 가르며 헤엄을 치면서 온갖 물고기를 잡아먹었고 박사는 그런 소피 옆에서 강을 따라 달렸다.

2장

강을 따라서 바다로

예상했던 대로 고된 여정 중 가장 힘든 부분이 끝났다. 이들은 들킬지도 모른다는 불안감에서 벗어났다. 강기슭에서 누구라도 마주치게 되면 위험이 지나갈 때까지 박사는 낚싯대와 낚싯줄 대신 버드나무 지팡이와 끈으로 낚시하는 시늉을 했으며 소피는 물속으로 몸을 숨겼다.

아직도 갈 길이 멀었다. 탤버츠 다리에서 해변까지는 전혀 가깝지 않았다.

키펫 강이 흘러가는 시골의 풍경은 다채로웠으며 모든 풍경이 멋지고 아름다웠다. 때로는 평평하며 풀이 무성한 초원이 펼쳐져 있었으며 강기슭에 늪지가 형성되었다. 때로는 작은 숲 사이로 물줄기가 흘렀고 아름드리 오리나무가 강기슭에 자리 잡고 있었다. 강은 여울이 되어 농장 옆으로 흘렀으며 소들이 이곳에서 목을 축였다. 나그네들은 눈에 띄지 않도록 밤이 올 때까지 기다렸다. 강이 깊으면 소피는 물속으로 들어가 헤엄쳤고 박사는 길을 따라 한참 걸어가서 소피를 다시 만났다.

여정의 대부분이 소피에게는 누워서 떡먹기였지만 박사에게는 결코 녹록지 않았다. 박사는 셀 수 없이 많은 울타리를 헤쳐 나가야 했고 담을 타고 넘어야 했으며 늪을 건너야 했기 때문에 힘들고 느릴 수밖에 없었다. 소피는 계속 속도를 늦췄고 어슬렁거리며 기다리면서 박사와 보조를 맞췄다.

둘째 날 낮에 박사가 강기슭에서 쉬고 있을 때 녀석이 말했다. "박사님, 박사님이 더 이상 같이 갈 필요가 없을 것 같아요. 이렇게 가는 건 저에게 아주 쉬워요. 남은 길은 저 혼자 갈 수 있어요."

박사가 다시 누워서 머리 위로 드리워진 버드나무 가지를 바라보며 말했다. "그렇지 않아. 이 강이 바다에 닿기 전에 어느 곳으로 흘러가서 네가 어떤 어려움에 처할지 모르거든. 오리가 말한 대로 더 가기 전에 다른 물새한테 물어보는 게 좋겠어."

바로 그때 아름다운 알락해오라기 두 마리가 강물로 내려오더니 먹이를 잡기 시작했다. 박사가 부르자 바로 옆으로 다가왔다.

박사가 말했다. "이 강이 바다에 닿으려면 얼마나 더 가야 하는지 말해 줄래?"

"휘고 구부러진 곳을 다 합치면 100킬로미터쯤 돼요." 알락해오라기가 대답했다.

박사가 말했다. "세상에! 그럼 우린 아직 반도 못 왔구나. 강 주변 지형이 어떠니? 이 바다표범은 바다까지 헤엄쳐 가고 싶어 하는데 가는 동안 사람들의 눈에 띄면 안 된단다."

새들이 말했다. "16킬로미터 정도는 쉽게 헤엄쳐 갈 수 있어요. 그런데 그 후에 바다표범이 여행하기 꽤 위험한 곳들이 나와요. 첫 번째는 홉스 밀이에요. 그곳엔 물레방아가 있죠. 물살이 둑과 큰 물레방아로 막혀 있어요. 홉스 밀에 닿으면 물에서 나와 뭍으로 이동한 다음 다시 들어가야 해요."

박사가 말했다. "그렇구나. 할 수 있을 거야. 그럼, 그다음에 나오는 골칫거리는 뭐니?"

"다음에는 마을이 나와요. 마을이 크지는 않은데 강기슭에 공장이 있어요. 강물이 파이프로 흘러 들어가서 공장 기계를 돌려요. 바다표범이 파이프 안으로 들어가게 되면 기계 안에서 갈기갈기 찢겨 죽을걸요."

"알겠다. 그럼 어두워지면 육지로 나와서 마을을 둘러 가야겠구나."

"오른쪽으로 돌아서 북쪽으로 가세요. 반대 방향에는 공장에서 일하는 사람들의 집이 길게 늘어서 있어요."

"거기를 지나고 나면 바다에 아주 가까워질 때까지 괜찮아요. 바다에 거의 다다르면 또 다른 마을, 항구를 만날 거예요. 바다표범은 그 마을 사이 강을 따라 헤엄칠 수 없을 거예요. 왜냐하면 그

그들은 저녁 무렵 홉스 밀에 다다랐다.

곳엔 주택하고 다리가 밀집해 있는데 강물이 흐르는 중간에 작은 폭포도 있고 물살이 굉장히 빠른 곳도 있거든요. 항구가 보이기 시작하면 강에서 나와 외딴 곳을 찾아 북쪽을 향해 해변으로 가는 게 좋겠어요. 바다까지 멀지는 않지만 굉장히 가파른 곳을 올라가야 해요. 부근 해변이 다 높은 절벽으로 되어 있거든요. 잡히지 않고 항구를 안전하게 지나기만 하면 골칫거리가 다 끝날 거예요."

"정말 고마워. 네가 준 정보들이 큰 도움이 될 거야. 자, 이제 우린 길을 떠나는 게 좋겠구나."

알락해오라기들은 존 둘리틀 박사에게 행운을 빌어준 다음 다시 먹이를 잡으러 갔고, 박사는 강을 따라 헤엄치는 소피와 나란하게 강기슭을 따라 걸었다. 이들은 저녁 무렵 홉스 밀에 다다랐다. 박사가 건물 주변을 둘러보며 조용한지, 누가 밖에 나와 있지 않은지 확인하자마자 소피가 물 밖으로 나와 뒤뚱거리며 걸어서 풀밭 두 곳을 지난 후 맞은편 물레방아를 돌리는 물줄기 밑으로 흐르는 강물로 다시 들어갔다. 그들은 거기서 달이 뜰 때까지 기다렸다가 달빛이 강가에 있는 길을 비추자 다시 길을 재촉했다.

알락해오라기가 알려 준 공장 마을이 눈에 들어오자 존 둘리틀 박사는 행인이 있으면 알려 달라며 물속에 있는 오리에게 소피를 맡겨 놓고는 주변을 살피고 먹을 것을 구하기 위해 마을로 향했다.

늦은 시간이라 가게 대부분이 문을 닫았지만 박사는 한 호텔에서 샌드위치와 과일을 살 수 있었다. 그는 음식을 사면서 수중에 돈이 거의 없다는 걸 깨달았다. 사실 식품 값을 치를 돈 정도밖에 없었다. 하지만 돈이 떨어진 사실에 전혀 개의치 않았으며 불안해하지도 않았다. 박사는 질퍽거리는 곳을 걷느라 진흙투성이가 된 장화를 닦는 데 마지막 남은 2펜스를 아낌없이 쓴 다음 소피와 함께 마을을 지나기 위해 걸어야 할 길을 살펴보려고 나섰다.

소피가 걸어야 할 거리는 상당히 길었다. 그래도 연결된 연못 몇 곳과 물에 잠긴 풀밭, 마을 반대쪽으로 3킬로미터 정도 떨어진 키펫 강으로 흘러 들어가는 작은 시내를 찾아냈다.

밤이 거의 끝나 갈 때쯤 소피 곁으로 돌아온 박사는 녀석과 함께 동이 트기 전에 강에 닿기 위해 다시 걸음을 재촉해야 했다.

소피가 안전하게 강에 닿자 존 둘리틀 박사는 길을 떠나기 전에 눈을 좀 붙이는 게 좋겠다고 생각했다. 소피 역시 마음은 급했지만 몸은 지쳐 있었다. 강기슭에 둥지를 튼 작은 쇠물닭에게 보초를 서다가 위험이 닥치면 깨워 달라고 부탁한 후 둘 다 눈을 붙이기로 했다. 소피는 물속에서 머리만 쑥 내민 채, 박사는 강변에 서 있는 버드나무에 기댄 채 잠이 들었다.

해가 중천에 떴을 때 쇠물닭이 어깨를 끌어당기는 바람에 박사가 잠에서 깼다.

작은 새가 속삭였다. "농부 한 명이 사람들과 함께 초원을 가로질러서 오고 있어요. 곧장 이곳을 지나갈 거예요. 박사님을 못 볼 수는 있겠지만 소피를 못 보고 지나칠 수는 없어요. 소피의 머리를 물속으로 집어넣어야 해요. 녀석이 코를 고는 소리가 뱃고동 소리 같아요. 좀처럼 잠에서 깨지 않아요."

박사는 소피에게 머리를 물속에 집어넣으라 했고 눈에 띌 위험이 사라지자 다시 길을 떠났다. 그들은 하루 종일 걸었고 밤에도 쉬지 않고 바다를 향한 여정을 재촉했다.

주변 경관이 길을 떠난 후 한 번도 보지 못했던 풍경으로 서서히 변해 갔다. 양 떼가 풀을 뜯는 탁 트인 초원이던 시골 풍경이 바위투성이 구릉으로 바뀌었다. 다음 날 저녁이 되자 마침내 멀리서 항구 마을의 불빛이 반짝이는 게 보였다. 마을의 육지는 모두 브리스톨 해협이 내려다보이는 절벽까지 가파른 고갯길로 이어져 있었다.

강을 따라 좀 더 내려가자 강 양쪽에 도로가 나왔는데 아마 마을로 통하는 것 같았다. 때때로 마차들이 이 도로를 지나 항구로 향했다.

물로 계속 여행하는 게 현명하지 않다고 느낀 이들은 결국 물에서 나와 걷기 시작했다.

지나가는 길에 도로와 농가가 많았기에 박사는 소피에게 모자를 씌웠으며 어느 때라도 녀석의 몸을 감쌀 수 있게 망토를 준비했다.

긴 고갯길을 지나 절벽 너머로 바다가 눈앞에 펼쳐지는 정상에 도착하려면 1킬로미터 넘게 걸어야 했다. 이들은 헛간에서 바라볼 때 눈에 띄지 않을 만한 길을 택해서 천천히 쉬지 않고 앞으로 나아갔다. 가는 도중에 여러 번 돌담과 마주쳤다. 박사에겐 낮았지만 소피에겐 너무 높아서 박사가 녀석을 들어 올려줘야 했다.

내색을 하지 않았지만 고갯길을 오르는 건 소피에게 너무 힘들었다. 마침내 넓게 펼쳐진 고갯길의 정상에 올라 해협에서 불어오는 바람을 얼굴에 맞았을 때 소피는 기진맥진해서 한 걸음도 더 뗄 수 없었다.

절벽 끝까지 거리가 채 100미터도 남지 않은 상태였다. 박사는 근처에 있는 집에서 사람들의 노랫소리가 들려오자 긴 여행의 끝이 보이는 이 시점에 사람들에게 들키는 건 아닐까 걱정이 되기 시작했다. 박사는 별 수 없이 소피를 안고 남은 길을 가기로 했다.

박사가 녀석에게 망토를 두를 때 주택의 문이 열리더니 남자 두 명이 나오는 게 보였다. 그는 서둘러 바다표범을 팔에 안고 비틀거리며 절벽 끝을 향해 걸음을 옮겼다.

몇 미터를 더 가자 소피가 외쳤다 "아, 보세요! 바다예요! 달빛을 받아서 얼마나 상쾌하고 멋지게 빛나는지! 바다다! 드디어 바다야!"

"그래, 이걸로 고생은 끝이야. 소피." 박사가 걷다가 몸을 휘청거렸고 숨을 헐떡거렸다. "알래스카에 도착하면 바다표범들에게 안부를 전해 주렴."

박사는 절벽 끝에 서서 깊은 바닷물이 소용돌이치는 저 아래를 내려다보았다.

그리고 마지막 힘을 짜내어 소피를 절벽에서 브리스톨 해협으로 던졌다.

소피가 공중에서 몸을 돌리더니 빠른 속도로 아래로 떨어졌고

그는 소피를 브리스톨 해협으로 던졌다.

이어서 바람에 벗겨진 망토와 모자가 천천히 펄럭이며 떨어졌다. 바다표범이 물에 빠지자 녀석 위로 하얀 포말이 부서지는 게 보였고 첨벙하는 소리가 부드럽게 귓가에 닿았다.

박사가 손수건으로 이마를 닦으며 말했다. "흐음, 다행이야! 드디어 해냈어! 소피가 무사히 바다에 도착했고 나는 감옥에 가지 않아도 된다고 매슈에게 말할 수 있겠군."

그때 차가운 전율이 등골을 스쳤다. 뒤에서 위압적인 손이 어깨를 잡았던 것이다.

3장

치안판사 윌리엄 피보디 경

존 둘리틀 박사가 천천히 몸을 돌리자 체구가 큰 남자가 그의 옷깃을 잡고 있었다. 그는 선원 같은 제복을 입고 있었다.

"누구시죠?" 박사가 물었다.

"해안경비대요." 남자가 말했다.

"왜 그러는 거지요? 내 코트를 놔 주세요."

"당신을 체포합니다."

"무엇 때문예요?"

"살인 혐의요."

박사가 여전히 놀라움에서 헤어나지 못하고 있는 동안 더 많은 사람들이 아까 봤던 외딴집에서 이쪽으로 오고 있는 게 보였다.

거리가 가까워지자 남자 둘과 여자 한 명이라는 걸 알 수 있었다.

"톰, 그 남자를 잡았나요?"

"네, 현장에서 잡았어요."

"뭐였죠?"

"여자예요. 여자를 절벽 아래로 막 던졌을 때 잡았어요. 짐, 경찰서로 가서 배를 내오세요. 여자를 구할 수 있을지도 몰라요. 아닐 수도 있지만. 내가 이자를 감옥으로 끌고 갈게요. 당신은 저기 아래로 가서 뭐든 찾으면 나한테 알려 주세요."

"그 사람 아내일 거예요." 여자가 공포와 두려움에 휩싸여 박사를 응시한 채 말했다. "아내를 죽이다니! 푸른 수염(17세기 말 동화 작가 샤를 페로가 쓴 작품의 제목. 무서운 남편인 푸른 수염은 여러 명의 아내를 살해한다.—옮긴이)만큼 잔인한 사람 같으니! 톰, 그 남자는 터키 사람일지도 몰라요. 그 사람들은 아내를 죽이고 나서 포스포루스 해협에 던지거든요."

"이자는 터키인이 아니에요. 영어로 말해요."

여자가 말했다. "그런 관습을 보며 자라지 않았는데도 그랬다면 자신을 훨씬 더 부끄럽게 여겨야 해요." 그녀가 몸서리치며 절벽 끝 너머를 응시했다. "사람들이 그 여자를 찾을 수 있을지 모르겠네요. 물에 뭔가 떠가는 게 보이는 것 같기는 했어요. 불쌍한 사람 같으니라고! 저 여자의 고생이 이렇게 끝났군요. 저 짐승 같은 남자랑 결혼해서 사느니 떠나는 게 낫죠."

박사가 시무룩하게 말했다. "내 아내가 아니었어요."

"잔인한 사람 같으니!"

"그럼 누구란 말이오? 분명히 여자였어요. 내가 당신이 그 여자를 팔에 안고 가는 걸 봤거든." 해안경비원이 물었다.

박사는 잠시 생각한 끝에 아무 말도 하지 않기로 결심했다. 체포되었으므로 결국에는 바다에 던진 게 소피라는 걸 자백해야 할 것이다. 하지만 법정에서 모든 이야기를 털어놓을 때까지 침묵을 지키는 게 현명해 보였다.

"누구였소?" 그 남자가 다시 물었다.

박사는 여전히 아무 말도 하지 않았다.

여자가 말했다. "아내가 틀림없어요. 이 남자 눈이 사악해요. 분명히 아내 대여섯 명을 어디론가 빼돌렸을 거예요. 그 여자들은 죽을 날을 기다리고 있겠죠."

"흐음, 대답이 없군요. 경고하겠소. 당신이 뭘 말하든 당신에게 불리한 증거로 사용될 수 있소. 자. 법원으로 내려갑시다."

박사에게는 다행스럽게도 아직 이른 새벽이었다. 언덕을 지나 마을에 이르렀을 때 거리는 텅 비어 있었다. 여자는 이들과 동행하지 않았다. 박사와 해안경비원이 법원에 도착할 때까지 누구와도 마주치지 않았다.

옆문을 통해 경찰서로 들어갈 때 역시 해안경비원인 짐이 달려와서 동료와 합류했는데 그의 팔에는 소피가 걸쳤던 젖은 망토가, 손에는 모자가 들려 있었다.

그가 말했다. "톰, 시신은 찾지 못했어. 하지만 절벽 아래쪽에 이것들이 둥둥 떠다니고 있더군. 자네에게 필요할 것 같아서 제리

버클리는 배를 타고 계속 수색하도록 남겨 두고 난 이리로 왔지."

"그래. 증거로 필요할 거야." 톰이라고 불린 사람이 망토와 모자를 받으며 말했다. "돌아가서 수색을 계속하는 게 좋겠어. 이 죄인을 감옥에 집어넣고 나도 합류할게."

곧 불쌍한 박사는 경찰서로 끌려 들어갔다. 경찰은 커다란 노트에 이름과 여러 인적 사항을 적은 후 박사를 약간의 빵, 물과 함께 감옥에 처넣었다.

덜컹거리는 문소리와 철컥하며 빗장 지르는 소리가 사라질 즈음 창살이 쳐진 작은 창문으로 회색빛 여명이 스며드는 게 보였다.

박사는 맨살을 드러낸 돌벽을 바라보며 한숨을 쉬었다. "휴우! 다시 감옥이라니! 일에 성공했다고 너무 일찍 들떴던 게야. 매슈가 이 감옥에 갇힌 적이 있는지 모르겠네."

아침 햇살이 비치는 벽에 글자와 기호가 새겨져 있는 게 박사의 눈에 띄었다. 이전에 갇혀 있던 죄수들이 새겨 놓은 것이었다. 그는 벽을 살펴보았고 여러 글자들 사이에서 엉망으로 쓰인 'M. M.'을 발견했다.

"그래, 매슈도 여기 들어왔었군. 뿌듯해 하겠어. 흐음, 웃긴 세상이야."

박사는 빵 덩어리를 집어 들고 반으로 자른 다음 두어 번 입으로 베어 물었다. 무척 배가 고팠다.

"맛난 빵이군. 아주 신선해. 간수에게 어디서 났는지 물어봐야겠어. 침대도 나쁘지 않군." 매트리스를 주먹으로 때려 보며 박사

그는 엉망으로 쓰인 'M. M.'을 발견했다.

가 덧붙였다. "눈 좀 붙여야겠어. 얼마나 오랫동안 제대로 잠을 자지 못했는지 모르겠네."

그는 이내 코트를 벗어서 둘둘 만 다음 베개 삼아 누웠다.

아침 10시쯤 경찰서장이 키가 크고 머리가 하얗게 센 신사와 함께 감방으로 들어와 침대에 대자로 뻗은 채 시끄럽게 코를 골고 있는 죄수를 보았다.

노신사가 낮은 목소리로 말했다. "흐음, 그다지 위험한 인물 같지는 않은데요, 서장님?"

옆 사람이 고개를 저으며 말했다. "오, 윌리엄 경, 이 범죄자가 얼마나 대담한지 아시겠지요. 불쌍한 아내를 바다에 던져 버리고 저렇게 잠을 잘 수 있다고 상상해 봐요!"

"일단 좀 더 놔둡시다. 15분 후에 다시 오세요. 그건 그렇고, 누구에게도 내가 여기 왔었다는 걸 말할 필요는 없어요. 지금은 말이죠."

"알겠습니다, 윌리엄 경." 경찰서장이 말했다. 그리고 감방 밖으로 나가서 윌리엄 경 뒤로 문을 잠갔다.

머리가 하얗게 센 노신사가 침대 곁으로 가더니 잠시 박사의 평화로운 얼굴을 내려다보았다.

그는 곧 잠이 든 박사의 어깨를 살살 흔들었다.

"둘리틀 씨! 이봐요, 존, 일어나요!"

박사가 천천히 눈을 뜨더니 팔로 침대를 짚으면서 몸을 일으켰다.

그가 졸린 듯이 말했다. "여기가 어디더라? 아, 맞다! 감옥 안이지."

박사가 옆에 서 있는 남자를 물끄러미 쳐다보았다. 비로소 얼굴에 미소가 번졌다.

"세상에! 윌리엄 피보디 경이군요! 흐음, 윌리엄! 도대체 여긴 무슨 일이에요?"

"어떻게 여기에 오게 됐는지 오히려 내가 물어봐야 할 것 같은데요?" 방문객이 말했다.

박사가 중얼거렸다. "아, 당신을 본 지 15년이나 됐군요. 어디 보자. 마지막으로 봤을 때 우리 둘 다 무척 화가 났었죠. 기억나세요? 사냥에 대해서 찬반 논쟁을 벌였잖아요. 아직도 사냥을 그만두지 않았나요?"

윌리엄 경이 말했다. "아니, 난 여전히 일주일에 이틀은 사냥을 하지요. 법원 일과 다른 잡다한 일 말고 지금 하는 건 그게 다요. 5년 전에 사람들이 나를 치안판사로 임명했어요."

박사가 진지하게 말했다. "사냥을 완전히 접어야 해요. 당신의 취미를 얘기할 수는 있어요. 하지만 여우가 부당한 대접을 받고 있다고요. 여우 한 마리를 잡으려고 개 수십 마리를 풀다니! 게다가 왜 여우가 사냥을 당해야 하지요? 당신과 나처럼 여우도 권리가 있어요. 작고 불쌍한 야생동물 한 마리를 잡겠다고 말을 탄 성인들이 사냥개 무리를 이끌고 시끄럽게 시골을 돌아다니다니!"

노신사가 침대에 걸터앉더니 머리를 젖히며 껄껄 웃음을 터뜨렸다.

"둘리틀 씨, 당신은 하나도 안 변했군. 당신 같은 사람을 본 적이 없소. 살인 혐의로 감옥에 갇힌 자가 제일 먼저 꺼낸 말이 여우 사냥 이야기라니! 존, 당신이 학교에서 돋보기 아래 놓인 무당벌레를 관찰하는 꼬마 소년이었던 바로 그때 당신을 알게 된 후 당신은 항상 똑같았소. 이봐요. 난 여우의 권리에 대해 논쟁하려고 여기 온 게 아니에요. 말했듯이 난 치안판사란 말이오. 당신은 약 한 시간 후 내 앞에 출석해서 조사를 받아야 해요. 내가 지금 듣고 싶은 건 당신의 혐의에 대한 설명이에요. 당신은 당신 아내를 살해한 혐의를 받고 있어요. 물론 당신하고 결혼할 만큼 미친 여자라면 당신이 죽였다는 걸 내가 이해했겠소만, 내가 믿지 못하는 건 당신에게 아내가 있었다는 주장이지. 무슨 일이 일어난 거요? 저들은 당신이 여자를 바다로 던지는 걸 봤다고 말하던데."

"여자가 아니었어요." 박사가 말했다.

"그럼 뭐였소?"

박사는 장화를 내려다보며 못된 짓을 하다가 붙잡힌 아이처럼 안절부절못했다.

마침내 그가 말했다. "바다표범이었어요. 여자 옷을 입은 서커스단 바다표범이었죠. 사육사들이 녀석을 제대로 대우하지 않았어요. 게다가 이 녀석은 서커스단을 탈출해서 가족들이 있는 알래스카로 돌아가고 싶어 했답니다. 그래서 제가 도와줬어요. 녀석을 데리고 애슈비에서 여기까지 오느라 엄청난 고생을 했어요. 의심을 사지 않으려고 녀석을 여자로 변장시켜야 했죠. 서커스단 사람들이 저를 쫓아왔거든요. 이곳 해변에 도착하자마자 녀석이 원래 살던 곳으로 헤엄쳐 갈 수 있게 바다로 던져 줬지요. 그때 해안경비원 중 한 명이 그 모습을 보고 저를 체포한 거랍니다. 그나저나 왜 웃는 거지요?"

박사의 이야기를 듣는 내내 웃음을 참던 윌리엄 피보디 경이 마침내 배꼽이 빠지도록 웃어 댔다.

"당신이 던진 게 당신 아내라고 그 사람들이 말했을 때부터 뭔가 수상쩍었지. 그랬군. 알았소! 그런데 당신한테서 지독한 냄새가 나는군." 그가 여전히 웃음기 어린 목소리로 말했다.

"바다표범한테서 물고기 냄새가 나는 게 당연하죠! 게다가 한동안 녀석을 안고 걸어야 했다고요." 박사가 짜증 섞인 목소리로 말했다.

"존, 당신은 철이 들려면 멀었군." 윌리엄 경이 고개를 저으며 웃다가 흘린 눈물을 닦으면서 말했다. "이제 말해 봐요. 같이 도망친 그 바다표범과 당신 말이오, 여기까지 오는 동안 얼마나 쫓겼던 거지? 우리가 아내 살인 혐의를 벗겨 줄 수는 있지만 바다표범을 훔친 혐의를 벗겨 주는 건 그렇게 쉽지 않을 수도 있거든. 여기까지 오는 동안 미행을 당했소?"

"아, 아니에요. 애슈비를 벗어난 다음에는 서커스단 사람들의 추격에서도 벗어났어요. 쇼틀레이크에서는 노상강도로 오해를 받았죠. 마차로 여행할 때 좀 골치 아픈 일이 있긴 했어요. 하지만 그 이후로는 누구에게도 의심을 받지 않았어요."

"연인을 절벽에서 던질 때까지는 그랬겠지." 윌리엄 경이 말을 잘랐다. "당신이 여기로 끌려 오는 걸 본 사람이 있소?"

박사가 대답했다. "없어요. 해안경비원 세 명과 여자 한 명 빼고는. 여자는 아마 무리 중 한 명의 아내인 것 같더군요. 그들 말고는 이 일에 대해 아는 사람이 아무도 없어요. 내가 이 감옥으로 올 때 거리가 텅 비어 있었거든요."

윌리엄 경이 말했다. "흐음, 그럼 우리가 처리할 수 있겠군. 내가 무혐의로 처리할 때까지는 여기 있어야겠소. 끝나면 가능한 한 빨리 이곳을 떠나도록 해요."

"그런데 해안경비원들은 어떻게 하고요? 아직도 시신을 찾고 있나요?"

"아니요, 이제 포기했어요. 피해자의 망토와 모자를 다시 가져왔더군. 그들이 찾은 건 그게 전부라오. 당신이 낡은 옷가지를 바다로 던졌다고 말하기로 합시다. 어쨌든 일부는 사실이니까. 내가 설명하면 그들은 더 이상 이 사건에 대해 왈가왈부하지 않을 거예요. 또 설령 얘기를 한다고 해도 그 소문이 서커스단까지 미치지는 않겠지. 그런데 둘리틀 씨, 부탁 하나 합시다. 더 이상 동물을 이리로 데려와서 절벽에서 던지지 말아요. 지킬 수 있겠소? 계속 그렇게 하면 내가 이 사람들을 납득시키기가 어려워져요. 게다가 당신 때문에 서커스 사업이 망할 거예요. 내가 모든 일을 공식적으로 처리할 때까지 여기 있도록 해요. 그리고 풀려나자마자 이 구역을 떠나도록 해요. 알았소?"

박사가 대답했다. "알겠어요. 고마워요. 하지만 윌리엄, 그 여우 사냥 말이에요. 당신이 만약 여우를 계속…"

윌리엄 경이 일어서면서 말했다 "아니, 지금 그 논쟁을 다시 하진 않겠소. 존, 경찰서장이 오는 소리가 들리는군. 여긴 여우가 너무 많아. 숫자를 줄일 필요가 있지."

"윌리엄, 이곳은 참 괜찮은 감옥이에요. 들러 줘서 고마워요." 경찰서장이 문을 열었을 때 박사가 말했다.

윌리엄 경과 경찰서장이 사라지자 박사는 운동 삼아 감방 안에서 왔다 갔다 하기 시작했다. 그는 자신이 자리를 비운 사이에 동물 가족들이 어떻게 지내는지 궁금해졌다. 또 좀 더 나은 서커스단을 해 보자는 동물들의 아이디어에 대해 골똘히 생각했다. 30분쯤 지났을 때 경사 한 명이 문 앞에 나타났다. 그의 태도는 유난히 공손하고 정중했다.

"박사님, 경찰서장님이 인사말을 전해 달라고 했습니다. 또 실수에 대해 사과도 했고요. 사실 우리 쪽 잘못은 아니에요. 박사님을 체포한 건 해안경비원이거든요. 아주 바보 같았죠. 아주. 박사님은 이제 혐의를 벗었습니다. 어디든 원하는 곳으로 가시면 됩니다."

박사가 말했다. "고마워요. 이제 가야겠군요. 이곳은 정말 좋은 감옥이에요. 내가 들어가 본 곳 중 거의 최고죠. 경찰서장에게 사과할 필요 없다고 전해 줘요. 환기가 아주 잘 돼서 푹 잤답니다. 방해하는 사람도 없고 바람도 잘 통하니 글을 쓰기에도 안성맞춤인 곳이네요. 하지만 유감스럽게도 내가 갈 곳이 있어서 지금 떠나야

“여기 빵이 정말 맛있더군요.”

겠군요. 안녕히 계세요!"

"안녕히 가세요. 복도 끝에 출구가 있습니다."

박사가 경찰서 정문 앞에서 걸음을 멈췄다.

"이런! 애슈비까지 마차를 타고 갈 돈이 없군. 윌리엄 경이 1기니만 꿔 주면 좋겠는데."

그는 돌아섰다. 하지만 경찰서장 사무실에서 치안판사가 사냥을 떠났고 내일 아침까지는 돌아오지 않을 거라는 말을 들었다.

다시 경찰서를 나섰다. 하지만 문에서 다시 멈췄다.

"남은 빵을 가져가는 게 낫겠어. 어쨌든 내 거잖아. 주머니에 동전 한 푼 없는데 애슈비까지 가려면 빵이 필요할 거야."

박사는 서둘러 그가 머물렀던 감방으로 갔다.

경찰관 한 명이 감방을 치우고 있었다.

박사가 말했다. "실례합니다. 청소하는 걸 방해하진 않을게요. 여기 두고 간 걸 찾으러 왔거든요. 오, 여기 있네요. 내 빵! 고마워요. 여기 빵이 정말 맛있더군요."

그리고 나가는 길에 경찰서장 사무실에 가서 경찰서에 빵을 공급하는 빵집 가게 이름을 물은 후 남은 빵 반 덩어리를 팔에 낀 채 바깥세상을 향해 힘차게 나섰다.

4장

엄마 여우 밤그늘

박사는 무일푼이었지만 만족스러워하며 항구를 지나 중심가에 있는 시장에 닿을 때까지 걸었다. 큰 도로 세 개가 이곳에서 만났다. 각각 북쪽과 남쪽, 동쪽에서 뻗은 도로였다.

박사는 굉장히 아름답고 오래된 시청을 감탄하면서 바라본 후 동쪽 길을 따라 걷기 시작했다. 하지만 몇 걸음 걷다가 멈춰서 생각했다. 애슈비로 돌아갈 때는 왔던 길이 아닌 다른 길로 가는 게 현명하겠다는 생각이 머리를 스쳤다.

박사는 마차나 쇼틀레이크 여관에서 만났던 사람들과 마주치는 불상사를 피하기 위해 다른 길로 돌아가기로 하고 방향을 바꿔 남쪽 길을 따라 걸었다.

상쾌한 아침이었다. 태양이 빛났고 참새들이 지저귀었다. 그는 팔 안쪽에 빵을 끼고 성큼성큼 걸으면서 살아 있어 기쁘다고 느꼈다.

오래지 않아 마을의 마지막 집을 지나서 탁 트인 곳에 다다랐다. 정오 무렵 길이 갈라지는 곳에 도착했는데 그곳에는 아주 작은 시골길을 가리키는 표지판이 있었고 "애플다이크까지 16킬로미터"라고 적혀 있었다.

"아름다운 길 같은데. 가는 방향도 맞고. 애플다이크라… 이름도 좋네."

박사는 항구 마을에서 얼마 오지 않았는데도 방향을 바꿔 애플다이크를 향해 동쪽으로 뻗은 시골길을 따라 걷기 시작했다.

곧 그는 점심을 먹기로 하고 말라 버린 빵을 적실 만한 맑은 물이 흐르는 시내가 있는지 주위를 둘러보았다. 오른쪽 너머로 언덕이 보였는데 쭉 내려가면 골짜기로 이어져 있었고 골짜기에는 나무와 덤불이 우거져 있었다.

"분명히 저 아래에 시내가 있을 거야. 정말 마음에 드는 고장이군."

그는 작은 울타리를 넘어서 골짜기로 이어지는 들판으로 향했다.

발견한 냇물은 마실 만했다. 시냇가에는 나무 그림자가 드리워져 있어서 소풍 장소로 그만이었다. 박사는 목을 축인 다음 기분 좋은 한숨을 쉬며 떡갈나무가 우거진 풀밭에 앉아 가져온 빵을 먹기 시작했다.

주위에서 찌르레기 한 마리가 폴짝폴짝 뛰는 걸 본 박사는 녀석

그는 길이 갈라지는 곳에 도착했다.

에게 빵 부스러기를 던져 주었다. 그 새가 빵 부스러기를 쪼아 먹는 동안 박사는 녀석의 날개 한쪽이 이상하다는 걸 알아챘다. 살펴보니 깃털이 죄다 타르에 다닥다닥 붙어 있었다. 타르 때문에 깃털이 굳어서 날개가 제대로 펴지지 않는 것이었다. 존 둘리틀 박사가 날개를 잘 펴 주자 녀석은 훨훨 날아갔다. 점심 식사를 마친 그는 출발하기 전에 이 쾌적한 곳에서 좀 쉬기로 했다. 그리고 떡갈나무 몸통에 기댄 채 시냇물 흐르는 소리를 자장가 삼아 잠이 들었다.

잠에서 깼을 때 박사는 곁에 앉아 있는 새끼 여우 세 마리와 엄마 여우 한 마리를 발견했다. 이들은 박사가 낮잠에서 깰 때까지 기다리고 있었다.

엄마 여우가 말했다. "안녕하세요. 제 이름은 밤그늘이에요. 물론 박사님에 대해 많이 들었어요. 하지만 이곳에 계신 줄은 몰랐네요. 저는 박사님을 뵈러 퍼들비까지 갈까 하는 생각도 많이 했어요. 박사님이 이곳에 오셨을 때를 놓치지 않아서 정말 다행이에요. 박사님이 여기 계시다고 찌르레기가 알려 줬거든요."

박사가 앉으며 말했다. "흐음, 만나서 반갑구나. 부탁할 거라도 있니?"

엄마 여우가 유명한 박사를 존경하는 눈길로 쳐다보는 작고 통통한 새끼 여우를 가리켰다. "제 아이들 중 한 아이의 앞발에 문제가 있어요. 박사님이 한번 봐 주시면 좋겠어요."

"물론 그렇게 하마. 이리 와 보렴, 꼬마야."

“그 아이는 제대로 뛰질 못해요.” 존 둘리틀 박사가 새끼 여우를 무릎에 앉히고 살펴볼 때 엄마 여우가 말했다. “어찌나 느린지 개들한테 잡아먹힐 뻔했어요. 다른 아이들은 잘 뛴답니다. 문제가 뭔지 아시겠어요?”

박사는 이번에는 새끼 여우를 자신의 무릎에 거꾸로 눕힌 후 네 다리를 허공에 흔들었다. “평발이로군. 그뿐이야. 땅을 딛는 발살의 근육이 약해. 발살 근육이 약하면 땅을 잘 디딜 수 없단다. 아침저녁으로 운동을 시켜야 해. 녀석 발가락을 이렇게 들게 하렴. 하나, 둘! 하나, 둘! 하나, 둘!”

박사가 일어서더니 사람 발바닥의 오목한 부분과 여우의 발살 근육을 단련하는 데 도움이 되는 운동을 직접 보여 주었다.

“매일 아침저녁으로 20번에서 30번 정도 이 운동을 시키면 녀석이 뛰는 속도가 금방 빨라질 거야.”

“정말 고마워요. 뭐든 꾸준히 하게 하는 게 가장 힘들어요. 얘야, 박사님 말씀 잘 들었지? 민들레야, 날마다 아침저녁으로 네 발가락을 최대한 높이 드는 연습을 30번씩 하는 거야. 난 우리 가족 중에 평발을 가진 아이를 보고 싶지 않거든. 우리는 언제나… 맙소사! 들어 봐!” 엄마 여우가 갑자기 말을 멈추더니 아름다운 꼬리를 꼿꼿하게 편 채 떨었다. 그러고는 코를 쫑긋 세우고 눈을 크게 뜬 채 다가오는 두려움을 응시했다. 이윽고 여우들의 심장을 얼어붙게 만드는 공포스러운 소리가 짧은 적막을 깨고 언덕에서 북동쪽을 향해 울려 퍼졌다.

“평발이로군.”

"뿔피리야!" 엄마 여우가 이빨을 부딪치면서 속삭였다. "그들이 몰려나왔어! 이건 사…사…사냥꾼 뿔피리 소리야!"

몸을 벌벌 떠는 여우를 보자 존 둘리틀 박사는 자신이 여우 사냥을 평생의 적으로 삼았을 때, 그러니까 어느 저녁 블랙베리 덤불 밑에 기진맥진해서 반쯤 죽은 상태로 쓰러져 있는 늙은 여우와 마주쳤을 때가 떠올랐다.

뿔피리가 다시 울려 퍼지자 이 불쌍한 엄마 여우는 미친 듯이 아기 여우들의 주변을 돌기 시작했다.

"어쩌면 좋죠? 내 새끼들! 아기들이 없으면 도망칠 수 있을 텐데. 내가 어쩌자고 박사님을 보겠다며 이 대낮에 아이들을 데리고 나왔을까요? 어두워질 때까지 기다리다가는 박사님이 가 버릴까 봐 겁나서 그랬나 봐요. 브로드 목초지에서 여기로 오는 내내 분명히 냄새를 풍기며 왔을 텐데요. 게다가 바람이 부는 방향으로 왔어요. 정말로 바보 같은 짓을 한 거죠. 어쩌죠? 어떻게 하면 될까요?"

세 번째 울리는 뿔피리 소리는 더 컸고 더 가까워졌으며 여기에 사냥개들이 컹컹 짖어 대는 소리까지 합세하자 작은 새끼 여우들이 종종걸음으로 엄마 밑에 모이더니 몸을 웅크렸다.

박사의 얼굴이 매우 굳어졌다.

"이건 무슨 무리지? 혹시 이름을 아니?" 박사가 물었다.

"아마 디챔일 거예요. 이들 사육장이 할람 농장 맞은편에 있거든요. 아니면 버클리 구릉지대에서 온 윌트보로일지도 몰라요. 가끔 이쪽에서 사냥을 해요. 하지만 디챔일 가능성이 커요. 이 지역에서 제일 뛰어난 사냥개 무리예요. 놈들이 지난주에 제 뒤를 쫓아왔어요. 그때 제 여동생이 펜튼 리지 바로 아래쪽에서 제가 지나간 길을 지나쳐 가는 바람에 놈들이 동생을 쫓아갔고 결국 잡았어요. 또 뿔피리 소리예요. 아, 어쩌자고 대낮에 이 아이들을 데리고 나왔을까!"

박사가 말했다. "밤그늘아, 걱정하지 말아라. 디챔과 윌트보로가 함께 오더라도 오늘은 너도, 네 아이들도 잡아가지 못할 거야. 아이들을 내 주머니에 넣어야겠다. 꼬마들아, 모두 이리로 뛰어들렴. 그렇게. 자 이제 밤그늘 네 차례야. 내 코트 안쪽으로 들어가렴. 훨씬 더 뒤쪽으로 들어가. 그럼 네 발하고 꼬리를 뒷주머니에 넣을 수 있을 거야. 그리고 이렇게 단추를 잠그면 완벽하게 가려지지. 거기 뒤에서 숨을 쉴 수 있겠니?"

"네, 숨 쉴 수 있어요. 하지만 눈에 띄지 않는다고 다 해결되는 게 아니에요. 사냥개들은 우리 냄새를 맡을 수 있어요. 코로 우리를 쫓으니까요."

박사님이 말했다. "그래, 나도 알아. 하지만 사람들은 너희 냄새를 맡을 수 없어. 개들은 내가 처리할 수 있단다. 하지만 너희가 사람들 눈에 띄면 안 돼. 넷 다 꼼짝하지 말고 가만히 있으렴. 무슨 일이 있어도 움직이거나 도망치려고 하면 안 돼."

그리고 존 둘리틀 박사는 여우 때문에 사방으로 불룩해진 코트를 걸치고는 나무가 우거진 골짜기 옆 작은 터에서 목청 높여 짖어대며 다가오는 사냥개 무리를 기다렸다.

개와 사람들 소리, 뿔피리 소리와 말 소리가 점점 커졌다. 그리고 곧 박사님을 가리고 있는 나뭇가지 사이로 맨 앞에 있는 사냥개들이 산등성이 꼭대기에서 내려오는 모습이 보였다. 무리를 이끄는 녀석들이 잠시 멈추더니 허공을 향해 코를 킁킁댔다. 그리고 무리들이 쭉 퍼지더니 골짜기를 향해 전속력으로 직진하여 내려오는 것이었다. 앞 무리 뒤로 산등성이에서 나머지 무리가 뒤따랐다. 사냥개들 바로 뒤에 붉은 코트를 입은 사람들이 날렵한 준마를 타고 있었다.

사냥꾼들 앞에서 전속력으로 달리는 사람은 사냥개 주인으로, 다름 아닌 몸매가 호리호리하고 머리가 하얗게 센 노신사 윌리엄 피보디 경이었다. 경사를 반쯤 내려왔을 때 그가 안장에서 몸을 틀더니 회색빛 암말을 탄 채 뒤를 바짝 따라오는 남자를 불렀다.

"존스, 녀석들이 아래 작은 숲으로 향하고 있어. 우리가 저 숲을 에워싸기 전에 앞장선 놈들이 숲속으로 들어가지 않도록 해. 갤러웨이를 잘 봐. 녀석이 여우를 반대쪽으로 내몰지 않도록 해. 갤러웨이를 주시하라고!"

회색 말을 탄 남자가 긴 채찍을 휘두르더니 속도를 높여 앞으로 달려가며 소리쳤다. "갤러웨이! 이쪽으로, 갤러웨이!"

박사가 나뭇잎 사이로 슬쩍 보자 선두에 선 사냥개가 꽤 가까워져 있었다. 하지만 사냥꾼의 명령을 따르도록 잘 훈련된 갤러웨이는 나무가 우거진 곳으로부터 몇 미터 떨어진 곳에서 갑자기 속도를 늦추더니 멈춰 섰고 뒤따라오는 사냥개들을 향해 컹컹 짖어 댔다.

산등성이 너머로 더 많은 사람들이 쏟아져 내려왔다. 땅딸막한 말을 탄 뚱뚱한 목사들, 승마용 말을 탄 지주들, 우아한 순혈종 말을 탄 숙녀들 등 이 지역 상류층 사람들이 모두 출동했다.

박사가 중얼거렸다. "세상에! 이렇게 유치한 광경은 본 적이 없군. 작고 불쌍한 여우 한 마리 때문에 이렇게 호들갑을 떨다니!"

긴 채찍을 든 남자들의 명령에 따라 사냥개들이 컹컹대며 작은 숲 둘레를 에워쌌고 사람들이 서로를 부르며 소리를 질러 대는 통에 귀청이 찢어질 듯했다.

조랑말을 탄 뚱뚱한 농부가 고함을 쳤다. "녀석을 잡을 겁니다. 이제 사냥개들이 주변을 다 둘러쌌어요. 냄새가 여기서 멈췄고요. 존스가 개들을 숲으로 진입시킬 때까지 기다려요. 녀석은 독 안에 든 쥐예요."

다시 박사가 얼굴이 굳어지면서 중얼거렸다. "아니, 그럴 수 없을걸. 오늘은 아니야. 뚱뚱한 친구, 오늘은 안 돼."

성급한 데다가 의욕이 넘치는 개들이 나무가 우거진 작은 터로 들어가 여우를 잡으라는 명령을 기다리며 코를 킁킁거리면서 사방으로 뛰어다녔다.

이윽고 명령이 떨어지자 그 즉시 녀석들이 사방에서 덤불로 뛰어들었다.

사냥개들이 작은 숲으로 뛰어든 그 순간 존 둘리틀 박사는 손을 주머니 위에 올린 채 빈터에 서서 사방을 한꺼번에 훑었다. 하지만 그는 엄마 여우가 어느 쪽에서 냄새를 풍기며 이리로 왔는지 알지 못했다. 별안간, 그가 알아채기도 전에, 거대한 개 네 마리가 그의 등을 덮쳤고 박사는 바닥에 넘어져서 컹컹대며 달려드는 여우 사냥개들 무리 아래에 깔리고 말았다.

그는 사방으로 발길질과 주먹질을 하며 일어서려고 애를 썼다.

박사가 개의 말로 말했다. "저리 가! 사냥꾼 무리를 데리고 다른 쪽으로 가. 이 여우는 내 거야."

개의 말을 들은 사냥개들은 그제야 넘어진 그 작달막한 남자가 누구인지 깨달았다.

"정말 미안해요, 박사님. 박사님인지 몰랐어요. 우리가 뒤에서 덮치고 말았네요. 저쪽에 있을 때 우리를 부르지 그랬어요?" 가슴팍이 두툼하고 한쪽 눈이 점박이인 갤러웨이가 말했다.

"어떻게?" 박사는 그의 주머니에 코를 대고 킁킁거리는 개를 밀쳐 내며 짜증스럽게 말했다. "너희 얼간이들이 그렇게 시끄럽게 구는데 어떻게? 조심하렴! 사냥꾼들이 이리로 오고 있어. 너희들이 내 주변에서 냄새를 맡는 걸 저들에게 알리면 안 돼. 무리를 이끌고 이곳을 벗어나. 갤러웨이, 빨리!"

"알겠어요, 박사님. 하지만 냄새를 맡아 보니 박사님 주머니에 든 여우가 한 마리가 아닌 것 같은데요."

"여우 가족을 다 데리고 있단다. 난 녀석들을 지켜 줄 거야."

사냥개가 물었다. "그중에 한 마리만 줄 수 없나요? 녀석들은 교활한 놈들이에요. 토끼하고 닭을 잡아먹는다고요."

박사가 말했다. "안 돼. 그럴 수 없어. 녀석들은 스스로 먹이를 잡아야만 해. 너희는 먹이를 받아 먹잖니. 가거라. 서둘러."

바로 그때 윌리엄 피보디 경이 나타났다.

그가 소리쳤다. "이런! 둘리틀! 아직 이곳을 떠나지 않았소? 혹시 여우를 못 봤소? 사냥개들이 이 골짜기로 바로 내려왔거든."

"윌리엄, 설령 녀석을 봤다고 해도 당신한테 얘기하지 않을 거예요. 내가 여우 사냥에 대해 어떻게 생각하는지 알잖아요."

윌리엄 경은 개들이 덤불 사이에서 머뭇거리며 왔다 갔다 하는 걸 보며 중얼거렸다. "이상하군! 녀석들이 냄새를 착각할 리가 없는데. 분명히 이리로 내려왔어. 희한하군! 아, 세상에! 뭔지 알겠어. 사냥개들이 당신에게서 풍기는 끔찍한 생선 냄새, 그러니까 바다표범 냄새를 따라온 거야. 이런!"

그때 사냥개들이 다시 냄새를 맡고 남쪽으로 향한다는 사냥꾼의 외침이 들렸다. 말에서 내렸던 윌리엄 경이 말 쪽으로 달려갔다.

그가 소리쳤다. "빌어먹을, 둘리틀! 당신 때문에 사냥개들이 길을 잘못 들었어. 당신을 감방에 가둬 뒀어야 했는데."

덤불에 남아 있던 개들도 그림자처럼 사라졌다. 새끼 여우 한 마리가 박사님 주머니에서 꼼지락거렸다. 윌리엄 경은 이미 말을 타고 산을 오르기 시작했다.

"이런, 또 까먹었군. 돈을 빌려야 하는데. 윌리엄!"

존 둘리틀 박사는 주머니에 여우를 한가득 넣은 채 사냥의 명수의 뒤를 쫓아 작은 숲 밖으로 뛰어갔다.

윌리엄 경이 몸을 돌리더니 고삐를 당겼다.

"윌리엄! 나 좀 봐요. 1기니만 빌려주겠어요? 애슈비까지 갈 돈이 하나도 없어요."

윌리엄 경이 안장에서 몸을 돌리더니 고삐를 당겼다.

"5기니, 아니 10기니를 빌려주겠소. 내 사냥개들이 당신한테서 나는 이상한 냄새를 쫓지 않도록 이 구역에서 벗어나기만 하면. 자, 여기 있소."

"고마워요, 윌리엄." 박사가 돈을 받아 주머니 속 새끼 여우 위에 놓았다. "돈은 우편환으로 보낼게요."

그는 작은 숲 언저리에 서서 소리를 지르면서 하늘과 맞닿은 산등성이를 지나 전속력으로 남쪽으로 향하는 사냥꾼들을 지켜보았다.

박사가 중얼거렸다. "정말 유치하기 짝이 없는 경기야. 저들이 무엇 때문에 사냥을 좋아하는지 이해할 수 없어. 진짜 이해할 수가 없다니까. 다 큰 성인들이 말을 탄 채 소리를 고래고래 지르며 뿔피리를 불면서 달리다니! 그것도 작은 동물 한 마리를 잡으려고 말이야! 정말 유치하다니까!"

5장

둘리틀표 냄새 지우는 약

나무가 우거진 시냇가로 돌아온 박사는 주머니에서 여우들을 꺼내 땅에 내려놓았다.

엄마 여우가 말했다. "박사님이 훌륭한 분이라는 얘기를 종종 들었지만 진짜 놀라운 분이라는 걸 지금까진 미처 몰랐어요. 어떻게 고맙다는 인사를 해야 할지 모르겠어요. 정말 깜짝 놀랐어요. 민들레야, 물가에서 이리 나와!"

박사가 말했다. "고맙다는 인사는 필요 없단다. 솔직히 말하면 윌리엄 피보디 경에게 거짓말을 할 때 아주 짜릿했어. 심지어는 돈도 꿨지. 나는 몇 년 동안 그 사람이 여우 사냥을 포기하도록 애를 썼어. 아마 사냥개들이 실수로 나한테서 나는 냄새를 따라온 줄 알았나 봐."

"그 개들은 그렇게 쉽사리 속지 않아요. 갤러웨이, 그러니까 박사님과 얘기하던 그 커다란 짐승은 그야말로 공포예요. 후각이 바늘처럼 날카롭죠. 갤러웨이는 냄새를 들킨 여우에겐 경계의 대상이랍니다."

"넌 쫓겼다가 도망친 적이 있다며? 놈들도 항상 사냥에 성공하는 건 아니야." 박사가 말했다.

"네, 사실이에요. 하지만 저희는 운이 좋아서 도망쳤던 거예요. 날씨하고 그날 상황이 우리 편이었던 거죠. 당연한 말이지만 바람이 정말 중요해요. 만약 사냥개들이 바람이 부는 방향에서 우리 냄새를 맡고 바람을 거슬러 사냥에 나선다면 도망칠 기회가 거의 없어요. 은신처가 많거나 빨리 도망쳐서 놈들 뒤쪽으로 가야만 살 수 있죠. 거기서는 우리 냄새가 놈들한테 가는 게 아니라 놈들 냄새가 우리 쪽으로 오니까요. 하지만 이곳은 대부분 탁 트여 있어서 눈에 띄지 않고 놈들 뒤쪽으로 돌아가기가 힘들어요."

"흐음, 그렇구나." 박사가 말했다.

엄마 여우가 말을 이어 나갔다. "가끔 사냥에 나설 때 바람 방향이 바뀌기도 해요. 하지만 그런 행운은 드물죠. 바람이 제 목숨을 구해 준 때가 아직도 기억나요. 10월이었어요. 사냥꾼들이 좋아하는 눅눅한 날씨였죠. 살랑살랑 미풍이 불었어요. 제가 소프 농장에서 가까운 초원을 지나갈 때 사냥개 소리가 들렸어요. 사냥개의 위치를 파악하자마자 바람 방향이 좋지 않다는 걸 알았어요. 게다가 몸을 숨길 곳이 없는 평지였죠. 도망친다면 사냥의 달인의 추격을 받을 게 뻔했어요. 전 그곳 지리에 아주 밝았어요. 전 속력으로 토팜 윌로까지 달려가야겠다고 생각했어요. 살길은 그것밖에 없었죠.

토팜 윌로는 서쪽으로 25킬로미터쯤 떨어진 곳인데 사람들 손길이 닿지 않는 수렵 금지 구역이에요. 넓고 나무가 울창해요. 그나마 숨을 만한 곳 중에 가장 가까운 곳이 거기였죠. 하지만 제가 있는 곳과 그곳 사이에는 헐벗은 벌판이 쭉 이어져 있었어요. 전 토팜 윌로에 다다르기만 하면 안전할 거라고 생각했죠. 그곳은 가시덤불이 빽빽하게 엉켜 있어서 사람이나 말이 들어갈 수 없는 데다가 사냥개 무리가 에워싸기에는 너무 넓거든요.

저는 녀석들과 한시라도 빨리 멀어지기를 바라면서 최대한 빨리 뛰었어요. 사냥개들은 단번에 저를 찾아냈죠.

그러더니 모든 사냥꾼들이 말을 탄 채 악마처럼 제 뒤를 쫓았어요. 25킬로미터 정도를 쉴 새 없이 미친 듯이 달렸어요. 토팜 윌로로 가는 길에 몸을 숨길 만한 곳은 낮은 돌담 몇 개가 전부예요. 여우들은 그 뒤에 몸을 숨길 수 있다고 생각할 만큼 바보가 아니죠. 저는 돌담을 뛰어넘었어요. 내 꼬리가 담에 닿을 때마다 사냥꾼들은 '저기 있군! 여우야, 안녕!' 하고 외쳤어요.

윌로까지 5킬로미터쯤 남았을 때 심장에 경련이 왔어요. 눈이 이상해져서 똑바로 볼 수가 없었죠. 그때 돌부리에 걸려 넘어졌답니다. 전 일어나서 비틀거리며 계속 갔어요. 토팜 윌로가 눈에 보였지만 속도를 낼 수 없었죠. 너무 빨리 달렸던 거예요."

엄마 여우 밤그늘이 잠깐 이야기를 멈췄다. 녀석의 두 귀가 뒤로 젖혀져 있었고 앙증맞은 입은 약간 벌어져 있었으며 두 눈은 뚫어져라 어딘가를 응시하고 있었다. 공포스러웠던 그날, 길고 끔찍했던 추격전과 개에게 턱밑까지 쫓겼을 때 은신처를 눈앞에 두고도 달릴 힘이 없었던 그때가 생생하게 되살아난 듯했다.

이내 엄마 여우가 낮은 목소리로 이야기를 이어 나갔다.

"이제 끝인 것 같았어요. 사냥개들이 다가오고 있었죠. 녀석들은 숨을 헐떡대지도 않았어요. 그런데 그때! 별안간 바람 방향이 바뀐 거예요.

저는 생각했어요. '아! 여기 구덩이나 덤불만 있다면 녀석들을 따돌릴 수 있는데!' 물론 이렇게 탁 트여서 모든 게 다 보이는 곳이라면 냄새는 그렇게 큰 상관이 없어요. 저는 비틀거리면서 계속 갔어요. 그때 갑자기 왼쪽에 있는 언덕이 눈에 들어오는 거예요. 그 위에는 고사리 밭이 있었어요. 작은 밭이 여러 군데 흩어져 있었죠. 저는 방향을 바꿔서 언덕으로 향했어요. 아직은 개들보다 약간 앞서 있었거든요. 그리고 고사리 밭 속으로 뛰어 들어갔어요. 20킬로미터도 넘게 달리고 나서야 처음으로 적들에게서 몸을 숨길 수 있었답니다. 그러고는 이쪽 저쪽으로 옮겨 다니면서 냄새를 모든 곳에 남겨 뒀어요. 그리고 언덕 반대쪽으로 내려왔는데 거기서 월로로 이어지는 도랑을 발견했죠. 전 그 도랑으로 들어갔다가 들어간 방향으로 다시 되돌아 나왔어요.

그때 전 기어가다시피 했어요. 하지만 예상한 대로, 제가 시야에서 사라진 다음 바람 방향이 바뀌자 개들이 헷갈리기 시작했죠. 비틀거리며 도랑을 따라 윌로로 가면서 힐끔 보았더니 개들이 냄새를 따라 고사리 밭을 이리저리 뛰어다니고 있었어요. 만약 바람이 내 쪽에서 놈들 쪽으로 불었다면 몇 놈이 냄새가 강하게 풍기는 도랑으로 왔겠죠. 그리고 전 은신처에 다다르지 못했을 거예요.

하지만 그 짧은 시간 동안, 그러니까 놈들이 냄새를 다시 맡으려고 멍청하게 고사리 사이를 헤집고 다니는 사이에 전 은신처에 다다를 수 있었어요. 기진맥진한 저는 숨을 헐떡이며 토팜 윌로 덤불로 기어 들어가서 뻗어 버렸어요. 그리고 행운에 감사했답니다. 딱 맞게 바람이 바뀌어서 목숨을 구한 거죠."

엄마 여우가 이야기를 끝내자 박사가 말했다. "흐음, 아주 재미있구나. 사냥개가 너희 냄새를 맡지 못하면 놈들한테서 도망치기가 쉽다는 거지?"

엄마 여우가 말했다. "물론이지요. 사냥개들의 예민한 후각만 아니라면 우리는 놈들이 접근할 수 없는 은신처를 충분히 찾아낼 수 있어요. 거의 언제나 놈들이 우리를 찾기 훨씬 전에 우리가 놈들이 있다는 걸 눈치채거든요. 사냥개에게 다른 냄새를 맡게 할 수 있다면 여우들은 항상 개들을 따돌릴 수 있어요."

박사가 말했다. "알겠다. 나한테 좋은 생각이 있어. 만약 여우에게서 여우 냄새 대신 개들이 좋아하지 않는 다른 냄새가 난다면 사냥개들이 그 냄새를 쫓지 않겠지?"

"이건 유칼립투스야. 냄새를 맡아 봐."

"그렇겠죠. 여우가 다른 냄새가 나는 걸 가지고 다니는 걸 모르는 한 그 냄새를 쫓아가지 않겠죠. 안다고 해도 아주 싫어하는 냄새라면 쫓아가지 않을 거예요."

"그래, 내 말이 그 말이란다. 여우 냄새를 지우는 거지. 냄새가 아주 강하면 너희들 본연의 체취가 감춰지겠지. 자, 이걸 보렴." 박사가 주머니에서 두툼한 까만 지갑을 꺼냈는데 거기에는 작은 병이 가득 들어 있었다. "휴대용 약병이란다. 이 약 중 어떤 건 향이 아주 지독하지. 냄새 한번 맡아 볼래?"

박사가 작은 병의 마개를 열고 엄마 여우의 코에 갖다 댔다. 녀석이 냄새를 맡더니 뒤로 물러섰다.

엄마 여우가 짖었다. "세상에! 정말 냄새가 강해요. 이건 이름이 뭐죠?"

"장뇌정이란다. 이것도 맡아 보렴. 유칼립투스야. 냄새를 맡아 봐."

엄마 여우가 두 번째 병에 코를 갖다 대더니 이번에는 비명을 지르며 세 걸음이나 뒤로 물러났다.

"맙소사! 그 약 때문에 눈이 아파요. 그건 더 지독하네요. 냄새도 더 강해요. 박사님, 마개를 막으세요. 빨리!" 녀석이 앞발로 코를 문지르며 소리를 질렀다. "그것 때문에 눈물이 나요."

박사가 말했다. "알았어. 두 약 다 냄새가 지독하긴 하지만 해롭지는 않아. 마시지만 않으면 말이야. 사람들이 감기에 걸렸을 때 사용한단다. 왜 해롭지 않은지 알겠지? 이런 냄새라면 개들이 쫓아오지 않겠지?"

"네. 냄새를 피해 멀리 도망가겠어요. 어떤 개든 한 번이라도 그 냄새를 맡고 나면 다른 냄새를 맡지 못할 거예요. 개들은 코가 아주 까다롭거든요. 특히 사냥개들이 그래요."

박사가 말했다. "좋았어! 이 작은 병을 코르크 마개로 꽉 막은 다음 손수건으로 감싸 놓으면 냄새가 전혀 새 나가지 않아. 네가 입에 물고 다닐 수 있지. 괜찮은지 해 보렴."

엄마 여우가 손수건으로 작은 병을 돌돌 만 다음 조심조심 입으로 물었다.

박사가 녀석에게서 병을 다시 받으며 말했다. "알겠니? 이렇게 되어 있으면 냄새가 전혀 나지 않고 해롭지도 않아. 그런데 만약 손수건을 치우고 무거운 돌로 병 윗부분을 내리치면 유리병이 깨질 거야. 그럼 약이 흘러서 손수건에 묻을 거고, 그렇게 되면 냄새가 아주 지독하겠지. 내 말 알아듣겠니?"

엄마 여우가 말했다. "네. 민들레야. 엄마 꼬리 가지고 장난 좀 치지 마. 박사님 말에 집중할 수가 없잖니? 저 나무로 가서 운동이나 하렴."

박사가 설명을 이어 나갔다. "네가 젖은 손수건 위에서 뒹굴면 너한테서도 아주 지독한 냄새가 나겠지. 그럼 사냥개들이 너를 쫓지 않을 거야. 네가 거쳐 간 곳을 지나더라도 네가 거기 있는지 모를 테고, 냄새가 너무 지독해서 멀리 가 버릴걸."

"분명히 그럴 거예요." 여우가 말했다.

"민들레야, 엄마 꼬리 가지고 장난 좀 치지 마!"

"좋아. 이제 너한테 이중에 하나를 주마. 어느 걸 가질래? 장뇌정과 유칼립투스 중에 어느 냄새가 더 낫겠니?"

밤그늘이 말했다. "둘 다 굉장히 지독하네요. 둘 다 주실 수 있나요?"

"물론이지." 박사가 말했다.

"고마워요. 손수건도 두 장 있나요?"

"그래. 여기 있다. 빨간색 하나랑 파란색 하나란다."

여우가 말했다. "아주 좋아요. 그러면 아이들에게는 장뇌정 냄새를 입히고 나는 유칼… 유카…"

"유칼립투스란다." 박사가 말했다.

"예쁜 이름이네요. 아들에게 그 이름을 붙여 줘야겠어요. 멋진 이름이 생각나지 않았었거든요. 민들레와 마늘, 유칼립투스."

"밤그늘의 세 아들." 박사가 떡갈나무 뿌리 위로 겅중겅중 뛰어다니는 통통한 아기 여우들을 보며 덧붙였다. "이름이 아주 예쁘구나. 그건 그렇고, 명심하렴. 손수건으로 병을 말 때 아주 주의해야 해. 잘 하지 않으면 병이 깨져서 네가 베일 수 있거든. 겉이 두툼하고 폭신하게 되도록 해야 해. 내 주머니에 끈이 있으니 병을 손수건으로 싼 다음 그걸로 묶어 주는 게 낫겠다."

존 둘리틀 박사는 병을 제대로 닫은 다음 자신의 새로운 발명품인 냄새 지우는 약병을 엄마 여우 밤그늘에게 건네 주었다.

박사가 말했다. "그것들을 항상 지니고 다니다가 사냥개 소리가 들리면 돌로 그 병을 내리친 다음 약으로 네 등을 적시렴. 그럼 어떤 개도 널 해치지 못할 거야. 심지어는 갤러웨이조차도."

엄마 여우 가족은 그가 베푼 친절에 고맙다는 인사를 수없이 한 후 냄새 지우는 약을 들고 떠났고 박사도 애슈비를 향해 발걸음을 옮겼다.

한편 박사가 골짜기를 벗어나 애슈비로 향하는 동안, 그리고 밤그늘이 가족과 함께 집으로 돌아가는 동안 박사의 이 새로운 아이디어가 얼마나 중요한 역할을 할지 이들은 거의 알지 못했다.

바로 그날 저녁 여우 사냥에 나섰다가 아무런 소득 없이 이곳으로 돌아오던 사냥개들이 집으로 돌아가는 엄마 여우 가족의 냄새를 맡았다.

엄마 여우는 개들이 냄새를 맡았다는 걸 깨닫자마자 약병들을 땅에 놓고 돌을 걷어찼다. 그 즉시 주변 공기가 지독한 약 냄새로 가득 찼다.

엄마 여우는 냄새 때문에 눈물을 흘리면서도 약 위에서 뒹굴었고 새끼들 몸에도 약을 적셨다.

그리고 여우 가족 네 마리는 자신에게서 나는 냄새로부터 달아나기 위해 약국에서 나는 지독한 냄새를 풍기며 넓은 들판을 가로질러 집을 향해 냅다 뛰었다. 바람이 향하는 방향에 있던 사냥개가 벌판에서 여우 가족을 발견하고 이들이 들판 끄트머리에 있는 덤불에 도착하기 전에 녀석들을 막기 위해 울타리 맞은편에 있는 벌판을 가로질러 갔다.

그건 사냥개들에게는 식은 죽 먹기였다. 평발이라 뒤처져서 쫓

회색 암말을 탄 남자는 욕설을 내뱉으며 기다란 채찍을 휘둘렀다.

아올 수밖에 없는 민들레 때문에 밤그늘 역시 전속력으로 달릴 수 없었기 때문이다.

개들이 달리기 시작했고 언제나 그렇듯이 그 유명한 갤러웨이가 앞장섰다. 지루한 하루에 종지부를 찍을 기회를 잡은 사냥꾼들도 신이 나서 말에 박차를 가했다.

그런데 앞서서 달리던 개들이 바람이 역방향인데다 사냥감이 불과 다섯 걸음 정도 앞에 있는데도 별안간 멈췄다.

"존스, 갤러웨이가 왜 저러지?" 윌리엄 경이 회색 암말을 탄 남자에게 외쳤다. "봐, 녀석이 여우들이 달아나는 걸 빤히 보면서 자리에 앉잖아!"

별안간 저녁 바람이 변덕스럽게도 동쪽으로 향하더니 이번엔 사냥에 나선 무리를 향해 돌풍이 불었다. 그러자 사냥개들이 마치 한 마리처럼 다 함께 두려움에 떨면서 꽁무니를 빼더니 들판에서 흩어져 버렸다. 말 역시 귀를 쫑긋 세우고 코를 킁킁거렸다.

"세상에! 끔찍한 악취군! 무슨 화학약품 같아. 도대체 이게 뭐지, 존스?"

하지만 회색 암말을 탄 남자는 욕설을 내뱉으며 벌판을 가로질러 가더니 기다란 채찍을 휘두르며 사냥개 무리를 모으려고 애쓸 뿐이었다.

그날 밤 아무 어려움 없이 평온하게 집에 도착한 밤그늘이 아이들을 침대에 눕히면서 혼잣말을 했다. "박사님은 훌륭한 분이야. 정말 훌륭한 분이야."

다음 날 밤그늘은 가족에게 줄 먹이를 찾으러 나갔다가 다른 여우와 마주쳤다. 그런데 이웃 여우가 밤그늘에게서 나는 냄새를 맡자 마치 녀석이 전염병이라도 되는 양 안부도 묻지 않고 휙 달려가 버리는 것이었다.

그제야 녀석은 이 새로운 냄새가 축복이기도 하지만 불편한 점도 있다는 걸 깨달았다. 밤그늘의 친척들은 밤그늘의 곁에 오려 하지 않았고 밤그늘과 새끼 여우들 모두 다른 여우들의 집에 갈 수 없었다. 하지만 얼마 후 엄마 여우 밤그늘이 사냥개들에게 쫓기지 않고 어디든 다닌다는 사실이 여우들 사이에 쫙 퍼졌다. 그 후 존 둘리틀 박사는 알 수 없는 동물 전령들로부터 유칼립투스를 보내 달라는 요청을 받기 시작했다. 박사는 손수건에 싼 작은 병 수백 개를 보냈고, 오래지 않아 유칼립투스 병을 받은 모든 여우들은 사냥철에 밖으로 나갈 때면 항상 둘리틀표 냄새 지우는 약을 몸에 지니고 다녔다.

이로써 악명 높은 디챔 사냥개 무리는 사라지게 되었다.

윌리엄 경이 말했다. "다 소용없어. 우리가 유칼립투스 사냥개를 키워서 훈련시키지 않는 한 더 이상 이곳에서 여우를 잡을 수 없어. 장담하건대, 이건 둘리틀 짓이야. 항상 사냥을 중지시킬 거라고 말했거든. 세상에! 지금까지 일어난 일로 봐서는 자기 뜻을 관철시켰군!"

4부

→ 1장 ←

서커스단으로 돌아오다

존 둘리틀 박사는 주머니에 차비를 넣은 채 자신을 애슈비 방향으로 태워 줄 마차를 잡기 위해 출발했다.

애플다이크 마을에 이르자 좁은 시골길이 남북으로 뻗은 더 넓은 도로로 이어졌다. 박사가 블랙스미스 마을에 대해 물어본 결과 마차들이 이 도로로 왕복하며 30분에 한 대씩 지나간다는 사실을 알게 됐다. 박사는 작은 가게에서 애플다이크 마을의 명물인 토피 사탕을 산 후 편안히 앉아 사탕을 깨물어 먹으며 시간이 가기를 기다렸다.

오후 4시쯤 마차 한 대가 왔고 박사를 이웃한 큰 도시로 태워다 주었다. 거기서 그는 동쪽으로 가는 야간마차를 잡아탔고, 다음 날 새벽 애슈비에서 16킬로미터 정도 떨어진 곳에 다다랐다.

박사는 남은 여정은 걸어가는 게 안전을 위해 낫겠다고 판단했다. 여관에서 면도를 하고 아침을 먹은 후 좀 쉬었다가 얼마 남지 않은 거리를 걷기 위해 출발했다.

얼마 가지 않아 길가에서 야영을 하고 있는 집시들과 마주쳤다. 그들 중 나이 많은 여자 한 명이 박사를 부르더니 운세를 봐 주겠다고 말했다. 박사는 자신의 운세를 듣고 싶지 않았지만 이런저런 얘기를 하려고 걸음을 멈췄다. 그는 얘기를 하다가 블로섬 씨의 서커스단에 대해 언급했다. 집시들은 서커스단이 지금 애슈비에 없으며 이웃 도시로 떠났다고 말했다.

그 이웃 도시로 가려면 어느 길로 가야 하냐고 묻자 집시들이 블로섬 씨의 서커스단에 합류하기 위해 이웃 도시로 가는 남자가 달구지를 타고 30분 전에 이곳을 지나갔다고 알려 주었다. 달구지를 끄는 말의 걸음걸이가 굼뜨다며 박사가 서두르면 쉽게 따라잡을 거라고도 말했다.

이곳에서 서커스단이 이동한 도시까지는 길이 상당히 복잡했다. 박사는 길을 아는 누군가와 같이 가는 게 훨씬 낫겠다고 생각했다. 그는 집시들에게 고맙다는 인사를 남기고 자신처럼 블로섬 씨의 서커스단으로 향하는 남자를 따라잡기 위해 서둘러 길을 떠났다.

박사는 길을 걷는 나그네에게 물어서 그 남자가 지나간 경로를 찾을 수 있었다. 그리고 정오 무렵에 도로변에 멈춰서 점심을 먹고 있는 그 남자를 찾아냈다.

그의 달구지는 굉장히 특이했다. 사면이 모두 광고판으로 덮여 있었던 것이다. "브라운 박사의 연고를 사용하세요", "브라운 박사가 당신의 이를 뽑아 드립니다", "브라운 박사의 시럽은 모든 간 질환을 치료합니다", "브라운 박사의 알약"은 여기에 좋다, "브라운 박사의 물약"은 저기에 좋다 등과 같은 광고였다.

건강에 대한 모든 광고를 읽은 존 둘리틀 박사는 도로변에서 빵과 치즈를 먹고 있는 뚱뚱한 남자에게 다가갔다.

그는 공손하게 말했다. "실례합니다. 혹시 브라운 박사님인가요?"

남자가 입에 음식을 가득 문 채 말했다. "그렇습니다만, 왜 그러시나요? 이를 뽑고 싶으세요?"

박사가 말했다. "아닙니다. 선생이 블로섬 씨 서커스단에 간다고 들어서요. 그런가요?"

"그렇습니다. 스토버리에 가면 있을 겁니다. 왜요?"

"저도 같은 목적지로 가는 길입니다. 괜찮다면 당신과 함께 가도 될까요?"

브라운 박사는 괜찮다고 했고 점심 식사를 마친 후 말을 달구지에 매면서 박사에게 달구지에 오르라고 했다. 달구지 안에서 바깥쪽 벽면에 광고된 약을 만드는 듯했다. 약을 만들 때 가장 중요한 준비물은, 박사가 보기에는, 라드(돼지비계를 정제하여 하얗게 굳힌 것—옮긴이)와 샐러드유였다. 브라운은 전혀 의사처럼 보이지 않았으며 천박한 사람인 것 같았다. 존 둘리틀 박사는 그에게 어디서 의학 학위를 받았는지, 어느 병원에서 치과의학을 배웠는지 질문을 던지기 시작했다. 브라운은 이 모든 질문을 달가워하지 않았으며 박사의 추궁에 짜증이 난 듯 했다.

결국 박사는 이 남자가 가짜 약을 파는 돌팔이에 지나지 않는다는 결론에 이르렀다. 이내 혼자 가는 게 낫겠다고 생각한 박사는 브라운이 달구지에 타기 전에 도로에 내린 다음 앞서서 발걸음을 옮겼다.

멀리서 지프가 짖는 소리가 들리자 박사는 서커스단에 가까워졌다는 걸 알았다. 다른 개 두 마리도 함께 짖고 있었다. 도로의 굽은 길을 돌자 검은 고양이 한 마리가 올라가 있는 떡갈나무 밑에서 짖어 대는 지프와 토비, 스위즐의 모습이 보였다. 도로 저 아래쪽에서 구불구불한 길을 따라가는 서커스단 캐러밴 행렬의 꼬리도 보였다.

박사가 보이자 개들이 쫓던 고양이를 잊고 도로를 달려 내려왔다.

지프가 외쳤다. "박사님! 박사님! 어떻게 됐어요? 소피는 도망쳤나요?"

세 마리 개 모두 박사에게 뛰어올랐고 박사는 녀석들이 던진 수백 가지 질문에 대답해야 했다. 그는 바다에 다다를 때까지 겪은 모험담을 처음부터 모두 들려주었다. 얼마 지나지 않아 그는 서커스단 캐러밴 행렬을 앞질러 자신의 캐러밴에 다다랐고 기뻐하는 나머지 가족들에게 모험담을 다시 들려줘야 했다.

"혹시 브라운 박사님인가요?"

떡갈나무 밑에서 짖어대는 지프와 토비, 스위즐 모습이 보였다.

대브대브가 서둘러 저녁 식사와 차를 준비했다. 그리고 박사가 잘 말린 침대보를 깔고 잠을 잘 수 있도록 바람이 잘 통하는 곳에 이부자리를 널었다.

곧이어 절친한 친구가 도착했다는 말을 들은 매슈 머그가 식사 자리에 합류하자 박사는 또다시 모험담을 반복해야 했다.

매슈가 말했다. "박사, 정말 잘 했어요. 더할 나위 없이 훌륭했어요. 블로섬 씨는 당신이 이 일에 연루됐을 거라고 전혀 의심하지 않았어요."

"히긴스는 어떻게 됐나요?" 박사가 물었다.

"아, 지금은 단순한 일을 한다오. 애슈비에서 마구간지기가 됐어요. 잘됐지 뭐요. 그자는 차라리 서커스단에 없는 게 나으니까."

"블로섬 씨가 소피가 하던 공연 대신 추가로 다른 공연을 넣었나요?" 박사가 물었다.

"아니요. 잠시 일손이 부족했었지만 이제 차력사 헤라클레스가 다시 공연을 시작해서 서커스 공연은 아주 잘 돌아가고 있다오." 매슈가 말했다.

투투가 소리쳤다. "게다가 우리 공연으로 돈을 많이 벌었어요. 지난주에 푸시미풀류가 얼마나 벌었게요?"

"모르겠는걸."

"12파운드 9실링 6펜스요!"

박사가 외쳤다. "세상에! 굉장하구나. 일주일 동안 12파운드라니! 내가 있었을 때 장사가 제일 잘됐던 날보다도 더 많이 벌었는

걸. 그렇게 벌면 곧 이 일을 그만둘 수 있겠는데."

"박사님, 이 일을 그만두다니요? 무슨 뜻이에요?" 토비가 박사의 무릎 쪽으로 머리를 갖다 대며 물었다.

"난 이 서커스단에 계속 머무를 생각이 없단다. 퍼들비에 해야 할 일이 있거든. 그리고 아, 가야 할 곳도 많고."

토비가 슬픈 듯이 말했다. "그렇군요. 박사님이 오랫동안 우리와 함께 있을 거라고 생각했는데…"

스위즐이 물었다. "그런데 박사님, 둘리틀 서커스단은 어쩌고요? 우리가 얘기했던 그 아이디어 있잖아요. 서커스단을 개선해서 공연을 하기로 했잖아요."

지프가 끼어들었다. "박사님, 훌륭한 생각이에요. 동물들이 그 아이디어를 듣고 모두 신이 났는걸요. 공연에서 각자 무슨 역할을 맡을지 세세한 부분까지 머릿속으로 그리고 있었는 걸요."

거브거브도 끼어들었다. "박사님, 극장 이름을 '동물 극장'이라고 하면 어떨까요? 박사님이 없는 동안 제가 연극 대본을 썼어요. 제목이 '나쁜 토마토'예요. 거기서 저는 웃긴 뚱보 숙녀 역을 할래요. 제 대사는 벌써 다 외웠답니다."

그때 대브대브가 성이 난 듯 탁자에 있는 부스러기를 쓸어 대며 말했다. "퍼들비 집은 어쩌고? 내가 알고 싶은 건 그건데. 너희 동물들은 모두 재밌게 지내는 것만 생각하지. 박사님과 박사님이 원하는 게 뭔지 관심도 없어. 퍼들비에 있는 집이 엉망이 되고 정원이 밀림으로 변해 가도 하나도 관심이 없지. 박사님은 일이 있고 돌봐야 할 집도 있고 박사님만의 인생이 있단 말이야."

살림꾼 대브대브가 화가 난 듯 말을 쏟아 내자 잠시 침묵이 이어졌다. 토비와 스위즐은 겸연쩍은 듯 탁자 밑으로 들어갔다.

이윽고 박사가 말했다. "대브대브의 말에 일리가 있단다. 그 선원에게 배 삯을 치루고 조금 더 여유가 생길 만큼 푸시미풀류가 돈을 벌게 되면 우리는 이 서커스단을 떠나는 걸 고려해 봐야 한다고 생각해."

토비가 한숨을 쉬었다. "에구! 둘리틀 서커스는 정말 멋진 공연이 될 텐데!"

거브거브가 말했다. "아아! 내가 뚱보 숙녀 역을 하면 진짜 멋질 텐데. 난 항상 희극 배우가 되어야겠다고 생각했거든."

대브대브가 콧방귀를 뀌었다. "웃기시네! 지난주에는 야채 가게 주인이 되어야겠다고 말했잖아."

"흐음, 둘 다 될 수 있지. 웃기는 야채 가게 주인. 안 될 게 뭐야?"

그날 밤 블로섬 씨 서커스단은 스토버리 마을에 도착했고, 항상 그렇듯 다음 날 아침 동이 트기 전까지 천막을 치는 등 공연을 하기 위한 모든 준비를 끝냈다.

박사가 돌아왔다는 소식이 전해지자마자 블로섬 씨가 박사를 보러 왔다. 블로섬 씨와 얘기를 나눈 후 박사는 단장이 자신의 출장에 대해 일말의 의심도 갖고 있지 않다고 결론지었다.

그날 아침 박사의 무대를 찾은 다른 한 사람은 바로 차력사 헤라클레스였다. 헤라클레스는 그가 사고를 당했을 때 박사가 보여

준 따뜻한 관심을 잊지 않고 있었고, 친구가 돌아왔다는 소식을 듣고 기뻐했다. 그는 유쾌하게 수다를 떨다가 공연 시간이 다 되자 이야기를 중단했다. 그가 무대로 돌아갈 때 박사가 동행했다.

박사는 서커스장으로 향할 때 뱀을 부리는 파티마의 천막 쪽에서 지독한 클로로폼 냄새가 난다는 사실을 깨달았다. 사고가 난 건 아닐까 걱정이 된 박사는 천막 안으로 들어갔다. 파티마는 천막 안에 없었다. 안으로 들어가자 냄새가 더 강하게 풍겼는데 아마도 뱀이 담긴 상자에서 나는 듯했다. 상자 안을 들여다보았더니 뱀 여섯 마리가 약품 때문에 거의 정신을 잃은 상태였다. 그중 한 마리가 그나마 상태가 괜찮아서 박사가 묻는 질문에 답을 했는데 뱀이 굉장히 활동적으로 변하는 더운 날에는 파티마가 공연 때 뱀을 다루기 쉽게 하려고 클로로폼으로 뱀의 정신을 혼미하게 한다고 말했다. 또 모든 뱀들이 클로로폼에 진저리를 치는데 두통이 생기기 때문이라고 말했다.

상쾌하고 햇살이 내리쬐는 아침 날씨 때문인지 박사는 모든 서커스 사업에 넌더리를 내게 만든 동물들의 형편없는 환경을 잠시 잊고 있었다. 이 무분별하고 잔인한 처사에 끓어오르는 분노를 느낀 그는 서둘러 블로섬 씨를 찾아 나섰다.

박사는 커다란 천막 안에 파티마와 블로섬 씨가 함께 있는 걸 발견했다. 그는 뱀에게 클로로폼을 사용하는 풍습을 금지해야 한다고 단호하게 요구했다. 블로섬 씨는 단지 미소만 지을 뿐, 다른 일로 바쁜 척했으며 파티마는 박사를 향해 상스러운 말을 퍼부었다.

“모두가 그 약에 진저리를 쳐요.” 뱀이 말했다.

낙담한 박사는 천막을 나와 자신의 캐러밴으로 향했다. 서커스장 문이 막 열렸고 인파가 빠르게 몰려들고 있었다. 그는 만약 자신이 미국검정뱀을 어떻게든 탈출시킨다면 이 뱀들이 영국 기후에 적응해서 살아갈 수 있을까 궁금해졌다. 그때 서커스장 맞은편 연단 주변에 사람들이 모여 있는 게 보였다.

마침 매슈가 박사에게 다가와 그들은 함께 그 연단 쪽으로 발걸음을 옮겼다. 거기서 박사는 낯익은 얼굴을 보았다. 브라운 박사가 자신이 만든 알약과 연고의 효과에 대해 장광설을 늘어놓고 있었다. 그는 자신이 만든 약 한 알이면 인류에게 알려진 모든 질병을 치료할 수 있다며 떠벌리고 있었다.

"저 친구가 블로섬 씨에게 무슨 말을 한 거죠?" 박사가 매슈에게 물었다.

"아, 블로섬 씨에게 한몫 떼어 주기로 했다오. 블로섬 씨가 저 사람이 버는 돈 중 상당 부분을 챙기지. 다음에 갈 세 도시에 저 사람이 우리와 함께 갈 거라고 들었소. 괜찮은 거래 아니겠소?" 동물 먹이 장수가 말했다.

정말 브라운 박사는 굉장히 분주했다. 시골 촌사람들이 요란한 강의를 듣더니 사방에서 그가 만든 물품을 사는 것이었다.

"여기 돈이 있으니 가서 연고 한 개만 사다 주겠어요, 매슈? 알약도 한 상자 사다 주세요." 박사가 말했다.

매슈가 싱긋 웃으며 말했다. "그러리다. 그런데 당신이 그 약들이 효과가 있을 거라고 기대하진 않을 것 같군요."

동물 먹이 장수가 물건을 사 가지고 오자 박사는 그것들을 받아서 캐러밴으로 되돌아갔다. 거기서 뚜껑을 연 다음 냄새를 맡고 이리저리 살피더니 작은 검정 가방에 들어 있는 화학약품을 이용해서 여러 가지 검사를 했다.

"형편없는 쓰레기로군." 작업을 마친 박사가 소리쳤다. "이건 그냥 날강도야. 내가 이 썩어 빠진 공연 사업에 도대체 왜 발을 담근 거지? 매슈, 발판 사다리 좀 가져다줘요."

동물 먹이 장수가 천막 뒤로 사라지더니 곧 사다리를 가지고 돌아왔다.

"고마워요." 박사가 발판 사다리를 어깨에 짊어지고 연단 쪽으로 갔다. 그의 눈이 위험하게 빛났다.

매슈가 급하게 뒤를 쫓으면서 물었다. "박사, 뭘 하게요?"

"의학 강의 좀 하려고요. 내가 도와주면 저 사람들이 사기꾼이 만든 쓰레기에 돈을 쓰지 않을 거예요."

캐러밴 문 앞에 앉아 있던 지프가 갑자기 귀를 쫑긋 세우더니 벌떡 일어섰다.

지프가 어깨 너머로 토비를 불렀다. "토비, 박사님이 약장수 연단 쪽으로 가고 있어. 사다리를 들고 가는걸. 뭔가 대단히 화가 나신 것 같아. 소란스러워지겠는데. 스위즐을 데려와. 구경하러 가야지."

브라운이 일장 연설을 늘어놓고 있는 단상 앞에 모인 군중 쪽으로 간 존 둘리틀 박사는 브라운의 바로 맞은편에 발판 사다리를 놓았고, 매슈 머그는 박사가 사다리 위로 올라갈 때 사람들이 그걸 밀치거나 쓰러뜨리지 않게 주변 공간을 확보했다.

박사가 자리를 잡았을 때 브라운은 왼손에 연고가 담긴 병을 들고 있었다.

"신사 숙녀 여러분, 지금 제가 손에 들고 있는 이거야말로 신경통과 요통, 말라리아, 통풍을 감쪽같이 치료하는, 세상에서 가장 좋은 약입니다. 손꼽히는 의사들이 보증하는 약이지요. 이건 벨기에 왕족과 페르시아 황제가 사용하는 것과 똑같은 겁니다. 이 놀라운 약을 한 번만 사용하면…"

이때 또 다른, 훨씬 더 힘찬 목소리가 연설을 가로막았다. 사람들이 모두 몸을 돌리자 뒤에는 키가 큰 낡은 모자를 쓴 통통한 사람이 발판 사다리 위에 서 있었다.

"신사 숙녀 여러분, 이 사람이 얘기하는 건 사실이 아니에요. 그자가 들고 있는 연고에는 향수 약간과 라드 말고 더 들어간 게 없어요. 그자가 만든 알약도 안 좋아요. 아무것도 사지 않는 게 좋겠습니다."

잠시 동안 쥐 죽은 듯 침묵이 흘렀다. 브라운 박사가 뭔가 말할 걸 생각하는 동안 군중 가장자리에 있던 파티마, 뱀을 부리는 여자가 두꺼운 손가락으로 존 둘리틀 박사를 가리키며 소리를 질렀다. "저 남자 말 듣지 마세요. 저 자는 홍행사에 불과해요. 약에 대해서 아는 게 없다고요. 사다리에서 저 자를 밀어 버려요!"

"잠깐만요." 박사가 다시 군중에게 말했다. "지금은 제가 공연을 하고 있는 게 사실이에요. 하지만 저는 더럼 대학교 의대를 졸업했습니다. 저 사람이 여러분에게 팔려고 준비한 것들은 다 쓰레기들이에요. 또 저 사람이 치의학을 배웠는지도 심각하게 의심스러워요. 저 자가 여러분의 이를 만지도록 내버려둬서는 안 됩니다."

군중들이 들썩이기 시작했다. 이미 브라운의 물건을 산 몇몇 사람들이 연단으로 가더니 돈을 돌려 달라고 요구하는 게 보였다. 브라운은 이를 거절하고 박사의 말에 반박하기 위해 사람들에게 뭔가 말을 하려고 했다.

존 둘리틀 박사가 사다리에서 외쳤다. "여러분, 저 남자가 의사 자격증이나 치과 의사라는 사실을 증명할 학위가 있는지 의심스러워요. 저 사람은 사기꾼이라고요"

"당신이 가짜잖아. 당신을 명예훼손 죄로 고소할 거야!" 브라운이 외쳤다.

"저 자를 밀쳐 버려! 저 남자를 덮쳐요!" 파티마가 울부짖었다.

하지만 사람들은 그녀의 명령을 따르려 하지 않았다. 그때 몇 주 전에 차력사가 사고를 당했을 때와 마찬가지로 사람들 사이에 있던 그의 오래된 환자 중 한 명이 박사를 알아봤다. 키 작은 할머니 한 명이 별안간 군중 위로 우산을 흔들었던 것이다.

그녀가 외쳤다. "저이는 존 둘리틀 박사예요. 10년 전에 퍼들비에서 백일해에 걸려 거의 죽을 뻔한 내 아들을 치료해 준 사람이라고요. 저 사람이 진짜 의사예요. 서양에 둘리틀보다 더 훌륭한 의사는 없어요. 이 사람이 사기꾼 맞아요. 만약 당신들이 존 둘리틀 박사님 말에 귀를 기울이지 않으면 그건 바보 같은 짓이에요."

그러자 군중들 여기저기에서 다른 목소리가 들렸다. 분위기가 심상치 않았다. 더 많은 사람들이 이미 산 물건을 환불받으려고 브라운이 서 있는 연단을 향해 몸부림치며 몰려들었다. 웅성거림이 점점 커졌다.

"저 남자를 덮쳐요. 저 자를 넘어뜨리라니까!" 파티마가 외쳤다.

브라운 박사가 돈을 돌려받기 위해 연단에 올라온 남자 둘을 떠밀더니 연단 가장자리로 가서 또 일장 연설을 시작했다.

그런데 갑자기 커다란 순무 하나가 사람들 머리 위로 날아오더니 브라운의 얼굴을 정통으로 때렸다. 그리고 군중들이 그를 덮치기 시작했다. 곧이어 당근, 감자, 돌멩이 등 온갖 것들이 허공으로 날아들었다.

사람들이 외쳤다. "그놈을 잡아! 사기꾼이야!"

다음 순간 사람들이 전부 고함을 치고 주먹을 휘두르며 연단을 향해 밀려들었다.

2장

가짜 약장수 소동

존 둘리틀 박사는 군중의 험악한 분위기를 보자 점점 불안해졌다. 사다리에 올라가서 사기꾼 박사의 말을 가로막았을 때 그는 단지 가짜 약을 사는 사람들에게 경고를 하려는 생각뿐이었다. 하지만 무리가 연단에 기어 올라가 모든 것을 망가뜨리고 박살 내는 걸 보니 이제 브라운의 안전이 걱정되기 시작했다.

소요가 극에 치달았을 때 경찰이 도착했다. 경찰도 군중을 진정시키는 데 큰 어려움을 겪었다. 사람들이 말을 듣도록 하기 위해 곤봉을 사용해야 했다. 많은 사람들의 머리가 깨졌고 코에서 피가 흘렀다. 결국 경찰은 질서를 회복하려면 서커스장 문을 닫는 수밖에 없다고 생각했다.

사람들은 이제 막 서커스장에 들어왔으니 입장료를 환불해 줘야만 나가겠다며 서커스장 문을 닫는 데 반대했으나 경찰들은 아랑곳하지 않았다. 그리고 추가 지시가 있을 때까지 서커스장을 개장하면 안 된다고 명령했다.

얼마 지나지 않아 지시 사항이 전달됐다. 점잖은 마을인 스토버리 주민들은 이 모든 일에 분노했으며 스토버리 시장은 정오에 블로섬 씨에게 서커스단은 짐을 꾸려 즉시 마을을 떠나라는 전갈을 보냈다.

브라운은 이 전갈이 오기 훨씬 전에 그곳에서 도망쳤다. 하지만 존 둘리틀 박사에 관한 한 그게 끝이 아니었다. 이미 짜증이 난 블로섬 씨가 시장의 명령에 얼마나 화를 냈는지 사람들 모두 그가 발작을 일으켰다고 생각했다. 파티마는 아침 내내 블로섬 씨 면전에서 박사 욕을 퍼부었다. 마지막으로 서커스단이 아주 큰 손해를 봤다는 소식까지 전해지자 블로섬 씨의 얼굴은 파랗게 질리고 말았다.

경찰이 명령을 전달하러 왔을 때 많은 흥행사들이 블로섬 씨와 함께 있었다. 거기에 함께 있던 파티마는 박사에 대한 흥행사들의 분노를 자극하려고 애썼다.

블로섬 씨는 일어서서 캐러밴 문 뒤에 있는 굵은 지팡이에 팔을 뻗으며 고함을 질렀다. "제기랄! 박사한테 가서 내 서커스단이 문을 닫게 됐다고 알려야겠어. 당신들도 같이 갑시다."

그가 박사의 무대로 향할 때 파티마와 가까이 서 있던 흥행사

네댓 명이 주먹을 휘두르며 단장 뒤를 따랐다.

그때 지프와 매슈는 블로섬 씨의 캐러밴 주위를 맴돌고 있었다. 그들 역시 같이 출발했는데 지프는 박사에게 이 사실을 알리기 위해 먼저 달려갔고 동물 먹이 장수는 아예 다른 방향으로 향했다.

앙갚음을 하기 위해 박사의 캐러밴으로 향하는 블로섬 씨 일당에 천막을 치는 일꾼들도 합류했다. 박사의 캐러밴 문 앞에 도착했을 때 이들의 수는 족히 열두 명은 되었다. 놀랍게도 박사가 나와서 이들을 맞았다.

존 둘리틀 박사가 공손하게 말했다. "안녕하세요. 뭘 도와드릴까요?"

블로섬 씨는 너무 화가 난 나머지 말을 잇지 못하고 목에서 이상한 소리만 냈다.

"당신이 우리한테 한 짓은 이미 충분해." 사람들 중 한 명이 소리쳤다.

"이젠 우리가 당신한테 할 차례지." 파티마가 날카롭게 외쳤다.

"당신 때문에 우리 서커스단이 마을에서 쫓겨나게 됐다고. 이 지역에서 가장 좋은 곳 중 하난데. 당신이 우리 일주일 치 삯을 지불해!" 세 번째 목소리가 들렸다.

"당신은 우리와 함께 다닌 후부터 우리 공연을 망치는데 온 힘을 쏟고 있어. 제기랄! 이번엔 너무 멀리 갔다고!" 비로소 말을 할 수 있게 된 블로섬 씨가 으르렁거렸다.

단장을 앞세우고 온 성난 사람들은 이제 말을 하는 대신 박사에게 달려들었고, 박사는 주먹질과 발길질을 하며 밀쳐 대는 사람들 아래에 깔리고 말았다.

불쌍한 지프는 사람들을 끌어내려고 최선을 다했지만 적수가 열두 명이나 되었기에 별 도움이 안 됐다. 녀석 눈엔 박사가 아예 보이지 않았다. 지프는 매슈가 어디 있는지 궁금했다. 그때 동물 먹이 장수가 서커스장 반대편에서 난투가 벌어진 쪽으로 달려오고 있는 게 보였다. 그리고 그 옆에는 분홍색 타이츠를 입은 거구의 남자가 달려오고 있었다.

사람들이 엉켜 있는 곳에 도착한 그 커다란 남자는 사람들이 지푸라기라도 되는 양 다리나 머리를 잡고 당기더니 옆으로 던져 버렸다.

이윽고 차력사 헤라클레스 덕분에 몸싸움을 하는 사람은 블로섬 씨와 박사, 이렇게 둘로 줄었다. 이들은 여전히 땅바닥을 구르면서 서로의 목을 조르고 있었다. 헤라클레스는 솥뚜껑만 한 손으로 단장의 목을 잡더니 쥐처럼 흔들어 댔다.

"알렉산더, 얌전하게 굴지 않으면 당신 따귀를 갈기고 머리를 날려버릴 거예요."

잠시 침묵이 흘렀고 나가떨어졌던 사람들이 풀밭에서 몸을 일으켰다.

헤라클레스가 여전히 블로섬 씨의 옷깃을 잡은 채 말했다. "자, 이게 대체 무슨 일이죠? 당신들 모두 왜 박사님을 기습했나요? 부끄러운 줄 알아야 해요. 열두 명이나 되는 사람들이 제일 작은 남자 하나를…"

"저 자가 사람들에게 브라운의 연고가 좋지 않다고 말했어." 파티마가 말했다. "사람들을 들쑤셔서 돈을 돌려받도록 했다고. 사람들 앞에서 브라운을 사기꾼이라고 불렀지. 저 자야말로 가장 큰 사기꾼이야."

헤라클레스가 말했다. "당신이야말로 사기꾼을 언급하기에 딱 맞는 사람이지요. 당신이 지난주에 그 독 없는 뱀을 진짜 독사처럼 보이게 하기 위해 줄무늬를 그려 넣은 걸 내가 못 본 줄 알아요? 이 분은 훌륭한 의사예요. 박사님이 아니었다면 내 갈비뼈를 치료하지 못했을 거예요."

사람들 중 한 명이 으르렁댔다. "그 양반 때문에 서커스단이 이 마을에서 쫓겨난 거요. 우리가 애슈비에서 여기까지 50킬로미터나 왔는데 이게 다 헛고생이 됐다는 말이오. 한 푼도 못 벌고 다시 60킬로미터도 넘는 거리를 가야 해요. 이게 다 그 잘난 의사가 당신에게 한 짓이지."

블로섬 씨가 식식거리며 말했다. "그자는 더 이상 우리와 공연을 같이 하지 않을 거요. 내가 그자에게 제공했던 모든 걸 가져갈 거니까."

그가 차력사의 손아귀에서 빠져나와 박사 쪽으로 가더니 얼굴 앞에 대고 손가락을 흔들었다.

"당신은 해고야! 알겠어? 지금 당장 서커스단을 떠나라고!"

"알겠어요." 박사가 조용히 말했다. 그리고 캐러밴 문 쪽으로 걸

"내가 당신 따귀를 갈길 거예요."

어갔다.

헤라클레스가 박사를 불렀다. "잠깐만요. 박사님, 떠나고 싶으세요?"

존 둘리틀 박사가 멈추더니 몸을 돌렸다.

"흐음, 헤라클레스, 대답하기가 어렵군요." 박사가 확신 없는 말투로 말했다.

파티마가 말했다. "저 자가 원하건 말건 아무 상관없어요. 단장이 저 자를 해고했으니까. 그걸로 다 결정된 거야. 저 자는 떠나야 해."

박사는 자신을 미워하는 그 여자의 조롱 어린 눈빛을 보며 그녀가 데리고 있는 뱀을 떠올렸다. 또 처한 환경이 나아지기를 바라는 다른 동물들과 오래전에 은퇴했어야 할 노마, 베포를 떠올렸다. 박사가 머뭇거리는 동안 스위즐이 축축한 코로 그의 손을 밀쳤고 토비는 코트 자락을 잡아끌었다.

마침내 박사가 말했다. "아니에요, 헤라클레스. 모든 걸 생각해 볼 때 나는 가고 싶지 않아요. 하지만 쫓겨난 이상 내가 할 수 있는 일이 없잖아요?"

차력사가 말했다. "그렇죠. 하지만 다른 사람들이 할 수 있어요. 이봐요." 그는 블로섬 씨의 어깨를 잡고 돌려세우더니 그의 코 밑에 커다란 주먹을 대고 흔들었다. "박사님은 정직한 사람이야. 브라운이 사기꾼이었다고. 만약 박사님이 가면 나도 갈 거요. 내가 가면 내 조카들, 공중 곡예사들도 나랑 같이 갈 거요. 그리고 광대

"박사님은 그 돈을 뚱뚱한 뱀을 여섯 마리나 사는 데 써 버렸어."

호프도 우리에게 합류할 테지. 이제 어떻게 할 거요?"

'세상에서 가장 위대한 쇼'의 소유주 알렉산더 블로섬 씨가 당혹감을 감추지 못한 채 콧수염을 씹으며 머뭇거렸다. 바다표범 소피가 사라진 마당에 차력사와 공중 곡예사 형제, 가장 뛰어난 광대와 푸시미풀류까지 떠나 버리면 서커스단 규모는 대단히 줄어들 게 뻔했다. 그가 곰곰이 생각하는 동안 파티마의 얼굴은 분노로 이글거렸다. 표정으로 사람을 죽일 수 있다면 그날 헤라클레스와 박사는 두 번도 더 죽었을 것이다.

마침내 단장이 사뭇 달라진 목소리로 말했다. "흐음, 우호적으로 의논해 봅시다. 한 곳에서 돈을 못 벌었다고 해서 원한을 갖거나 서커스를 접는 건 무분별한 짓이죠."

박사가 말했다. "내가 여기 머문다면 말이에요, 내가 있는 동안에는 가짜 약을 팔면 안 됩니다."

파티마가 콧방귀를 뀌었다. "흥! 저 자가 뭘 하려는지 알겠죠? 또 시작이잖아요. 당신한테 서커스단을 운영하는 방법까지 훈계하려 드는군요."

박사가 말했다. "또 이 여자는 이제 뱀도, 다른 어떤 동물도 다룰 수 없어요. 나를 데리고 있으려면 저 여자는 떠나야 해요. 내가 저 여자로부터 뱀을 다 사겠어요."

분노한 파티마가 비명을 질렀지만 결국 모든 사태가 평화롭게 해결되었다. 그날 밤 투투가 캐러밴 계단에 앉아 마을 묘지에서 우는 올빼미 소리를 듣고 있을 때 대브대브가 눈물을 흘리며 나오더니 옆에 앉았다.

대브대브가 지친 듯이 말했다. "박사님을 어떻게 해야 할지 모르겠어. 정말 모르겠어. 박사님이 돈궤에서 우리가 모은 돈을 한 푼도 남김없이 가져가 버렸어. 퍼들비에 돌아가려고 모아 둔 12파운드 9실링 6펜스를 몽땅 말이야. 그걸 다 어디에 쓴 줄 알아? 뚱뚱한 뱀을 여섯 마리나 사는 데 써 버렸어.(대브대브는 또다시 눈물을 쏟았다.) 게다가 그 뱀들을 내 밀가루 통에다 넣었지 뭐야. 제대로 된 침대를 마련할 때까지 뱀들을 거기에 보관한다면서!"

3장

니노

뱀을 부리던 파티마가 떠난 후 존 둘리틀 박사는 서커스단 생활이 훨씬 더 좋아졌다. 동물들을 도울 방법이 없다고 생각했을 때는 서커스단에 반대하는 얘기를 자주 하곤 했다. 하지만 소피를 남편에게 보내고 뱀들을 노예 같은 생활과 클로로폼에서 해방시켰으며 가짜 약을 파는 것도 금지시키고 나자 서커스단에 머무는 것이 도움이 된다고 느끼기 시작했다.

가짜 약 소동 후 블로섬 씨는 박사를 훨씬 더 존경하게 되었다. 단장은 푸시미풀류가 큰 도움이 된다는 사실을 언제나 잘 알고 있었다. 시장에 의해 마을에서 내쫓긴 데 대한 맹목적인 분노와 박사를 향한 파티마의 끊임없는 불평만 아니었다면, 박사를 쫓아내는 일 따윈 꿈도 꾸지 않았을 터였다.

스토버리에서 일어난 소동 이후 존 둘리틀 박사는 서커스단에서 큰 인기를 얻게 되었다. 파티마로 인해 많은 흥행사들이 박사에게 등을 돌렸지만 사실 대부분의 사람들이 파티마를 싫어했다. 그래서 그녀가 박사 때문에 서커스단을 떠났다는 사실이 알려지자 마을에서 쫓겨나는 바람에 서커스단이 입은 손해도 용인되었다.

하지만 서커스단 사람들에게 박사의 진짜 힘이 제대로 알려지기 시작한 건 말하는 말이 시름시름 앓아 누웠을 때였다.

서커스단은 커다란 공장이 있는 브리지턴이라는 도시로 이동했다. 블로섬 씨는 큰돈을 벌 거라 기대했다. 동물들과 광대들, 안장 없이 말을 탄 기수들 등 모든 사람들이 평상시처럼 행렬을 이루어서 거리를 지났다. 커다란 벽보가 곳곳에 붙었고 서커스장이 문을 열자 어마어마한 인파가 입구로 몰려들었다. 그 어느 때보다도 큰 성공을 거둘 것 같았다.

추가로 6펜스를 더 받는 서커스를 큰 천막에서 2시에 시작하기로 되어 있었다. 입구 바깥쪽에는 프로그램이 쓰여진 커다란 입간판이 세워져 있었다.

"마드모아젤 반딧불이, 안장 없이 말 타는 사람, 핀토 형제들, 용감한 공중 곡예사들, 세상에서 가장 힘센 사나이 헤라클레스, 배꼽 빠지게 웃긴 광대와 놀라운 개 스위즐, 춤추는 코끼리 조조, 그리고 (큰 글씨로) 세계적으로 유명한 말하는 말 니노."

니노는 평범하게 생긴 크림색 콥종 말인데 신호에 대답을 하도

모두가 평상시처럼 행렬을 이루어서 거리를 지났다.

록 훈련받았다. 블로섬 씨는 그 말을 프랑스인으로부터 구입했으며 이른바 '니노의 말'에 대한 비밀도 샀다. 사실 녀석이 진짜로 말을 하는 건 아니었다. 무대에서 블로섬 씨가 녀석에게 질문을 던지면 발굽으로 쿵쿵거리거나 특정 횟수만큼 머리를 흔드는 게 다였다.

"니노, 3이랑 4를 더하면 얼마지?" 블로섬 씨가 이렇게 물으면 니노가 발굽으로 바닥을 일곱 번 구르는 식인 것이다. 질문의 답이 '예'라면 녀석이 머리를 위아래로 끄덕이고 답이 '아니요'라면 고개를 양옆으로 흔들었다. 물론 니노는 뭘 물어보는지 사실 전혀 알지 못했다. 다만 블로섬 씨가 녀석에게 몰래 알려 주는 신호에 따라 대답할 뿐이었다. 블로섬 씨는 '예'라고 대답하기를 원하면 왼쪽 귀를 긁고 '아니요'라는 대답을 원하면 팔을 접는 식이었다. 이 모든 신호의 비밀은 블로섬 씨 혼자만 알고 있었다. 물론 박사는 이 모든 걸 알고 있었는데, 니노가 공연이 어떻게 진행되는지 박사에게 모두 귀띔해 줬기 때문이다.

블로섬 씨는 서커스를 홍보할 때 항상 니노의 공연을 다른 중요한 공연 앞에 배치했다. 니노의 공연이 인기가 많은데다가 무대 아래에 있는 아이들이 그 작고 포동포동한 콥종 말에게 소리를 지르며 질문을 하고 녀석이 발이나 머리로 대답하는 모습을 보는 걸 좋아했기 때문이다.

브리지턴 공연 첫날, 공연 시작 시간이 얼마 남지 않았을 때 박사와 서커스단 단장이 광대 탈의실에서 이야기를 하고 있었다. 그때 별안간 마구간지기 중 우두머리가 몹시 흥분해서 뛰어 들어왔다.

"블로섬 씨, 니노가 아파요! 마구간에서 눈을 감은 채 누워 있다고요. 15분 후면 공연 시작인데 어떻게 해야 할지 모르겠어요. 다리로 제 몸을 가누지도 못해요."

크게 놀란 블로섬 씨가 마구간 쪽으로 급히 달려갔고 박사가 그 뒤를 쫓아갔다.

마구간에 도착했을 때 과연 녀석의 상태는 좋지 않았다. 숨소리가 빠르고 거칠었다. 다리로 서 있기는 했지만 몇 걸음만 걸어도 금방 몸이 흔들거렸다.

단장이 투덜댔다. "제기랄! 녀석이 공연을 못 하면 이번 주 쇼가 다 엉망이 될 거예요. 니노가 첫 순서인데. 녀석이 보이지 않으면 관객들이 웅성댈 게 뻔하다고요."

박사가 말했다. "관객들에게 설명을 해야죠. 말이 지금 열이 많이 나요. 오늘 마구간을 나설 수나 있을지 모르겠어요."

블로섬이 외쳤다. "맙소사! 설명을 해야 한다고요! 니노가 나오지 않으면 사람들이 입장료를 돌려달라고 할 거예요. 더 이상 소동을 일으키면…"

그때 소년 한 명이 나타났다.

"2시 5분 전이에요, 블로섬 씨. 나갈 준비가 다 됐는지 피어스가 물어보래요."

단장이 말했다. "제기랄! 내가 첫 번째로 무대에 오를 순 없어. 나보다 먼저 니노가 나가야만 해."

소년이 말했다. "다른 사람들은 준비가 안 됐어요. 로빈슨은 아직 돌아오지 않았는걸요."

단장이 신음 소리를 냈다. "아이구! 큰일이군! 단장 없이는 공연을 시작할 수 없는데. 그런데 난 니노 옆을 떠날 수가 없어. 어떻게 해야 할지 모르겠군."

"실례합니다, 단장님." 뒤에서 목소리가 들렸다. 블로섬 씨는 뒤를 돌아보았고 매슈 머그의 사팔뜨기 눈과 마주쳤다.

동물 먹이 장수가 말했다. "제가 당신 자리를 대신할 수 없을까요? 단장님이 하는 말을 다 외웠거든요. 당신이 하는 그대로 공연 순서를 소개할 수 있답니다. 어느 누구도 다르다는 걸 모를 거예요."

블로섬 씨는 그를 위아래로 훑어보았다. "세상에서 가장 볼품없는 단장인 것 같군. 하지만 내가 지금 단 것 쓴 것을 가릴 처지가 아니지. 빨리 갑시다. 옷을 줄 테니."

박사가 니노를 살피는 동안 블로섬 씨와 매슈가 재빨리 탈의실로 향했다. 거기서 시오도시아가 재빠른 손놀림으로 겉에 큰 주름을 잡아 둔 단장의 승마용 바지를 남편에게 입히고 광대의 분장용 상자에 있던 작은 볼연지와 가짜 콧수염을 붙이자 머그 씨는 동물 먹이 장수에서 서커스 단장으로 변신했다. 일생동안 품고 있던 그의 야망이 드디어 실현되는 순간이었다. 무대 위에 으스대며 서서 자신을 둘러싼 수많은 관객들의 얼굴을 올려다보자 매슈의 가슴은 자부심으로 부풀어 올랐다. 천막 틈 사이로 무대를 바라보던 시오도시아 역시 매슈의 아내라는 자부심으로 얼굴이 상기되었으며, 공연이 끝날 때까지 승마 바지의 주름이 펴지지 않기를 기도했다.

한편 니노를 세심히 살핀 박사는 이날 공연 시간 전까지 녀석이 회복할 가망이 없다고 확신했다. 그는 자신의 검정 가방에서 커다란 알약을 꺼낸 다음 녀석에게 두 알을 주었다. 곧 셔츠와 플란넬 바지로 갈아입은 블로섬 씨가 돌아왔다.

박사가 말했다. "이 말은 오늘 공연을 할 수 없어요. 블로섬 씨. 아마 일주일간은 못 할 겁니다."

절망감에 사로잡힌 서커스 단장이 양손을 벌리며 말했다. "우리는 망했소. 이걸로 끝이에요. 망했단 말이오! 스토버리 소동으로 평판이 안 좋은데 여기서 다시 실패하면 우리는 끝장이에요. 니노가 공연을 하지 못하면 관객들이 돈을 돌려달라고 할 게 불 보듯 뻔해요. 니노가 맨 앞 순서라고요. 니노 무대를 대신할 수 있는 다른 공연이 있다면 어떻게 해 보겠는데 따로 준비한 무대도 없어요. 망했어요. 제기랄! 엎친 데 덮친 격이야!"

불쌍한 블로섬 씨는 완전히 의기소침해 보였다. 박사가 생각에 잠긴 채 그를 바라보고 있을 때 마구간 안에서 니노 옆에 있는 말 한 마리가 부드럽게 울었다. 마차를 끄는 늙은 말 베포였다. 박사의 얼굴에 미소가 번졌다.

박사가 조용히 말했다. "블로섬 씨, 당신이 몇 가지만 약속해 준다면 당신이 이 곤경에서 벗어나도록 도울게요. 난 당신이 생각하

“이 말은 오늘 공연을 할 수 없어요.”

는 것보다 동물에 대해 훨씬 더 잘 안답니다. 오랜 시간을 동물 연구에 바쳤어요. 당신은 니노가 당신이 하는 말을 알아듣고 당신이 어떤 질문을 던지든 모두 대답할 수 있다고 했죠. 하지만 당신이나 저나 그렇지 않다는 걸 알지요. 신호로 속임수를 쓴 거잖아요. 하지만 그게 관객들을 끌어들였어요. 이제 제 비밀을 밝힐게요. 말해 봤자 아무도 믿지 않을 게 뻔해서 지금까지 자랑하지 않았던 거예요. 저는 말의 언어로 말과 얘기할 수 있어요. 녀석들이 하는 얘기도 다 알아들을 수 있고요."

박사가 얘기하는 동안 블로섬 씨는 침울하게 바닥을 응시하고 있었다. 그러다 마지막 말에 고개를 들고 얼굴을 찡그린 채 존 둘리틀 박사를 쳐다보았다.

그가 말했다. "정신이 나갔소? 아니면 내가 잘못 들은 거요? 동물들 말로 동물들과 얘기를 한다고? 이봐요! 난 코흘리개 시절부터 동물들과 같이 다니기 시작한 후 37년 동안 서커스 사업을 해왔소. 사람이 말과 대화를 한다는 얘기는 금시초문이오. 그런 거짓말을 하다니 뻔뻔스럽기 짝이 없군요! 내가 알렉산더 블로섬이란 말이오!"

4장

또 다른 말하는 말

박사가 나직이 말했다. "거짓말이 아니에요. 사실을 얘기하고 있어요. 하지만 내가 그걸 증명할 때까지 당신은 믿지 않겠죠."

"당연히 믿지 않아요." 블로섬 씨가 비웃었다.

"흐음, 이 마구간에 말 다섯 마리가 있죠? 그 말들 모두 내가 지금 어디 서 있는지 몰라요. 그렇죠? 자, 당신이 내게 질문을 하면 내가 저 말들 중 한 마리에게 그 질문을 해 볼게요. 그리고 말이 한 대답을 당신한테 알려 줄게요."

블로섬 씨가 말했다. "아, 당신 미쳤구먼. 난 당신하고 장난칠 시간이 없소."

박사가 말했다. "마음대로 해요. 제 의도는 도움을 주려는 것이었어요. 하지만 제 도움이 필요 없다면 그걸로 끝이죠."

박사가 어깨를 으쓱하더니 자리에서 일어섰다. 큰 천막에서 박수 치는 소리가 들렸다.

"베포한테 물어보시오. 녀석이 몇 번째 마구간에 있는지." 블로섬 씨가 말했다.

베포는 끝에서 두 번째 마구간에 있었다. 녀석의 마구간 문에는 흰색 페인트로 크게 '2'라고 적혀 있었다.

"베포에게 답을 말하라고 할까요? 아니면 숫자만큼 두드리라고 할까요?" 박사가 물었다.

"발로 칸막이를 치게 하세요, 교수 양반. 나는 말이 무슨 말을 하는지 몰라요. 그렇게 하지 않으면 당신이 거짓말을 하는지 알 방법이 없으니." 블로섬 씨가 비웃었다.

박사가 말했다. "좋아요." 그는 베포가 보이지 않는 곳에 서서 마치 감기에 걸린 듯이 코로 킁킁거리는 소리를 냈다. 곧 두 번째 마구간에서 두 번 두드리는 소리가 들렸다.

놀라서 블로섬 씨의 눈썹이 위로 올라갔다. 하지만 거의 동시에 그는 어깨를 으쓱거렸다.

"쳇! 우연이겠지. 아마 녀석이 칸막이 쪽으로 넘어졌나 보군. 내 조끼, 그러니까 사팔뜨기인 당신 조수가 지금 무대에서 입고 있는 조끼에 단추가 몇 개인지 물어보시오."

"그러지요." 박사가 말했다. 그리고 좀 더 길게 코로 끙끙거리는 소리를 낸 다음 부드럽게 '히힝' 소리로 끝냈다.

그런데 이번 질문을 할 때 박사는 무심코 베포의 이름을 빼먹고 말았다. 그러자 블로섬 씨 조끼에 대해 잘 알고 있는 말 다섯 마리 모두가 자신에게 질문을 한 것이라 여겼다. 그래서 마구간 안에 있는 말 모두, 심지어 눈을 감은 채 밀짚에 누워 있는 불쌍한 니노마저 뒷다리를 뻗어서 미약하게나마 문을 여섯 번 찼다. 블로섬 씨 눈이 얼굴에서 튀어나올 것 같았다.

박사가 미소를 지으며 말했다. "자, 당신이 이것도 우연이라고 생각할 수 있으니, 베포에게 칸막이에 걸려 있는 넝마조각을 내려서 허공에 던지라고 해 보죠."

박사의 말에 칸막이 위에 걸려 있던 넝마가 갑자기 사라졌다. 박사는 꼼짝하지 않았다. 블로섬 씨가 재빨리 달려가서 마구간 두 번째 우리를 들여다보았다. 거기서 마치 소녀가 손수건을 가지고 놀 듯 늙은 말이 넝마를 허공으로 던졌다가 다시 받는 모습이 보였다.

"이제 저를 믿나요?" 박사가 물었다.

"믿고말고요. 당신은 악마의 동생이 틀림없어! 내가 원하던 사람이지! 탈의실로 가서 옷을 갈아입읍시다."

박사가 말했다. "잠깐만요. 그게 무슨 말이에요?"

블로섬 씨가 말했다. "당연히 옷을 갈아입어야죠. 우리를 위해 공연을 하려는 것 아니오? 마차를 끄는 아무 말이나 데려가서 니노처럼 해요. 나를 도와주겠다고 했잖소?"

존 둘리틀 박사가 천천히 대답했다. "그랬지요. 아까 말한 대로 당신이 몇 가지 약속을 하면 그렇게 하겠어요. 조건이 맞으면 베포를 공연 무대로 데려가겠소. 30분 정도 이야기할 시간이 있군요."

흥분한 블로섬 씨가 소리쳤다. "그럴 필요 없소. 뭐든지 하겠다고 다 약속할 테니까! 동물의 말을 할 수 있다면 우리는 금방 부자가 될 거요! 세상에! 황당한 소리라고만 생각했는데. 당신은 훨씬 전에 서커스단에 들어왔어야 했소. 그랬다면 지금쯤 땡전 한 푼 없는 시골뜨기 의사가 아니라 큰 부자가 되었을 거요. 갑시다. 가서 멋진 옷을 골라 주겠소. 그 헐렁한 바지를 입고 무대에 오를 수는 없어요. 다들 당신이 한 번도 말을 타 본 적이 없다고 생각할 테니까."

블로섬 씨와 박사가 마구간에서 나와 탈의실로 향했다. 단장은 여행 때마다 가지고 다니는 트렁크에서 옷을 한도 끝도 없이 꺼내 바닥에 늘어놓았다. 그가 화려한 옷가지를 살피는 동안 박사는 공연을 하기 전에 약속해야 할 것들을 얘기했다.

"자, 블로섬 씨, 제가 서커스 사업에 합류한 후 이곳에서 일어나는 몇 가지 일들이 내 생각과 맞지 않는다는 걸 알게 됐어요. 정직하게 사업하고 동물을 인도적으로 대해야 한다는 내 생각이요. 얘기를 했지만 당신은 제 얘기를 귀담아 듣지 않았지요."

"박사, 그게 무슨 말이에요?" 블로섬 씨가 트렁크에서 통이 넓은 붉은 색 바지를 잡아당기며 말했다. "어떻게 그런 말을 할 수 있죠? 당신이 반대해서 내가 브라운과 파티마를 내쫓지 않았소?"

"나 때문에 억지로 그들을 내보낸 게 아니라 당신이 그래야 했

"박사, 어떻게 그런 말을 할 수 있죠?"

기 때문이에요. 사실 난 공연을 같이 하면서 굉장히 불편했어요. 정직하지 않은 부분이 많았거든요. 상세하게 따지고 들자면 시간이 오래 걸릴 테니 일단 요구 사항부터 말할게요. 말하는 말 공연 때 무대에 설 베포는 일을 하기에는 너무 나이가 많아요. 35년째 일하고 있다고요. 베포가 이번에 당신을 돕는 대가로 일을 그만두고 원하는 걸 하면서 여생을 편하게 살게 해 주세요."

"좋소. 지금 이 옷 어때요?"

블로섬 씨는 기사가 입는 조끼를 박사의 가슴에 대 보았다. "안 되겠군. 너무 작아요. 당신은 키는 작은데 몸은 통통해. 알겠어요."

블로섬 씨가 다른 옷을 꺼내기 위해 트렁크로 몸을 돌리는 동안 박사가 말을 이었다. "내가 원하는 다른 하나는 동물원을 제대로 관리해 달라는 거예요. 동물 우리가 깨끗하게 청소가 되어 있지 않아요. 몇몇 동물들 우리는 비좁죠. 그리고 동물 대부분이 자신들이 제일 좋아하는 먹이를 먹지 못하고 있어요."

"알겠소. 박사님. 뭐든지 하도록 하지요. 관리인이 지켜야 할 규칙을 당신이 직접 작성하시오. 그리고 시키는 대로 하는지도 당신이 직접 보면 되겠군요. 서부 카우보이가 되어 보는 건 어떻소?"

박사가 말했다. "그러고 싶지 않군요. 카우보이들은 소에게 인정머리 없이 굴거든요. 말이 날뛰도록 말 눈앞에 대고 모자를 흔드는 자들을 좋게 볼 순 없어요. 그리고 마지막으로, 동물들이 편히 지낼 수 있게 간간이 소소한 것들을 고쳐 주세요. 당신이 내 제안을 합리적으로 받아들이고 동물들의 복지를 위해 함께 노력할 거라고 기대합니다. 어때요?"

블로섬 씨가 말했다. "그걸로 결정되었소. 우리는 아직 시작도 안 한 거요. 당신이 일 년 동안 내 서커스단에 머물면서 동물들과 대화하는 능력을 발휘하면 다른 서커스 쇼는 모두 20페니짜리 시시껄렁한 쇼가 될 거요. 아! 이런! 여기 딱 맞는 게 있군. 기사 제복이오. 딱 당신 사이즈군요. 메달과 모든 게 다 있어요. 당신 얼굴색과도 어울려요."

블로섬 씨가 박사의 가슴에 밝은 진홍색 튜닉을 대 보더니 활짝 웃었다.

"이렇게 멋진 모습을 본 적이 없소!" 그가 껄껄거리며 웃었다. "세상에! 장담하건대, 우리가 이 소도시를 깜짝 놀라게 할 거요! 이걸 신을 수 있겠소?"

"아, 아마도요" 단장이 건네주는 화려한 색깔의 군화를 받은 박사는 앉아서 신발 끈을 풀었다. 그때 문이 열리고 마구간지기가 들어왔다.

"조, 마침 잘 왔구나. 마구간으로 뛰어가서 말빗으로 베포 털을 깨끗이 빗기렴. 무대에 오를 거니까." 블로섬 씨가 말했다.

"베포가요!" 소년은 의아하다는 듯이 소리쳤다.

블로섬 씨가 외쳤다. "그렇다니까, 이 멍청아! 그리고 장미꽃이 달린 고삐를 매고 꼬리에 붉은 리본이 달린 수술을 묶도록 해. 빨리 뛰어가!"

사내아이가 사라졌을 때 공연을 마친 광대가 잠깐 쉬기 위해 스위즐과 함께 들어왔다. 박사는 매끈한 기마병 무릎바지와 승마용 장화를 신고서 턱 밑까지 오는 진홍색 튜닉의 단추를 채우고 있었다.

"나 대신 무대에 오른 사팔뜨기는 어떤가?" 블로섬 씨가 물었다.

호프가 의자에 몸을 파묻으며 말했다. "단장님, 놀랍던데요. 타고난 서커스 단장이라니까요. 그런 목소리는 한 번도 못 들어 봤을 거예요. 말주변도 좋아요. 누가 실수라도 하면 언제든 농담으로 때울 준비가 되어 있어요. 관객들에게 우스갯소리를 던지는 거죠. 단장님, 그 사람이 계속 숙녀들을 상대하도록 무대에 두면 단장님 밥줄이 끊길 수도 있겠어요. 그런데 이 군복 입은 신사는 누구죠? 이런, 박사님이군요! 박사님이 뭘 하는 건가요?"

그때 다른 소년 한 명이 뛰어 들어왔다.

"블로섬 씨, 마지막 무대가 10분밖에 안 남았어요." 소년이 외쳤다.

블로섬 씨가 말했다. "좋아. 우리는 할 수 있어. 박사, 검대가 여기 있소. 프랭크, 관중들은 어떻지?"

소년이 말했다. "대단해요! 아주 신났어요! 막판에 학교에서 엄청 몰려왔어요. 그리고 밤에는 군인들하고 선원들이 올 거예요. 복도에 사람들이 두 줄로 서 있어요. 올해 공연 중에 관객이 제일 많아요."

5장

대성공을 거둔 공연

블로섬 씨의 '매머드 서커스단' 무대 뒤로 엄청난 환호가 터져 나왔다. 광대 호프가 무대로 돌아가려고 탈의실 문을 열었을 때 수많은 관중의 환호와 박수 소리가 존 둘리틀 박사와 단장의 귀에도 들렸다.

블로섬 씨가 말했다. "잘 들어, 호프. 돌아가면 머그 씨에게 전해. 어쨌든 니노가 공연을 할 거야. 사실은 다른 말이 대신 하는 거지만. 박사가 조련사 역할을 할 거야. 머그 씨는 관객에게 전과 똑같이 소개하면 돼. 과장해서 말하라고 해. 지금까지 니노가 보여준 가장 멋진 공연보다도 훌륭한, 제일 멋진 공연이 될 거야."

"알겠어요 단장님." 광대는 페인트를 칠한 얼굴로 싱긋 웃으며

"잘 들어, 호프!"

말했다. “더 잘생긴 말을 골랐다면 좋았을 텐데요”

마지막 순간에 박사가 입은 옷의 어깨끈 중 하나가 흘러내리는 게 보였다. 공연 시작까지 2분밖에 남지 않았을 때였다. 누군가가 바람같이 달려가서 시오도시아를 찾아 왔고 그녀는 서둘러 실과 바늘로 어깨끈을 고정시켰다. 화려하고 멋진 제복으로 완벽하게 차려입은 박사가 베포에게 가기 위해 탈의실에서 달려 나갔다. 마구간지기 소년 프랭크가 커다란 천막 입구에서 베포의 굴레를 잡고 있었다.

불쌍한 베포는 박사에 비하면 전혀 말쑥해 보이지 않았다. 오랫동안 손질하지 않고 방치해 뒀던 녀석의 털이 빗질 한 번에 깔끔해질 리 만무했다. 베포의 털은 길고 우중충했으며 갈기는 부스스하고 제멋대로 뻗어 있었다. 굴레에 흰색과 초록색이 섞인 맵시좋은 끈을 매고, 땋은 꼬리엔 빨간 리본을 달았지만 베포는 여전히 오랫동안 맡은 일을 묵묵히 했는데도 공을 인정받지 못하고 고맙다는 말도 들어 본 적 없는 늙은 종처럼 보일 따름이었다.

박사가 프랭크로부터 굴레를 넘겨받으면서 녀석의 귀에 속삭였다. “베포, 사람들이 다 네가 장례식에 가는 줄 알겠어. 기운 내렴! 머리를 뒤로 높이 젖혀 봐. 그렇지! 자, 이제 콧김을 불어 봐. 아, 훨씬 낫구나!”

베포가 말했다. “박사님은 믿지 않을지 모르지만 저는 좋은 집안 출신이에요. 어머니의 혈통을 따져 보면 율리우스 카이사르가 근위병을 사열할 때마다 탔던 군마까지 거슬러 올라간답니다. 어머니는 그 사실을 굉장히 자랑스러워했어요. 일등상을 탔죠. 진짜 그랬다니까요. 그런데 덩치 큰 군마가 인기를 잃게 되자 서커스단이 잘난 순서대로 그 큰 말들을 뽑았어요. 그런 연유로 조상님들이 이 세계에 발을 디디게 된 거예요. 공연 내용을 미리 연습해 봐야 하지 않을까요? 전 뭘 해야 할지 하나도 모르거든요."

"아니, 그럴 시간이 없어. 이제 곧 무대에서 부를 거거든. 그래도 잘 해낼 거야. 그냥 내가 말하는 대로 하면 된단다. 그리고 네가 생각한 걸 덧붙여도 돼. 또 머리를 숙이고 있구나. 네 로마 조상님을 기억하렴. 기운 내. 그렇게 해야지. 목을 쭉 펴렴. 눈이 반짝반짝 빛나야 해. 이 세상을 호령하는 황제를 태운 것처럼 보여야 해. 바로 그거야! 이제 아주 멋져 보이는구나."

커다란 캔버스 극장 안에서 일일 서커스 단장인 매슈 머그 씨가 여전히 능수능란하게 '세상에서 가장 위대한 쇼'를 쥐락펴락하고 있었다. 그는 범상치 않은 화술과 한껏 과장 섞인 설명으로 공연에 나설 사람들을 소개했다. 매슈는 난생처음 자신에게 주어진 이 황금 같은 시간을 마음껏 활용했다.

그는 핀토 형제와 차력사의 공연 순서 사이에 무대로 돌아온 호프가 언제나 아이들이 좋아하는 묘기를 선보이는 걸 지켜보았다. 광대가 공중제비를 넘으며 매슈의 코앞을 지나면서 속삭였다.

"대장이 말하는 다른 말과 박사님을 조련사로 등장시킬 거예요. 녀석을 니노 때와 똑같이 소개하래요."

"알았소. 나한테 좋은 생각이 있어." 매슈가 조용히 대답했다.

춤추는 코끼리 조조가 우레와 같은 박수를 받으며 인사를 하고 퇴장하자 단장이 천막 입구로 가서 다음 순서에 출연할 장군을 무대로 이끌고 나왔다.

장군 옷을 입은 작달막한 남자와 함께 등장한 늙은 말 베포는 자기를 바라보는 구름 같은 관객을 보자 조금 겁을 먹은 듯했다.

낯선 차림의 공연자들이 무대 끄트머리에 계속 서 있자 매슈가 먼저 무대 중앙으로 이동했다. 매슈는 팔을 크게 휘저어서 조조의 마지막 춤을 위해 계속되던 악단의 연주를 중단시켰다. 공연장이 조용해지자 마지막 순서를 인상적으로 소개하기 위해 관객을 올려다보며 숨을 한껏 들이마셨다.

서커스 단장 매슈가 포효하듯이 외쳤다. "신사 숙녀 여러분, 이제 길고 멋진 우리 공연의 마지막 순서, 그리고 가장 중요한 순서에 다다랐습니다. 여러분 모두 니노에 대해 분명히 들어 봤겠죠. 니노, 세계적으로 유명한 말하는 말과 그의 용감한 주인, 늠름한 코사크 기병대 대장 니콜라스 푸프투프스키입니다. 그들이 저기 있군요. 여러분 앞에 서 있는 그들을 직접 보시게 될 거예요. 왕들과 왕비들께서 이들의 공연을 보기 위해 먼 거리를 여행했지요. 겨우 두 달 전 몬테카를로에서 공연할 때 우리는 영국 총리님을 돌려보내야 했답니다. 총리님이 앉을 자리가 없었거든요.

신사 숙녀 여러분, 니노는 아주 나이가 많아요. 녀석은 원래 시베리아 초원에서 왔지요. 녀석의 현재 주인인 푸프투프스키가 소령일 당시 유목민인 타르타르족에게서 니노를 샀어요. 그 이후로 니노는 전쟁을 열다섯 번이나 겪었지요. 녀석의 외모가 왜 이렇게 후줄근한지 아시겠지요. 니노는 푸프투프스키가 대령일 당시 단신으로 나폴레옹을 모스크바에서 몰아내고 러시아가 보나파르트의 발 아래 무릎 꿇는 걸 막아 낼 때 탔던 바로 그 말입니다. 준장 가슴에 걸려 있는 메달 세 개 중 가운데에 있는 메달이 보이시죠? 그가 보여준 용감한 행동에 대한 보상으로 러시아 황제가 하사한 것이죠."

"매슈, 엉뚱한 소리 좀 그만해요. 그럴 필요가…" 박사가 그에게 다가와 몹시 부끄러워하며 속삭였다.

하지만 서커스 단장은 천둥 같은 목소리로 유창하게 이어 나갔다.

"신사 숙녀 여러분, 이 놀라운 말과 용맹한 주인은 군대에서 대단한 경력을 쌓았습니다. 푸프투프스키 장군은 겸손한 사람입니다. 저에게 스웨덴 왕과 중국 황제가 하사한 다른 메달에 대해서는 입에 올리지 말라고 하는군요. 이제 여러분 앞에 보이는 동물의 대단한 지능에 대해 얘기해야겠군요. 나폴레옹을 러시아에서 쫓아내고 돌아오는 길에 푸프투프스키 백작은 감옥에 갇히게 되었습니다. 그 유명한 그의 말 니노도 함께 있었죠. 갇혀 있는 동안 그들은 매우 친밀해졌습니다. 프랑스군의 포로로 지냈던 이 년이 지나자 니노와 주인은 여러분과 제가 얘기하듯이 서로 자유롭게 얘기할 수 있게 되었어요. 제 얘기를 믿지 않는다면 지금 여러분이 스스로 증명할 수 있습니다. 지금부터 여러분은 니노의 주인을 통해 니노에게 아무 질문이나 던지기만 하면 됩니다. 그러면 대답

“러시아 총사령관 출신 푸프투프스키 씨를 소개합니다!”

을 듣게 될 거예요. 니노가 답을 안다면 말이지요. 이 육군 총사령관은 일본어를 뺀 모든 언어를 구사하지요. 관객 중에 일본 숙녀나 신사가 질문을 하고 싶다면 먼저 다른 언어로 옮겨 주시기 바랍니다. 이제 육군 총사령관 푸프투프스키 씨가 공연을 시작하겠습니다. 이 놀라운 말과 함께 자신들이 뭘 할 수 있는지 여러분에게 증명하기 위해 몇 가지 기술을 보여 드릴 겁니다. 신사 숙녀 여러분, 러시아 총사령관 출신 아르크두크 니콜라스 푸프투프스키 씨와 그의 오직 하나뿐인 군마, 세계적으로 유명한 니노를 소개합니다."

악단이 공연 시작을 알리는 음악을 연주하자 박사와 베포가 무대 중앙으로 나와 꾸벅 인사를 했다. 관객들로부터 어마어마한 박수갈채가 터져 나왔다.

관객이 한 번도 본 적 없는 새로운 공연이었다. 박사는 무대에 등장할 때 뭘 해야겠다는 뚜렷한 생각이 없었다. 베포도 마찬가지였다. 하지만 이 나이 든 베테랑은 이 공연을 훌륭하게 끝마치면 일에서 해방되어 남은 삶을 편하고 자유롭게 살 수 있으리라는 걸 알고 있었다. 공연을 하는 동안 베포는 가끔 당당한 조심을 잊은 채 평상시의 힘없고 지친 모습을 보이곤 했다. 하지만 전체적으로는, 호프가 나중에 말했듯이, 사람들이 예상한 것보다 훨씬 더 멋진 모습을 선보였다. 게다가 관객들의 반응에 관한 한, 녀석은 블로섬 씨가 선보인 모든 공연을 훌쩍 뛰어넘는 성공을 거뒀다.

몇 가지 기술을 선보인 후 푸프투프스키 장군은 사람들을 향해 돌아서서 (아주 훌륭한 영어로) 관객이 요구하는 무엇이든 말에게 시키겠다고 말했다. 곧 앞줄에 앉은 작은 소년이 외쳤다.

"이리로 와서 내 모자를 가져가라고 말해 보세요."

박사가 두어 마디를 하자 베포는 곧장 소년에게 가더니 머리에서 모자를 벗겨 소년의 손 위에 놓았다. 그러자 관중석에서 수많은 질문이 쏟아졌다. 베포는 바닥을 구르거나 머리를 흔듦으로써, 아니면 박사를 통해 모든 질문에 대답했다. 사람들이 어찌나 열광하는지 천막 사이로 구경하던 블로섬 씨는 공연이 끝날 것 같지 않다고 생각했다. 그리고 마침내 씩씩한 푸프투프스키가 말을 끌고 무대 밖으로 나가자 관객들은 박수를 치며 환호했고 푸프투프스키의 이름을 연호했다.

브리지턴에서 열린 서커스단의 첫 번째 공연이 말하는 말의 놀라운 활약에 힘입어 성황리에 끝났다는 소식이 소도시 전체에 급속도로 퍼져 나갔다. 커다란 천막 밖에는 저녁 공연이 시작되기 훨씬 전부터 수많은 사람들이 자리를 확보하기 위해 네 줄로 서서 기다렸으며, 다른 공연장에도 관객이 인산인해를 이루어서 군중들 틈으로 움직일 수조차 없을 지경이었다.

6장

훌륭한 말, 베포

박사가 다 써 버리는 바람에 대브대브가 그렇게 걱정했던 돈이 다시 박사의 돈궤에 모였다. 물론 이 훌륭한 살림꾼은 뱀이 꿈틀거리는 지저분한 동물이라면서 쫓아 버려야 한다고 박사에게 애원하기도 하고 언쟁을 벌이기도 했지만, 뱀이 여섯 마리 늘었다고 해서 박사의 살림살이가 크게 늘어난 건 아니었다. 얼마나 많은 사람들이 "아프리카 밀림에서 온 머리가 둘 달린 동물" 공연을 보기 위해 6펜스를 내고 들어왔던지, 얼마 지나지 않아 투투는 브리지턴에서 벌어들이는 수익이 애슈비에서 번 돈을 금방 넘어설 것이라고 장담했다.

산수에 능한 투투가 머리를 한쪽으로 갸웃한 채 왼쪽 눈을 감고 말했다. "제 계산으로는 장이 서는 날이나 토요일에 추가로 공연을 하지 않고도 엿새면 16파운드를 쉽게 벌 수 있어요."

"그 수익의 대부분이 베포와 박사의 공연 덕택이야. 그 공연이 아니었으면 반도 못 벌었을걸." 지프가 말했다.

존 둘리틀 박사의 공연이 큰 성공을 거두자 블로섬 씨는 첫 공연이 끝난 후 박사에게 와서 서커스단이 브리지턴에 머무르는 내내 공연을 계속 해 달라고 사정했다.

존 둘리틀 박사가 말했다. "흐음, 긴급한 상황을 모면하고 나면 은퇴시켜 주기로 베포와 약속했어요. 니노가 언제쯤 다시 일을 할 수 있을지 모르겠네요. 베포에게 일주일 내내 공연을 해야 한다고는 얘기한 적 없어요. 당신이 시간을 내서 다른 방법을 물색한 후 우리 자리를 곧바로 다른 공연으로 대체할 거라고 생각했거든요."

블로섬 씨가 말했다. "이런, 박사! 일 년을 꼬박 찾아본들 그 공연을 대신할 만한 건 찾을 수 없을 거요. 서커스가 시작된 후 그런 공연은 없었어요. 벌써 온 마을은 물론 마을 밖까지 공연에 대한 소문이 퍼졌어요. 사람들은 당신이 하는 공연을 보러 위틀소프에서 여기까지 찾아올 거라고 말해요. 당신이 베포에게 우리를 도와달라고 얘기할 수는 없소? 녀석에게 힘든 일이 아니잖소. 그렇게 해 주기만 하면 녀석이 좋아하는 건 뭐든지 해 주겠다고 하시오. 아침 식사로 아스파라거스를 주고 깃털로 만든 이불도 주겠소. 지금 하루 동안 모든 공연으로 벌어들이는 돈이 거의 50파운드예요. 이렇게 번 적이 없소! 이대로 계속 벌면 오래지 않아 우리는 부자가 될 거요."

블로섬 씨를 바라보는 박사의 얼굴에 경멸의 빛이 스쳐 갔다. 박사는 대답을 하기 전에 잠시 말을 멈췄다.

그가 다소 슬픈 듯이 말했다. "지금은 불쌍하고 늙은 종에게 좋은 대우를 해 줄 의향이 있다는 거군요? 당신에게 돈을 벌어다 주니까요. 녀석은 아주 오랫동안 당신을 위해 일했지만 털 손질도 제대로 받지 못했어요. 마른 풀과 귀리를 죽지 않을 만큼만 줬을 뿐이죠. 그런데 이제 와서 원하는 것을 다 주겠다니. 돈이라! 아아! 저주로군!"

블로섬 씨가 말했다. "지금 그 보상을 해 주겠다는 거잖아요? 질문에 대답하고 기술을 선보이는 게 힘든 일은 아니잖아요. 박사, 가서 녀석에게 얘기를 해봐요. 오오, 이런! 정말 웃기지 않소? 녀석에게 가서 얘기를 해 달라고 당신에게 부탁하다니! 24시간 전만 해도 말과 얘기할 수 있다는 걸 상상도 하지 못했는데."

"채찍질을 하지 않으면 아무것도 못 한다고 생각했겠지요. 베포 대신 당신에게 일을 시킬 수 있으면 원이 없겠어요. 베포가 35년 동안 제대로 관리도 못 받고 채찍질 당하면서, 오직 마른 풀과 물만 받아먹으면서 일한 것처럼. 알겠어요. 베포에게 당신의 요구를 전달하지요. 녀석이 뭐라고 말하는지 봅시다. 하지만 명심하세요. 녀석이 결정하면 그게 마지막이에요. 만약 베포가 더 이상 공연을 하지 못하겠다고 거절하면, 그땐 당신은 녀석이 여생을 보낼 수 있는 편안한 집과 마음껏 풀을 뜯어 먹을 수 있는 목초지를 제

공해야 할 거요. 참고로 난 녀석이 거절하기를 빌어요."

홱 돌아서서 서커스 단장의 마차를 나온 박사가 마구간을 향해 걸어갔다.

"불쌍한 베포! 녀석의 조상은 열병식에 나서는 율리우스 카이사르를 태웠건만! 등 위에 양다리를 벌리고 앉은 이 세상의 정복자를 향한 병사들의 환호성을 들었건만! 불쌍한 베포!"

박사가 마구간에 들어섰을 때 베포가 마구간 창을 통해 서커스장 너머로 펼쳐진 아름다운 초원을 바라보는 모습이 보였다.

박사가 문을 열었을 때 녀석이 말했다. "존 둘리틀 박사님이세요? 저를 데려가려고 오신 건가요?"

"베포, 이젠 네가 대단한 사람, 그러니까 내 말은 네가 대단한 말이 된 것 같구나." 존 둘리틀 박사가 야위어서 앙상한 노마의 등에 손을 얹고 말했다.

"어떻게요? 이해가 안 되는걸요."

"베포, 넌 유명해졌어. 참 우스운 세상이야. 그리고 우리 인간은 가장 우스운 동물이지. 난 자주 그렇게 생각해. 블로섬 씨는 네가 35년 동안이나 일을 했는데도 이제야 네가 얼마나 소중하고 똑똑한지 알았단다."

"왜 제가 소중하다는 거죠?"

"너는 말을 하니까, 베포."

"하지만 전 언제나 말을 했는걸요."

"그래, 난 알지. 하지만 내가 무대에서 그걸 증명할 때까지 블로섬 씨나 이 세상은 몰랐단다. 베포, 넌 은퇴하기 하루 전에 엄청난 반향을 불러일으켰어. 이제 사람들은 네가 은퇴하지 않기를 바란단다. 네가 계속 놀라운 일을 하기를 원해. 네가 언제나 했던 것처럼 그냥 말을 하기를 바라."

"터무니없는 말 같은데요, 박사님?"

"물론이지. 그런데 별안간 블로섬 씨는 네가 너무나 소중해졌다는구나. 그래서 이번 주 남은 기간 동안 서커스단에서 공연을 한다면 아침 식사로 아스파라거스를 주고, 털을 빗겨 줄 사람과 갈기를 멋지게 말아 줄 사람을 붙여 주겠다는구나."

"세상에! 유명해진다는 게 그런 뜻이었군요? 저는 곧 널찍한 초원으로 보내 주는 줄 알았는데."

"흐음, 베포, 35년 동안 다른 사람들에게 맞춰서 살았으니 이제 네 마음대로 하면 돼. 블로섬 씨에게 약속을 지켜야 한다고 말했다. 원하지 않으면 그렇게 말하렴. 네가 원하면 오늘 은퇴해도 돼."

"박사님은 제가 어떻게 하면 좋겠어요?"

존 둘리틀 박사가 말했다. "내 생각은 이렇단다. 만약 네가 블로섬 씨의 청을 들어준다면 네가 원하는 걸 얻을 수 있을 거야. 다시 말하면, 네가 원하는 걸 나중에 더 확실히 얻을 수 있다는 말이지. 블로섬 씨에겐 너를 풀어 놓을 농장이 없단다. 농부 한 명을 구해서 네가 풀을 뜯어먹을 수 있게 하고 또 너를 돌봐 달라고 해야 할 거야. 그뿐만 아니라 블로섬 씨가 나하고 다른 동물들을 위해 내가 세운 계획에 조금 더 호의를 갖게 되겠지."

블로섬 씨는 거리에서 광고 전단을 나눠 주도록 했다.

베포가 말했다. "알겠어요, 박사님. 그럼 그걸로 해결됐어요. 그렇게 할게요."

박사가 돌아와서 베포가 그 주 내내 공연을 하기로 했다고 말한 그 순간 알렉산더 블로섬은 이 세상에서 가장 행복한 사람이었다. 블로섬 씨는 그 즉시 광고 전단을 인쇄한 다음 이웃 도시로 보내 모든 거리에서 나눠 주도록 했다. 전단에는 세계적으로 유명한 말하는 말이 단 나흘 동안 브리지턴에서 선을 보이니 일생에 단 한 번뿐인 이 기회를 놓치지 않으려면 서둘러 '블로섬의 매머드 서커스'를 보러 오라고 적혀 있었다.

박사는 베포를 위해 마련된 특별한 거리 행진에서 자신이 그 유명한 말의 주인이자 조련사인 아르크두크 푸프투프스키로 소개되자 굉장히 쑥스러워했다. 단장은 매슈가 박사에게 붙여 준 그 우스꽝스러운 이름을 계속 사용해야 한다고 주장했다.

블로섬 씨의 서커스단은 그 주 화요일과 수요일, 목요일 내내 매출 신기록을 세웠다. 단장은 생전 처음으로 서커스장 입구에서 사람들을 돌려보내야 했다. 서커스장은 더 이상 사람을 들여보내기가 무서울 정도로 붐볐다. 브리지턴 경찰서는 질서를 잡고 군중 사이에서 사고가 생기지 않도록 거의 모든 경찰을 총동원해야 했다.

유례없는 성공이었다. 입장객의 두 배에 이르는 사람들이 서커스장에 입장시켜 달라고 요구하다가 돌려보내졌다는 소식이 마을로 전해졌다. 그 후로 오랫동안 공연계 사람들 사이에서 '브리지턴 주간'은 서커스의 전 역사를 통틀어서도 대단한 시기로 전해졌다.

→ 7장 ←

이상적인 초원

한편 존 둘리틀 박사는 블로섬 씨에게 다른 약속 역시 지키도록 했다. 브리지턴에서 서커스 공연을 시작한 지 얼마 지나지 않아 코끼리 한 마리가 박사에게 지프를 보냈다. 코끼리는 몹시 눅눅하고 지저분한 외양간에서 지낸 탓에 심한 류머티즘에 시달리고 있었다.

그 불쌍한 동물은 심각한 통증으로 고통받고 있었다. 검사를 끝낸 박사는 코끼리를 주물러 주도록 했다. 일단 블로섬 씨에게 사람을 보내서 값나가는 특별한 크림 한 통을 사도록 했다. 물론 몇 주 전이었다면 서커스 단장은 동물의 건강을 위해 그토록 큰돈을 쓰는 걸 단호히 거절했을 것이다. 하지만 존 둘리틀 박사가 그가 한 번도 맛보지 못한 어마어마한 성공을 가져다준 지금, 블로섬 씨는 박사를 기쁘게 할 수만 있다면 엎드려 절이라도 할 태세였다. 곧바로 크림이 전달되었으며 박사는 장정 여섯 명에게 자신을 돕도록 했다.

코끼리를 주무르는 건 쉬운 일이 아니었다. 많은 사람들이 우리에 모여서 힘센 남자 여섯 명과 박사가 코끼리 몸 위로 기어 올라가 이마에서 땀이 흐르도록 코끼리 가죽에 크림을 문지르고 몸통을 두드리는 모습을 지켜보았다.

박사는 그 커다란 동물을 위해 배수 시설이 설치된 특별한 나무 바닥과 다양한 최신식 시설을 갖춘 새로운 우리를 지으라고 지시했다. 큰 비용이 들었지만 목수들이 동원된 후 단 세 시간 만에 모든 작업이 끝났다. 코끼리는 곧 호전되었다.

박사는 다른 동물들이 처한 환경을 개선하기 위해 우리 관리자를 위한 규칙도 만들었다. 관리자는 동물원을 미용실처럼 운영하라고 하자 상당히 투덜댔지만 블로섬 씨는 만약 그가 박사가 만든 새로운 규칙을 조금이라도 따르지 않는다면 바로 해고하겠다고 으름장을 놨다.

불쌍한 니노는 많이 아팠다. 좋아지고 있었지만 회복이 매우 더뎠다. 박사는 하루에 두 번씩 녀석을 찾아갔다. 한편 블로섬 씨는 항상 자신의 지시 아래 이루어졌던 니노의 공연이 베포와 박사님의 훨씬 정교한 공연을 대신하지 못할 거라는 사실을 깨달았다. 베포는 많은 나이와 보잘것없는 외모에도 불구하고 니노보다 훨

코끼리를 주무르는 건 쉬운 일이 아니었다.

씬 똑똑한 말이었다.

주말이 다가오고 있었다. 존 둘리틀 박사는 토요일에 마지막 공연을 마치고 베포와 함께 녀석이 은퇴한 후 여생 동안 싱싱한 풀을 뜯어먹을 수 있게 돌봐 주기로 한 농부에게 가 보기로 했다. 그곳에선 베포가 좋아하는 귀리와 하얀 무(베포는 부드러운 무를 특히 좋아했다.)를 일주일에 두 번 주기로 했다. 박사와 베포는 그 농장을 살펴보고 만약 마음에 들지 않으면 다른 곳을 찾아보기로 했다.

마지막 공연이 끝났다. 커다란 천막이 해체되었고 박사와 베포가 출발 준비를 마쳤다. 베포의 가방에는 녀석이 덮을 담요가 들어 있었다. 박사는 블로섬 씨에게 녀석을 위한 작별 선물로 새 담요를 사도록 했다. 박사의 짐은 작은 검정색 가방과 조그만 보따리가 전부여서 베포의 등에 얹었다. 존 둘리틀 박사는 베포의 굴레를 잡고 문 앞에 서서 매슈가 캐러밴에서 대브대브가 준비한 샌드위치를 가져오기를 기다리고 있었다.

그때 매우 흥분한 블로섬 씨가 서커스장을 가로질러 서둘러 오는 모습이 보였다. 뒤에는 매끈하게 차려입은 작달막한 남자가 걸어오고 있었다.

서커스 단장이 다가오면서 헐떡였다. "박사님, 방금 내 생애 가장 큰 제안을 받았어요. 함께 온 저 양반은 맨체스터 원형극장의 소유주인데, 내 서커스단이 이 나라에서 가장 큰 극장 중 하나인 그의 극장에서 공연하기를 원한답니다. 2주 후에 말이에요. 특히 베포를 원해요. 저 사람이 얼마를 주기로 했는지 알아요? 하루에

100파운드요. 더 줄 수도 있대요."

박사가 손을 올리더니 단호하게 말을 끊었다. "안 돼요. 베포는 살 날이 얼마 남지 않았을 수도 있다고요. 녀석은 편안하게 여생을 보내야 해요. 당신 사장한테 말해요. 베포는 오늘로 서커스 사업에서 영원히 은퇴합니다."

그러고는 샌드위치도 기다리지 않고 나이 많은 말과 함께 서커스장을 나가 서둘러 도로로 향했다.

박사와 베포가 얼마 가지 못했을 때 투투가 이들을 따라잡았다.

올빼미가 말했다. "박사님, 돈에 대해 알려 주려고 따라왔어요."

존 둘리틀 박사가 대답했다. "투투, 지금은 평상시보다 훨씬 더 돈에 혐오감이 드는구나. 베포와 나는 돈 냄새에서 달아나려고 애쓰는 중이야."

"하지만 돈으로 할 수 있는 걸 생각해 보세요, 박사님." 투투가 말했다.

"그게 바로 그 끔찍한 물건의 문제란다. 돈을 골칫거리로 만드는 게 바로 그 돈의 힘이야."

투투가 말했다. "대브대브가 저에게 이번 주에 푸시미풀류가 브리지턴에서 얼마나 많은 돈을 벌었는지 박사님한테 말씀드리라고 했어요. 대브대브는 박사님이 돈 액수를 들으면 아마 서커스를 그만두고 퍼들비로 돌아가는 걸 고려할 거라고 생각한 거 같아요. 제가 막 블로섬 씨 몫과 우리가 상인들에게 빚진 금액을 빼고 남은 돈을 계산했답니다. 셈이 아주 복잡했어요. 제 예상이 완전히 빗나갔지 뭐예요. 순이익이 16파운드가 아니라 26파운드 13실링 10펜스예요."

박사가 중얼거렸다. "흐음, 큰돈이구나. 하지만 은퇴를 하기에는 충분하지 않아, 투투. 여전히 갈 길이 멀어. 대브대브에게 그 돈을 잘 간수하라고 전해 주렴. 돌아와서 다시 얘기하자고 해. 난 내일 돌아올 거란다. 소식을 전해 줘서 고맙구나. 그럼 다녀올게."

박사는 주머니에 그들이 찾아갈 농부의 주소를 가지고 있었다. 주소를 본 박사는 깜짝 놀랐다. 목적지가 옛 친구인 밭 가는 말이 살고 있는 바로 그 농장이었던 것이다.

만남 후 놀라움, 따뜻한 인사, 큰 기쁨이 이어졌다. 초록색 안경 너머로 미소를 짓는 밭갈이 말과 베포가 서로 인사를 나눴다. 박사는 밭갈이 말을 오랫동안 알고 있었지만 기이하게도 녀석의 이름을 한 번도 들어 본 적이 없었다. 그리고 두 늙은 말이 서로에게 자신을 소개할 때 박사는 처음으로 녀석의 이름을 들었다. 녀석의 이름은 토글이었다.

밭갈이 말이 말했다. "여러분을 만나서 정말 기뻐요. 그런데 블로섬 씨가 베포를 이 농장으로 보내다니 베포 입장에서는 좀 안됐네요. 농부는 좋은 사람이지만 이곳 목초지가 별로 좋지 않거든요."

박사가 말했다. "우리가 이곳에 꼭 머물러야 할 필요는 없단다. 베포의 마음에 들지 않으면 다른 농장을 구할 거라고 블로섬 씨에게 일러뒀거든. 어떤 면에서 이곳이 알맞지 않다는 거니? 풀 상태가 나쁘니?"

토글이 말했다. "아니요, 풀은 괜찮아요. 8월에 비가 많이 오면 냄새가 좀 나기는 하지만 일 년 내내 달콤해요. 그런데 초원의 경사 방향이 좋지 않아요. 언덕이 북동쪽을 향해 있거든요. 한여름에만 햇볕을 쬘 수 있답니다. 다른 철에는 해가 언덕 뒤쪽에 머물러 있지요. 그리고 초원에 일 년 내내 부는 바람이 차가운 북동풍인데 생울타리 말고는 이 바람을 피할 곳이 거의 없어요. 결정적으로 제가 얼마 남지 않은 풀마저 이내 먹어 치워 버리죠."

박사가 베포를 향해 몸을 돌리며 말했다. "네 생각을 말해 보렴. 나이 많은 말이 살기에 이상적이고 근사한 초원은 어떤 곳일까?"

베포가 동경하는 눈빛으로 풍경을 바라보며 말했다. "제가 항상 꿈꿔 온 곳은 이런 곳이에요. 언덕과 평지가 모두 있는 곳이죠. 언덕은 풍경에 좋은 변화를 주니까요. 풀이 코에 더 가깝고요. 언덕을 지나 평지로 돌아가면 편하게 쉴 수 있어요. 또 나무들이 있죠. 굵은 몸통에 가지가 사방으로 뻗은 나무들이요. 다정한 말들은 푸짐하게 식사를 마치고 나무 밑에 서서 생각에 잠기는 걸 좋아하죠. 허브와 야생 풀이 자라는 잡목림이 있으면 좋겠어요. 다른 게 먹고 싶을 때도 있거든요. 특히 과식을 했을 땐 박하 잎을 먹으면 좋아요. 위를 진정시켜 주거든요. 그리고 깨끗한 물이 있죠. 흙탕물이나 작은 연못이 아닌 언제나 맑은 물이 흐르는 시내 말이에요. 마른 땅에 이끼가 자라고 비가 내려도 들이치지 않도록 지붕이 있는 쉼터도 있어요. 여러 종류의 풀이 자라죠. 질긴 잔디가 있

박사는 늙은 밭갈이 말을 베포에게 소개했다.

는가 하면 미나리아재비나 향이 나는 야생화가 섞인 기다랗고 달콤한 풀도 있죠. 언덕 꼭대기에서 서쪽과 남쪽 방향으로 지는 해를 볼 수 있어요. 정상에는 목을 얹고 문지를 수 있는 단단한 말뚝이 박혀 있죠. 전 저녁 때 목을 긁으면서 석양 보는 걸 좋아하거든요. 모든 곳은 튼튼한 울타리로 둘러싸여서 성난 개와 성가신 사람들을 막아 주죠. 그곳은 조용해요. 평화롭죠. 박사님, 제가 말년을 보내고 싶은 곳은 바로 그런 곳이랍니다."

베포가 말을 마치자 박사가 중얼거렸다. "호오! 네 설명이 참 마음에 드는구나. 내가 말년을 보내고 싶은 곳과 거의 같아. 물론 난 목을 긁을 수 있는 말뚝보다는 가구가 좀 더 있으면 좋겠지만. 토글, 베포가 말한 곳 같은 초원을 아니?"

토글이 말했다. "그럼요, 박사님. 따라오세요. 보여 드릴게요."

밭갈이 말은 이들을 이끌고 언덕 등성이로 올라가더니 반대쪽으로 내려갔다. 거기서 양지 바른 남쪽을 봤더니 한 번도 본 적 없는 근사한 초원으로 향하는 농장 문이 보였다. 마치 요정이 베포의 소망을 이뤄 준 것 같았다. 녀석이 묘사한 풍경이 하나도 빠짐없이 그대로 옮겨져 있었던 것이다. 그곳에는 커다란 느릅나무 숲이 있었다. 잡목림도 있었고 반짝이는 시냇물도 흘렀다. 움푹 파인 곳에는 아늑한 쉼터가 있었다. 붉게 빛나는 석양을 배경으로 보이는 언덕 정상에는 베포가 목을 대고 긁을 수 있는 말뚝이 서 있었다.

베포가 말했다. "박사님, 여기예요. 여기가 바로 제가 항상 가고 싶어 했던 곳이에요. 어떤 말도 말년을 지낼 곳으로 여기보다 더 나은 곳을 원할 순 없어요."

아름다운 풍경에 마음을 사로잡힌 박사가 말했다. "멋지구나. 네가 말한 초원을 그대로 옮겨 놓았어. 네 주인 땅이니, 토글?"

밭갈이 말이 말했다. "아니에요. 가끔 여기 들어가서 풀을 뜯어 먹으려고 해 봤어요. 한 번인가 두 번 생울타리 사이로 들어갔는데 그때마다 주인이 저를 쫓아냈답니다. 이곳은 저 아래 빨간 지붕 집에 사는 농부의 땅이에요."

박사가 말했다. "알겠다. 저런 땅을 사려면 돈이 얼마나 드는지 궁금하구나."

"비싸지 않을 거예요. 넓지만 농부가 말들에게 먹일 풀 말고는 아무것도 기르지 않거든요."

"그런데 박사님, 이 땅을 왜 사려고요? 제가 은퇴하고 나서 사는데 필요한 돈은 블로섬 씨가 다 낸다고 박사님이 말씀하셨잖아요." 베포가 말했다.

"그랬지. 하지만 블로섬 씨가 지불하기로 한 건 네 밥값과 숙박비뿐이야. 나는 언제나 마차를 끌다가 은퇴한 말들을 위한 집을 만들어야겠다는 생각을 해 왔지. 이곳은 나이 많은 말들이 살기에 이상적인 곳이야. 우리가 '마차를 끌다가 은퇴한 말 협회'를 만드는 거지. 그러면 네가 이곳을 영원히 지킬 수 있을 거야." 박사가 말했다.

"정말 굉장한 생각이에요!" 두 말이 동시에 외쳤다.

그들은 널찍한 농장 출입문 너머를 바라보았다.

"그런데 박사님, 수중에 가진 돈이 충분한가요? 지프는 종종 박사님이 교회 쥐만큼이나 가난하다고 그러던걸요."

"차이가 좀 있긴 하지만 얼추 그렇지. 내가 가진 돈은 그때그때 달라. 우리가 서커스단을 나올 때 투투가 와서 한 말을 들었겠지만, 지금 내게 26파운드 정도가 있어. 배를 빌리느라 선원 한 명에게 큰돈을 빚지긴 했지만 너와 비교하면 그쪽은 돈이 그렇게 급하지 않단다. 새 한 마리를 보내서 알아봤거든. 나중에 돈을 좀 더 벌어서 갚으면 돼. 물론 저렇게 큰 땅을 현금을 주고 사려면 26파운드로는 어림없지. 하지만 농부가 일단 계약금만 받고 나머지를 나눠서 낼 수 있게 해 줄지도 몰라. 그러면 저 땅은 바로 네 것이 되는 거고, 아무도 너에게서 빼앗아 가지 못할 거야. 내가 제대로 돈을 갚기만 하면. 자, 너희는 여기서 기다리렴. 내가 가서 주인을 만나 보마."

박사는 말 두 마리를 문 앞에 남겨 두고 토글이 가리킨 빨간 지붕 집을 향해 초원을 가로질러 갔다.

8장

마차를 끌다가 은퇴한 말들을 위한 협회

존 둘리틀 박사가 문을 두드릴 즈음 땅 주인인 농부는 거실 탁자 앞에 앉아서 토글 주인과 이야기를 하고 있었다. 그는 감자 씨를 사는 데 쓸 20파운드가 필요한 참이었다. 하지만 토글의 주인 역시 돈에 매우 쪼들리고 있었기 때문에 연신 미안하다는 말과 함께 그의 청을 거절할 수밖에 없었다. 그들의 대화는 박사가 부르는 소리 때문에 중단되었다.

매우 친절하게도 농부는 존 둘리틀 박사에게 안으로 들어와서 다른 손님과 함께 탁자 앞에 앉으라고 권했다. 농부의 아내가 향긋한 사과 주스를 컵에 따라서 가지고 왔다. 박사는 토글이 말한 땅을 설명하면서 그 땅을 팔 수 있는지 물었다. 그는 거의 쓰지 않는 땅이므로 즉시 팔 수 있다고 대답했다. 박사는 가격이 얼마냐고 물었다. 농부는 120파운드라고 대답했다.

박사가 말했다. "흐음, 현재는 저에게 26파운드밖에 없어요. 일단 그 돈을 내고, 나머지는 6개월마다 20파운드씩 내겠다고 약속하죠. 저에게 그 땅을 파시겠습니까?"

감자 씨를 살 수 있는 기회가 생기자 농부는 바로 수락하려고 했다. 그런데 옆에 있던 토글 주인이 대화에 끼어들었다.

"그 땅을 어디에 쓸 건가요? 접착제 공장 같은 걸 세우는 건 아니겠지요?"

박사가 말했다. "아니에요. 저는 나이 많은 말들이 쉴 수 있는 농장을 만들고 싶어요. 풀을 뜯어먹는 땅으로 놔둘 거예요. 실제로 바뀌는 건 아무것도 없을 거예요."

두 농부는 나그네가 미친 게 분명하다고 생각했다. 하지만 박사도, 박사가 제안한 계획도 문제가 될 게 없었으므로 그들은 제안을 기꺼이 수락했다.

박사가 계속해서 토글 주인에게 말했다. "그건 그렇고, 당신 농장에 내 친구가 한 명 있어요. 밭을 가는 말이죠. 아주 오래전에, 그러니까 녀석이 퍼들비에 살았을 때 제가 만들어 준 안경을 끼고 있지요."

"아, 네. 알지요. 토글 말이군요. 참 이상한 놈이에요. 녀석은 무슨 일이 있어도 그 안경을 벗으려고 하질 않거든요. 그런데 왜 그러세요?"

존 둘리틀 박사는 농부의 집 문을 두드렸다.

“토글은 일을 하기엔 너무 늙었어요. 이제부터는 녀석이 대부분의 시간을 풀을 뜯으면서 보내게 해 주세요. 토글은 오늘 제가 데리고 온 말과 함께 이 방목지에 있고 싶어 해요. 그렇게 하게 해 주시겠어요?”

“그렇게 하지요. 그런데 당신은 내가 데리고 있는 말에 대해 어떻게 그렇게 다 알고 있는 거지요?”

박사가 다소 부끄러워하며 말했다. “아, 말이 원하는 것들을 알아내는 저만의 방법이 있답니다. 저는 자연주의자예요.”

“전에는 비자연주의자였다는 말처럼 들리는데요.” 농부가 이웃에게 윙크를 하며 말했다.

첫 번째 돈을 어떻게 보낼지 의논한 후 거래가 성사되었다. 박사가 돈을 모두 지불하면 그 땅이 박사의 소유가 될 거라고 했다.

박사가 일어서서 농부들에게 작별 인사를 하며 말했다. “내 것이 되는 게 아니고 그 땅은 협회의 땅이 될 거예요. 저는 그 땅을 말들에게 넘길 거랍니다.”

박사는 집주인에게 어디서 목수를 구할 수 있는지 물어본 후 집을 나섰다. 그리고 30분 후 두 농부는 함께 초원을 거닐다가 그 이상한 자연주의자와 목수가 방목지 한가운데에 분주하게 커다란 표지판을 세우는 걸 보았다. 표지판에는 큰 글씨로 이렇게 쓰여 있었다.

휴양 농장

이 땅은 마차를 끌다가 은퇴한 말들을 위한 협회의 재산입니다.

무단 출입하는 사람들과 포악한 개들은 발로 차 버립니다.

회장 베포

부회장 토글

(협회를 대신하여 서명하였음.)

회비는 무료입니다.

입장을 원하시면 입구에서 문의하세요.

박사는 '협회'의 첫 번째 회원이 된 베포, 토글과 작별 인사를 한 후 녀석들을 자신들이 소유한 땅에 남겨 두고는 돌아가기 위해 길을 나섰다.

그는 길을 따라 걸으면서 늙은 말 두 마리가 새로 얻은 아름다운 안식처에서 뛰노는 모습을 보기 위해 여러 번 뒤를 돌아보았다. 그 광경을 보자 마음이 따뜻해졌고 미소를 지으며 갈 길을 재촉했다.

박사가 혼잣말을 했다. "확실하진 않지만 내가 한 일 중에 가장 잘한 일 같아. 가엾은 동물들 같으니! 평생을 힘들게 일하고 이제야 행복해하는군. 다시 젊어지겠어. 비슷한 단체를 몇 개 더 설립해야 해. 한두 개는 생각해 뒀는데. 이를테면 생쥐 클럽 같은 것 말이야. 생쥐 클럽이 출범하는 걸 보고 싶은데. 물론 내가 또다시 돈을 다 써 버린 걸 대브대브가 알게 되면 폭풍 잔소리를 늘어놓겠지. 흐음, 그래도 보람 있는 일이야. 도시에 다시 가면 런던에서 마차를 모는 말들에게도 이리로 가라고 해야겠어. 흐음!" 박사는 잠시 멈춰 서서 뒤를 돌아보았다. "저기 있군. 베포는 언덕에서 뒹굴고 있고 토글은 시내에서 물을 튀기고 있어. 이런, 세상에! 무를 까맣게 잊고 있었군. 베포는 왜 나한테 말해주지 않은 거지?"

박사는 서둘러 되돌아갔다. 가는 길에 길에서 놀고 있는 아이와 맞닥뜨렸다. 물어보니 그 아이는 땅을 판 농부의 아들이었다.

"너 혹시 일주일에 1실링씩 벌고 싶지 않니?" 박사가 물었다.

소년이 대답했다. "한 달에 1실링씩 벌어도 괜찮아요. 전 저축을 해서 내년 겨울에 스케이트를 사고 싶어요. 지금까지 모은 돈이 9펜스밖에 안 돼요."

"무를 어떻게 기르는지 아니?"

소년이 대답했다. "네. 쉬워요. 사실 제가 키울 수 있는 게 무밖에 없어요."

존 둘리틀 박사가 말했다. "아주 좋아. 자, 저기 말들이 있는 초원하고 그 아래에 있는 쉼터가 보이지? 내가 방금 네 아버지로부터 그 땅을 샀단다. 저곳은 말들을 위한 집이 될 거야. 만약 네가 저 쉼터 뒤에 흰 무를 심고 잘 키우면 그 대가로 일주일에 1실링씩 지불하마. 해 보겠니?"

"물론이죠, 선생님!" 소년이 외쳤다.

"그래. 자, 여기 일단 1실링이 있다. 그리고 무 씨앗 한 통 값으로 1페니를 줄게. 너를 휴양 농장의 수석 정원사로 임명하마. 이제

"너 혹시 일주일에 1실링씩 벌고 싶지 않니?"

넌 마차를 끌다가 은퇴한 말 협회에 고용되었단다. 무밭을 아주 크게 만들어야 해. 나중에 더 많은 말들을 이곳에 보낼 계획이거든. 무가 익으면 다발로 묶어서 회원들에게 일주일에 두 번씩 주면 된단다. 그리고 계속 무를 먹이려면 종종 씨앗을 새로 뿌리는 걸 잊으면 안 돼. 알겠니?"

"네, 선생님."

"이제 네 세례명을 알려다오. 너에게 매주 급료를 보내도록 하마. 만약 집을 떠나거나 무슨 이유로든 일을 그만둬야 한다면 아버지더러 내게 편지를 보내라고 말씀 드리렴. 아버지가 나에게 연락을 취하는 방법을 알고 있으니."

소년은 뜻밖의 행운에 아주 기뻐하며 박사에게 이름을 알려 주었다. 그리고 새로 맡게 된 일을 시작하기 위해 삽과 갈퀴를 가지러 달려갔다.

"흐음, 다 됐어." 박사가 중얼거리며 브리지턴을 향해 걸음을 재촉했다. "이제는 대브대브에게 우리 돈궤가 다시 텅 비게 됐다는 소식을 전할 방법을 궁리해야겠어."

박사가 설립한 휴양 농장은 몇 년 동안 규모가 날로 번창했다. 안 그래도 걱정이 많은 세심한 살림꾼 대브대브는 또 다른 걱정거리를 떠안게 되었다. 박사가 6개월마다 20파운드씩 농부에게 보냈을 뿐만 아니라 길에서 늙고 지친 말과 마주칠 때마다 녀석들을 사들이느라 재산이 더욱 줄어들었던 것이다. 그는 마부와 넝마장수 등 온갖 사람들로부터 말을 샀다. 불쌍한 대브대브는 길을 가

다가 집시 캐러밴이 눈에 들어오기만 하면 겁에 질리곤 했다. 집시의 말들은 언제나 비쩍 말라서 가죽만 남아 있었고 박사는 자신보다 거래에 훨씬 능숙한 말 주인에게서 그 불쌍한 동물들을 사들이려고 했다.

박사는 이 말라깽이 말들을 모두 휴양 농장으로 보냈으며 이들은 협회의 무료 회원이 되었다. 이윽고 베포와 토글의 동반자가 점점 늘어나더니 길에서 한평생을 보낸 나이 많은 친구들로 일가를 이루게 되었다. 이들은 저녁때가 되면 큰 나무 아래 혹은 언덕 꼭대기에 있는 말뚝 주변에 모여서 옛 시절 재밌었던 얘기를 나눴다. 나이 든 말들은 목을 긁기 위해 줄을 서서 기다리며 붉은 석양 속에서 희미해져 가는 아름답고 평화로운 풍경을 바라보았다.

회원 명단은 계속해서 길어졌다. 무밭을 가꾸는 소년은 박사에게 무밭을 확장하는 데 도움이 필요하다는 편지를 보냈다. 소년은 편지에서 자신처럼 스케이트를 사기 위해 저축을 하고 있는 학교 친구가 있다며 그 친구를 고용해 줄 수 있냐고 물었다.

박사는 그렇게 했다. 협회에서 나가는 급료가 일주일에 2실링으로 늘었다. 존 둘리틀 박사는 3개월가량 지난 후 농장을 방문했다. 그는 가장 나이가 많은 말 다섯 마리로 구성된 위원회와 논의를 하다가 울타리를 고치고 생울타리 밑에 있는 배수로를 청소하기 위해 돈이 필요하다는 사실을 알게 되었다. 회원 몇몇은 발굽을 손질해야 했다.(물론 이들은 성가시게 발굽에 편자를 달 필요가 없었다.) 박사는 처음에 정원사로 임명한 소년에게 회원들에게 필요

“무슨 소용이 있어요?” 투투가 외쳤다.

한 양보다 훨씬 많은 채소를 재배할 수 있도록 밭을 크게 늘리라 했다.

사업 수완이 뛰어난 소년은 박사가 요구한 대로 잘 해냈다. 그리고 친구 두 명을 더 데려와서 늘어난 일을 맡겼다. 야채를 팔아서 번 돈으로 울타리를 손질하는 사람과 배수로를 고치는 사람, 대장장이를 고용하기 위한 '울타리와 제철공 기금'을 만들었다.

추가로 고용된 소년들에게 지불할 돈 역시 박사의 돈궤에서 나왔으며 살림꾼 대브대브의 고민은 더욱 깊어 갔다.

"무슨 소용이 있어요?" 어느 날 저녁 장부에 대해 의논하던 투투가 외쳤다. "계산하느라 머리가 아파 죽겠는데, 내가 이렇게 복식부기를 해 봐야 무슨 소용이 있냐고요? 박사님 돈이 얼마나 있는지, 박사님이 얼마나 벌 건지 계산해 봐야 아무 쓸모가 없잖아요. 어차피 박사님이 다 가져다 써 버리니까!"

5부

1장

맨체스터에서 온 벨러미 씨

길에서 지나가던 이륜마차를 잡아 올라탄 존 둘리틀 박사는 예상했던 다음 날 아침이 아닌 그날 늦은 밤에 서커스장에 도착했다. 박사가 자신의 캐러밴에 들어갔을 때 매슈 머그가 그에게 한 첫 마디는 다음과 같았다.

"블로섬 씨가 당신이 도착하는 대로 보자고 합니다. 맨체스터에서 온 그 잘 차려입은 사람이 아직도 블로섬 씨와 같이 있어요."

박사는 바로 캐러밴에서 나와 서커스 단장의 캐러밴으로 향했다. 지프가 같이 가도 되냐고 묻자 박사는 좋다고 말했다.

서커스단은 다음 날 아침에 출발하기 위해 짐을 다 꾸린 상태였다. 존 둘리틀 박사가 블로섬 씨의 캐러밴에 다가갔을 때 창문으로 불빛이 보였다. 자정이 지난 매우 늦은 시간이었다.

안에는 그날 아침 일찍 박사가 보았던, 매끈하게 차려입은 남자가 단장과 함께 작은 탁자 앞에 앉아 있었다.

단장이 말했다. "잘 다녀오셨소, 박사. 이 신사는 프레더릭 벨러미 씨요. 맨체스터 원형극장의 소유주이자 단장이지요. 당신에게 할 말이 있다는군요."

박사와 악수를 나눈 벨러미 씨가 바로 의자에 기대어 앉더니 자신의 흰색 조끼 겨드랑이에 엄지손가락을 끼고는 입을 열었다.

"둘리틀 박사님, 제가 다급한 일이 있는데도 맨체스터로 돌아가는 걸 늦췄습니다. 오늘 오후에 블로섬 씨에게 제안한 일을 당신과 의논하기 위해서 말이죠. 당신과 말하는 말의 공연을 지켜봤습니다. 저는 그 공연에 관심이 많습니다. 블로섬 씨 서커스단이 내 극장에서 공연할 때 참여해 달라고 당신에게 요청했지만 당신은 그 제안을 거절하고는 말이 풀을 뜯어먹고 살도록 멀리 보냈다고 하더군요."

박사가 고개를 끄덕였고 벨러미 씨는 말을 이어 나갔다.

"그때 사실 난 거래가 끝났다고 생각했어요. 당신 순서가 없다면 이 서커스에 아무런 관심도 없으니까요. 하지만 블로섬 씨가 남아서 당신에게 직접 말해 보라며 나를 설득했지요. 그 놀라운 공연은 특정한 말 덕분이 아니고 동물에 대한 당신의 비범한 능력 덕분이라면서요. 당신은 어떤 말과도 멋진 공연을 할 수 있다고 장담했어요. 사실 난 거의 믿지 않지만, 그는 당신이 동물들과 너석들 말로 대화할 수 있다고 하더군요. 사실인가요?"

박사가 난처한 얼굴로 말했다. "블로섬 씨가 당신에게 그걸 얘기하다니 유감이군요. 내가 직접 그 사실을 주장하거나 말하고 다닌 적은 없지요. 보통, 사람들이 내 말을 믿지 않으니까요. 하지만, 그래요, 그건 사실이에요. 대부분의 동물들과 자유롭게 대화할 수 있답니다."

벨러미 씨가 말했다. "세상에! 대단하군! 그게 사실이라면, 떠나버린 그 말 대신 다른 동물들과 공연할 수 있겠군요. 내 생각엔 이 공연을 좀 더 정교하게 만들면 좋겠어요. 규모를 더 키우는 거지요. 블로섬 씨 쇼에서 훨씬 더 중요한 부분을 차지하게 될 거예요. 당신 재능은 굉장히 새로워요. 제대로 되면 엄청난 반향을 일으킬 게 분명해요. 물론 많은 돈을 지불하겠어요. 아주 많이. 해 보겠어요?"

"지금 다른 할 일은 없어요. 나는 이 사업에 별로 경험이 없답니다. 다만 동물과 공연을 할 때는 언제나 동물들의 허락과 자발적인 도움이 필요하다는 게 내 생각이에요."

벨러미 씨가 말했다. "오, 물론이지요. 지금은 너무 늦었군요. 내일까지 생각해 보세요. 오늘 밤에는 마차를 탈 수 없겠군요. 생각해 보고 아침에 알려 주겠습니까?"

귀를 쫑긋 세우고 대화를 듣던 지프가 마차로 향하는 박사 옆에서 빠른 속도로 걸었다.

지프가 말했다. "박사님, 이건 저랑 투투, 거브거브, 토비, 스위즐, 그리고 아마도 흰쥐까지, 우리 동물 식구들이 연극을 할 수 있는 좋은 기회인 것 같아요. 언젠가 우리에게 '동물 극장'을 해 보라고 박사님이 말씀하셨잖아요. 박사님이 우리를 위해서 희극 대본을 쓰는 거예요. 거브거브가 쓴 대본은 형편없어요. 저질 코미디라니까요. 맨체스터에서 엄청난 성공을 거둘 게 분명해요. 대도시잖아요. 관객이 어마어마하게 들 거예요."

굉장히 늦은 시간이었는데도 박사가 캐러밴에 돌아왔을 때 모든 동물들이 박사의 하루 일과를 듣기 위해 깨어 있었다.

지프는 즉각 동물들에게 맨체스터에서 온 단장과의 대화 내용과 동물 연극단을 만들어 공연을 하자는 자신의 생각을 들려주었다. 흰쥐에 이르기까지 모두가 엄청나게 흥분해서 박수를 치며 지프의 생각을 반겼다.

거브거브가 꿀꿀거렸다. "만세! 드디어 내가 배우가 되는구나! 생각해 봐! 내가 맨체스터에서 데뷔를 하게 되다니!"

박사가 말했다. "너무 앞서가지 말거라. 연극을 하게 될지 아직 몰라. 힘들 수도 있어. 네가 즐겁다고 해서 관객들도 즐거울 거라는 법은 없단다."

곧이어 동물들 사이에서 연극 줄거리에 대한, 사람들이 어떤 종류의 이야기를 좋아할지에 대한 열띤 토론이 시작되었다.

흰쥐가 소리쳤다. "'신데렐라'를 하자. 모두가 그 이야기를 알잖아. 그럼 난 하인으로 변하는 쥐 역할을 해야지."

"'빨간 모자 이야기' 어때? 그럼 나는 늑대를 할 수 있겠다." 스위즐이 말했다.

박사는 모두가 흥미롭게 온갖 논의를 하는 이때 대브대브에게 26파운드를 썼다는 얘기를 하는 게 좋겠다고 생각했다.

박사가 이야기를 꺼냈다. 그러자 대브대브의 저녁 시간은 엉망이 되고 말았다.

대브대브가 머리를 흔들며 한숨을 쉬었다. "박사님, 도대체 박사님을 어떻게 해야 할까요? 돈에 관한 한 박사님을 믿을 수 없어요. 정말로 믿을 수 없다고요. 아, 우리는 절대 퍼들비로 돌아가지 못할 거예요."

하지만 새로운 관심사에 푹 빠진 다른 녀석들은 돈 문제가 아무것도 아닌 양 무시했다.

거브거브가 대수롭지 않은 듯 말했다. "아, 우리는 금방 돈을 더 벌 거야. 돈이 뭐 별건가? 쉿! 박사님, '미녀와 야수'를 하면 어떨까요? 그러면 제가 미녀를 할 수 있어요."

지프가 소리쳤다. "맙소사! 생각하는 거 하고는! 안 돼. 박사님, 박사님이 대본을 쓰세요. 어떤 게 사람들의 관심을 끄는지 박사님이 잘 알잖아요."

대브대브가 화가 나서 말했다. "박사님이 잠자리에 들도록 하는 게 어떻겠니? 박사님은 긴 하루를 보냈어. 그리고 너희들 모두 이미 꿈나라에 가 있을 시간이라고."

"이것 참!" 박사가 시계를 보며 말했다. "지금이 몇 시인 줄 아니? 새벽 2시란다. 어서 다들 잠자리에 들어야지."

거브거브가 말했다. "아, 내일 새로 공연할 곳으로 출발하잖아요. 몇 시에 일어나든 상관없어요. 조금만 더 깨어 있을게요. 무슨 공연을 할지 결정해야 해요."

"아니, 안 돼. 오늘 밤에는 안 돼. 박사님은 지쳤어." 대브대브가 말했다.

"아니, 난 피곤하지 않단다." 존 둘리틀 박사가 말했다.

"늦게까지 깨어 있는 건 안 좋아요. 일찍 잠자리에 드는 것만큼 좋은 습관이 없다니까요."

"응, 나도 그렇게 생각해. 하지만 난 습관을 들이는 걸 좋아하진 않아." 박사가 말했다.

대브대브가 말했다. "저는 습관을 들이는 게 좋아요. 좋은 습관인 경우에는요. 저는 규칙적인 사람이 좋아요."

"그래? 네가 훌륭한 살림꾼인 이유지. 세상에는 두 종류의 사람이 있단다. 습관을 좋아하는 사람들과 그렇지 않은 사람들. 둘 다 장점이 있지."

거브거브가 끼어들었다. "박사님, 저는 항상 사람들을 피클을 먹는 사람과 그렇지 않은 사람, 음식에 처트니하고 소스를 뿌려 먹는 걸 좋아하는 사람과 모든 걸 그냥 먹는 사람으로 나눈답니다."

박사가 웃었다. "거브거브야, 그것도 똑같은 생각이란다. 인생에서 변화를 좋아하는 사람들과 변함없는 걸 좋아하는 사람들이지. 처트니를 뿌려 먹는 사람들은 변화를 좋아하는 사람들이고 그냥 먹는 사람들은 음…살림하는 사람들이지. 나는 나이가 들어 갈수록 더 잘 적응할 수 있기를 바라지."

"적응하는 게 뭔가요, 박사님?" 거브거브가 물었다.

"지금 설명하기에는 시간이 너무 오래 걸릴 것 같구나. 잠자리에 들렴. 아침에 연극에 대해 얘기하자꾸나."

→ 2장 ←

동물 연극

다음 날 잠에서 깬 둘리틀 박사의 동물 식구들은 캐러밴이 움직이고 있다는 사실을 깨달았다. 새로운 일은 아니었다. 서커스단이 다른 도시로 이동할 때면 매번 그렇듯 모두가 아직 꿈나라에 있는 새벽녘에 캐러밴이 출발했다. 거브거브는 아침에 눈을 뜬 후 움직이는 캐러밴 창문을 통해 새로운 풍경을 보는 걸 무척 좋아했다.

거브거브는 이 점이야말로 자신이 타고난 여행가라는 사실을 증명해주는 거라며, 자기도 박사처럼 변화를 좋아한다고 자랑하곤 했다. 사실 거브거브는 천성적으로 대브대브와 닮은 구석이 훨씬 많았다. 녀석보다 규칙적인 습관, 특히 규칙적인 식사를 좋아하는 동물은 아무도 없었다. 집시와 같은 떠돌이 삶은 녀석에게

거브거브는 이동하는 캐러밴에서 창밖을 바라보는 걸 무척 좋아했다.

별 위험이 따르지 않는 모험의 기회를 끊임없이 제공할 뿐이었다. 녀석은 모험을 좋아했지만, 그건 역경이나 위험이 동반되지 않는, 말하자면 편안함이 보장된 모험일 뿐이었다.

식구들이 아직 아침 식사를 하고 있을 때 매슈 머그가 들어왔다. "박사, 벨러미 씨가 아직 단장과 같이 있던데요. 우리와 같이 가는 게 좋겠다고 그랬대요. 하지만 내가 보기엔 당신이 행여 사라질까 봐 두려워서 그러는 것 같아요. 자신의 극장에 박사의 공연을 올리는데 혈안이 되어 있거든요. 블로섬 씨의 다른 공연에는 눈곱만치도 관심이 없다니까요. 벨러미 씨는 당신이 동물들과 공연을 하기만 하면 돈은 얼마든지 지불할 뜻이 있어요."

박사가 말했다. "흐음, 그게 말처럼 쉽지 않아요, 매슈. 녀석들은 연극을 올리고 싶어 해요. 사실 간밤에 녀석들이 잠자리에 든 후 희극 대본을 썼어요. 물론, 벨러미 씨가 보기 전에 여러 번 연습해야 해요. 동물들이 각자 맡은 역할을 제대로 숙지해야 하거든요. 당신이 벨러미 씨에게 가서 이동하는 동안 우리가 연극 연습을 한 다음 충분히 준비가 되면 내일 공연을 선보이겠다고 전해 주겠어요?"

"알았소." 매슈는 움직이는 캐러밴 뒤로 내리더니 박사의 말을 전하러 서커스 단장의 캐러밴 쪽으로 빠르게 달려갔다.

여러분은 알겠지만 둘리틀 박사는 전에 이미 여러 동물을 위한 대본을 썼다. 여러분에게 둘리틀 박사가 쓴 아주 유명한 책인 『펭귄을 위한 단막극』에 대해 얘기한 적이 있다. 원숭이와 다른 동물들을 위해 더 긴 대본을 쓴 적도 있었다. 하지만 이 모든 것은 동물 청중을 위한 것이었고 동물 말로 쓰여졌다. 내가 아는 한 펭귄 연극은 기나긴 겨울밤 남극에 있는 야외극장에서 공연되었는데 수많은 진귀한 새 관객들이 바위에 근엄하게 둘러앉아서 배우들의 대사가 마음을 울릴 때마다 물갈퀴처럼 생긴 날개로 박수를 쳤다.

원숭이를 위한 연극은 훨씬 가벼운 내용이었다. 녀석들은 펭귄들이 좋아하는 심각하고 깊이 있는 연극보다는 익살스러운 희극을 좋아했다. 원숭이 연극은 밀림에서 상연되었고 관객들은 주변 나무에 앉았다. 원숭이 극장에선 무대 바로 위 나뭇가지 좌석이 가장 비쌌다. 그리고 나무 한 그루의 모든 가지를 차지하고 앉을 수 있는 가족석을 사기 위해서는 열매 100개를 내야 했다. 가족석에 앉은 가족들은 아래 무대에서 연기하는 배우들 머리에 열매나 바나나 껍질을 던지면 안 된다는 특별한 규칙이 있었다.

존 둘리틀 박사는 동물용 대본을 쓰는 극작가로서 상당한 경험을 가지고 있었다. 하지만 벨러미 씨가 사람 청중 앞에서 공연하기를 원했으므로 대본이 달라져야 했다. 사람들은 동물 말을 이해할 수 없으니까. 박사는 오랫동안 심사숙고한 끝에 대사를 모두 없애 버리기로 결정했다. 모든 공연을 동물들의 행동만으로 구성하기로 한 것이다. 그리고 공연 제목을 퍼들비 팬터마임이라고 짓기로 했다.

대브대브를 뺀 모든 동물들이 팬터마임 연습을 하며 무척 즐거워했다. 공연에 참여한 이 불쌍한 살림꾼은 연기를 하다가도 계속 가구를 뒤엎거나 컵을 깨뜨리고 커튼을 내리면 어떡하냐며 동물들에게 화를 냈다.

쉽게 상상할 수 있겠지만, 캐러밴 안은 연극을 하기엔 매우 비좁았다. 게다가 캐러밴은 이동하는 중이었다. 마차를 끄는 말이 완만한 커브나 급커브를 돌 때면 무대에 서 있던 모두가 바닥으로 넘어졌으며 이어서 들려오는 대브대브의 꽥꽥거리는 소리는 집 안에서 뭔가가 또 부서졌다는 신호였다. 하지만 나머지 동물들은 연습을 하면서 즐거워하는 것만큼 연습 중에 생기는 사고에도 즐거워했다.

팬터마임은 옛날식 어릿광대 극 같았다. 토비가 어릿광대 역을, 대브대브는 소녀 어릿광대 역을, 거브거브는 늙은 광대 역을 맡았다. 스위즐은 경찰로 변신했고 지프가 피에로 역을 맡았다. 어릿광대들과 피에로의 춤이 특히 흥을 돋웠는데 녀석들이 발끝으로 설 때마다 캐러밴이 심하게 요동치면서 이들을 침대 밑으로 던져 버렸기 때문이다.

경찰 역을 맡은 스위즐은 지프가 연기한 불쌍한 피에로는 물론이고 마주치는 사람들을 모두 체포했다. 녀석은 오이를 경찰봉으로 썼는데 늙은 광대 역을 맡은 거브거브가 소시지 한 줄을 훔쳤다며 캐러밴 안을 돌면서 녀석을 쫓다가 오이가 두 쪽으로 부러지고 말았다. 그러자 죄인이 오이 경찰봉을 빼앗더니 먹어 버렸다. 박사는 이 아이디어를 실제 공연에 넣기로 결정하고 맨체스터에서 공연할 때 진짜 오이를 쓰기로 했다.

길가에서 팬터마임 공연이 펼쳐졌다.

'무대'에 올라갔다가 내려오는 건 굉장히 힘들었는데 캐러밴이 움직이는 동안 문 밖으로 나가서 좁은 계단에 서 있어야 했기 때문이다. 늙은 광대 역을 맡은 거브거브가 특히 고생했다. 녀석은 부지깽이를 들고 들어갔다가 줄줄이 엮인 소시지를 들고 나가는 걸 무수히 반복해야 했다. 박사가 조심해서 나가라며 여러 번 경고했지만 항상 캐러밴이 움직이고 있다는 걸 까먹은 녀석은 날 듯이 무대에서 내려오다가 거의 예외 없이 캐러밴 밖으로 떨어졌고 길에 거꾸로 처박혔다. 그러면 늙은 광대가 몸을 일으켜서 달리는 극장을 따라잡아 다시 무대에 오를 때까지 연습이 중단되곤 했다.

그날 아침 서커스단이 다음 도시로 향하는 동안 연습이 너덧 번 이루어졌다. 밤이 되어 캐러밴 행렬이 멈추자 박사는 벨러미 씨에게 아직 전혀 완벽하지 않고 손님도 없지만 와서 공연을 보라고 연락했다.

그리하여 이번에는 길가에서 벨러미 씨와 블로섬 씨, 매슈 머그와 차력사가 지켜보는 가운데 공연이 시작됐다. 이쪽 저쪽으로 흔들리는 캐러밴이 아닌 땅이 무대가 되자 공연이 한결 나아졌다. 늙은 광대가 실수를 한 나머지 셀 수 없이, 너무나 자주 무대를 오르내리기는 했지만 공연이 끝나자 관중들은 지금까지 본 쇼 중에 가장 재미있는 공연이라며 오랫동안 큰 박수를 보냈다.

벨러미 씨가 외쳤다. "더할 나위 없이 멋져요! 이게 바로 우리가 원하는 겁니다. 조금만 더 연습하고 제대로 된 의상을 갖추면 공연은 대성공을 거둘 거예요. 공연을 보면 누구든 이 공연에 참여

한 동물들 역시 신이 났다는 걸 알 거구요. 난 오늘 저녁 맨체스터로 돌아갈 겁니다. 그리고 블로섬 씨가 리틀 플림튼에서 이번 주 공연을 마치고 나면 당신을 데리고 내 극장으로 올 거고 동물 공연으로 다음 주 초를 열게 될 겁니다. 월요일, 17일이에요. 이제 난 홍보를 해야겠어요. 당신의 공연을 즐길 만한 관객들이 극장을 찾을 거라고 우리가 약속할 수 있어요."

리틀 플림튼 공연은 주로 맨체스터 공연을 앞둔 둘리틀 동물 식구들이 퍼들비 팬터마임을 연습하는 것으로 꾸려졌다. 매슈 머그가 푸시미풀류의 공연을 모두 책임진 덕분에 박사는 자유롭게 동물 연극 연습에 매진할 수 있었다.

모두가 자신이 맡은 역할을 완벽히 숙지해 절대 실수하지 않을 때까지 날마다 끊임없이 연습에 몰두했다. 박사는 자신이나 다른 사람이 무대에 등장하지 않고 동물들이 공연을 처음부터 끝까지 해내기를 바랐다. 연습 도중에 사고와 함께 이상한 일들이 일어났는데 박사는 경찰봉 대신 진짜 오이를 쓰기로 한 것처럼 이런 해프닝에서 아이디어를 얻었고 상당 부분을 연극에 집어넣었다. 연습하는 동안 몇몇 배우들이 재미있는 생각을 떠올리기도 했는데 박사는 동물들이 낸 아이디어가 좋으면 그 역시 팬터마임에 집어넣었다. 이런 이유로 리허설이 끝날 즈음 연극은 훨씬 길어졌고 내용 역시 벨러미 씨 앞에서 했을 때와 상당히 달라졌다. 연극 자체가 훨씬 훌륭해지기도 했다. 거브거브는 연극이 어찌나 재밌는지 공연을 하는 중간에도 포복절도하다가 연기를 이어 나가지 못

거브거브는 코트와 가발만 걸치고 무대에 올라오곤 했다.

할 지경이었다.

이 무렵 시오도시아 머그는 의상을 만드느라 눈코 뜰 새 없이 바빴다. 동물에게 맞는 옷을 만드는 일은 쉽지 않았다. 거브거브가 입을 의상이 가장 골칫거리였다. 첫 번째 총연습 때 거브거브는 옷을 뒤집어 입었고 가발 역시 앞뒤를 바꿔 쓰고 나타났다. 또 코트를 바지처럼 입어서 코트 팔로 뒷다리가 삐져나왔다. 녀석은 분장을 할 때도 무대감독의 속을 썩였다. 분장용 화장품이 어찌나 맛났는지 공연 중에 입 주변을 끊임없이 핥았던 것이다. 당연히 녀석의 입가는 볼연지가 번져서 얼룩덜룩해졌고 얼굴은 마치 잼 바른 빵을 먹은 것처럼 보였다.

하지만 늙은 광대 역을 맡은 거브거브에게 가장 큰 골칫거리는 바지였다. 녀석이 드디어 옷을 어떻게 입어야 하는지 이해하게 되자 일단 바지를 허리띠로 맸다. 하지만 녀석 배가 매우 둥글고 미끈해서 바지에 묶은 허리띠가 자꾸 배에서 미끄러졌다. 첫 총연습 때 경찰에 쫓긴 거브거브가 무대로 올라갈 때마다 바지가 흘러내려서 정작 무대에 올라왔을 때 녀석 몸에는 코트와 가발만 남아 있었다. 결국 시오도시아가 바지가 흘러내리지 않도록 특별한 멜빵을 만들었고 박사는 거브거브가 제대로 의상을 갖춰 입었는지 항상 직접 살폈다.

소녀 어릿광대를 연기하는 대브대브에게도 초반에 비슷한 사고가 자주 일어났다. 시오도시아는 대브대브에게 빳빳한 분홍색 망사로 작은 발레용 치마를 만들어 주었다. 그런데 그 옷을 입은 첫날, 어릿광대와 춤을 추던 대브대브가 물갈퀴가 달린 그 앙증맞은 발을 높이 들고 발길질을 하다가 그만 상대 배우의 머리 위로 치마를 날려 버렸는데 그때 막 무대로 뛰어 들어온 늙은 광대가 서둘러 입장하다가 여느 때처럼 흘려 버린 바지 대신 그 치마를 주워 입어서 재미가 몇 갑절 커졌다.

여러분이 쉽게 상상할 수 있듯이, 무대감독을 맡은 둘리틀 박사와 의상을 맡은 시오도시아의 손길은 매우 분주했다. 사람처럼 연기하는 것 자체가 동물들에게 어려운 일이었다. 더구나 총연습을 할 수 있는 기간이 일주일밖에 남지 않은 상태에서 평상시에 입지도 않던 옷을 입고 연기하는 건 엄청난 일이었다. 박사는 의상 문제 때문에 몇 번이나 절망감에 사로잡혔다. 하지만 시오도시아는 옷과 모자, 가발 등이 벗겨지지 않도록 비밀 단추나 훅, 고무줄, 테이프를 사용해서 아주 정교하게 마무리 작업을 했다. 박사는 배우들에게 하루 종일 의상을 입고 있도록 했으며, 녀석들은 마침내 옷을 입지 않았을 때처럼 자유자재로 움직이고 달리고 춤출 수 있게 되었다.

→ 3장 ←

광고 전단과 조각상

서커스단이 맨체스터로 이동한 날은 둘리틀 박사 식구들에게 정말 대단한 날이었다. 지프를 뺀 나머지 동물들은 이전에 진짜 대도시에 가 본 적이 없었다. 가는 동안 거브거브는 줄곧 캐러밴 창가에서 도로를 쳐다봤는데 새롭거나 놀라운 게 눈에 들어오면 어깨 너머로 다른 녀석들에게 소리를 지르곤 했다.

벨러미 씨의 공연장은 도시 변두리에 있었다. 그곳은 큰 놀이공원이었는데 다양한 공연이 열렸으며 가운데에 커다란 극장 건물이 있었다. 극장 뒤 널따란 야외 공간에서 프로 권투 시합과 레슬링 경기, 관악대 경연 등 온갖 즐길 거리가 펼쳐졌다. 그곳은 타원형으로 생겼으며 둘레에는 높은 곳까지 의자가 놓여 있었다. 이런 특징 덕에 원형극장이라고 불렸는데 생김새가 마치 로마 시대에 지어진 대형 야외극장 같았기 때문이다.

기분 전환이 필요할 때, 특히 토요일 오후나 저녁이 되면 맨체스터 시민 수천 명이 벨러미 씨의 놀이공원으로 놀러 나왔다. 밤이 되면 사방에 설치된 작은 등이 환하게 불을 밝혀서 아름답고 화려해 보였다.

놀이공원이 어찌나 큰지 공원 한쪽에 자리잡은 블로섬 씨의 '매머드 서커스단'은 사람들의 눈에 띄지도 않았다. 서커스 단장은 크게 탄복했다.

그가 박사에게 말했다. "오오! 사업을 하려면 이렇게 해야지요. 대단한 규모예요. 벨러미 씨는 돈을 긁어모으고 있을 게 뻔해요. 극장만으로도 우리가 가진 커다란 천막보다 세 배나 많은 사람들을 수용할 수 있어요!"

블로섬 씨 서커스단 사람들은 그 거대한 공원에서 초라함을 느끼며 짐을 풀 곳으로 안내되었다. 말을 마구간에 넣은 뒤 얼마 지나지 않아 벨러미 씨가 모습을 드러냈는데 그는 오자마자 퍼들비 팬터마임 공연단을 찾았다.

그가 블로섬 씨에게 말했다. "나머지 공연에 대해 말하자면, 당신에게 이 모퉁이를 내줄테니 여기 짐을 풀고 어떤 공연이든 하면 됩니다. 평일 오후 5시가 지나거나 토요일 오후가 되면 사람들이 훨씬 붐빈답니다. 그때 우리는 일반적으로 경기장에서 프로 권투 경기를 열어요. 둘리틀 박사님 공연단은 내가 따로 신경 쓸 겁니다. 물론 이미 말했듯이 돈은 당신을 통해서 지불할 테니 당신이 알아서 나누면 됩니다. 하지만 지금부터 박사님과 동물들은 내 관리를 받을 거고 어느 누구도 개입해서는 안 됩니다. 그게 우리가 합의한 바지요?"

블로섬 씨와 서커스단 사람들이 공연 준비를 하는 동안 둘리틀 식구와 캐러밴은 다른 구역으로 이동했는데 그곳은 극장에서 가까웠으며 주위에 높은 울타리가 쳐져 있었다. 둘리틀 식구들은 그곳에 터를 잡고 편안히 쉴 수 있었다.

거기서 몇몇 다른 천막들과 캐러밴, 무용수와 줄타기 곡예사, 가수 등 매일 혹은 밤에 극장에서 열리는 공연에 참가하는 특별한 공연자들의 숙소가 보였다.

침대와 마차를 정돈한 후 박사는 동물들에게 도시를 돌아보자고 제안했다. 지프와 거브거브가 바로 같이 가도 되는지 물었고 박사가 그러라고 했다. 대브대브는 남아서 마저 짐을 풀고 저녁 준비를 해야겠다고 생각했다.

박사는 매슈 머그에게 가서 푸시미풀류가 편하게 쉬고 있는지 확인한 후 거브거브, 지프와 함께 맨체스터를 둘러보러 나섰다.

제대로 된 도시를 보기 위해서는 커다란 도심을 에워싸고 있는 주택가 사이로 800미터 정도 걸어가야 했다.

물론 런던에 가 본 적이 있는 존 둘리틀 박사와 지프는 도시가 보통 어떻게 생겼는지 알고 있었다. 하지만 이들과 함께 대형 상점과 건물들이 쭉 둘러서 있고 인파로 붐비는 거리에 들어선 거브

박사는 맨체스터를 둘러보러 나섰다.

거브는 깊은 인상을 받았다.

"사람들이 엄청나게 많아요!" 중얼거리는 거브거브의 얼굴에서 눈이 튀어나올 것 같았다. "마차들 좀 봐요. 전 세상에 마차가 이렇게 많은 줄 몰랐어요. 행진하는 것처럼 마차들이 꼬리에 꼬리를 물고 가고 있어요. 야채 가게도 정말 멋져요! 저렇게 큰 토마토를 본 적 있으세요? 아, 전 이곳이 마음에 들어요. 퍼들비보다 훨씬 크지 않나요? 훨씬 화려하고요. 저는 이 도시가 좋아요."

그들은 사방에 멋진 석조 건물이 서 있는 탁 트인 광장에 도착했다. 거브거브는 거기 있는 모든 것에 대해 알고 싶어 했으며 박사는 은행, 곡물 거래소, 시청 등이 무엇인지 설명해야 했다.

"저건 뭐죠?" 거브거브가 광장 가운데를 가리키며 물었다.

"저건 동상이란다." 박사가 대답했다.

그건 대단히 큰 말을 타고 있는 남자의 기념상이었다. 거브거브는 그 남자가 누구냐고 물었다.

"슬레이드 장군이란다."

"그런데 사람들은 왜 그 남자 동상을 세운 거지요?"

"유명한 사람이기 때문이지. 인도에서 프랑스군을 상대로 싸웠단다."

광장을 벗어나서 조금 더 걸어가니 다른 광장이 나왔는데 그곳에는 동상이 없었다. 그곳을 가로질러 가는데 거브거브가 별안간 자리에 멈춰 섰다.

"세상에나! 박사님, 보세요!" 녀석이 소리쳤다.

광장 한쪽에 있는 광고판에 거대한 포스터가 붙어 있었는데 늙은 광대 분장을 한 돼지가 소시지 한 줄을 들고 있는 그림이었다.

"아, 바로 저예요, 박사님!" 거브거브가 급히 그쪽으로 가며 말했다.

아니나 다를까, 위에는 큰 글씨로 이렇게 쓰여 있었다. "퍼들비 팬터마임. 불가사의. 특별한 어릿광대 쇼를 보러 오세요. 벨러미 원형극장. 다음 주 월요일"

단장은 자신이 한 약속을 이미 지켰다. 화가를 시켜 둘리틀 박사의 연극에 출연하는 동물들을 그리게 한 다음 도시 곳곳에 그 포스터를 붙였던 것이다.

거브거브는 자리를 뜰줄 몰랐다. 그 큰 도시에 와서 벽에 붙어 있는 자신의 그림을 보자 이미 유명한 배우가 됐다는 생각에 완전히 흥분하고 말았다.

"아마 사람들이 다음에는 제 동상을 세울 거예요. 장군처럼 말이에요. 여기 동상을 세울 만한 공간이 있어요. 이 광장에는 동상이 하나도 없잖아요."

거리를 따라 걷자 공연 포스터가 더 많이 눈에 띄었다. 발레용 치마를 입은 대브대브가 발끝을 세우고 있는 그림도 있었고 머리에 경찰 헬멧을 쓴 스위즐의 그림도 있었다. 그들은 늙은 광대가 그려진 포스터를 지날 때마다 거브거브를 끌고 가느라 애를 먹었다. 마음대로 하라고 내버려두었다면 녀석은 유명 배우가 된 자신에게 감탄하며 밤새도록 그 앞에 앉아 있었을 것이다.

거브거브는 코를 한껏 쳐들고 집을 향해 어슬렁어슬렁 걸으면서 말했다. "박사님, 저는 박사님이 시장님에게 제 동상에 대한 얘기를 꺼내야 한다고 봐요. 아마 사람들은 저 장군 동상을 작은 광장으로 옮기고 내 동상을 큰 광장에 놓고 싶어 할 거예요."

늙은 광대가 처음으로 관중들 앞에 서는 월요일 아침, 퍼들비 팬터마임과 다른 공연들의 총연습이 열렸다. 버라이어티쇼라고 알려진 것이었는데 배우와 무용수, 가수와 마술사 등 많은 사람들이 출연했다. 그들은 차례로 무대에 올라 오케스트라가 연주하는 음악과 함께 공연을 선보였다.

무대 가장자리에 작은 액자가 있었는데 공연 막이 올라갈 때마다 제복을 입은 보조 진행자가 나와서 커다란 종이를 액자에 밀어 넣었다. 종이에는 새로 시작되는 막의 제목이 적혀 있었고, 관중들은 그걸 보고 다음 공연 내용을 알 수 있었다. 박사는 퍼들비 팬터마임 공연을 할 때는 사람 대신 동물이 종이를 바꾸는 게 좋겠다고 제안했다. 벨러미 씨는 멋진 아이디어라고 생각했다. 박사가 어떤 동물이 종이를 바꾸는 게 좋을지 궁리하고 있을 때 투투가 자신이 그 일을 맡겠다고 말했다.

"그런데 우리는 둘이 필요하단다. 보조 진행자들이 어떻게 하는지 봤지? 군인처럼 움직인단다. 손에 종이를 들고 훈련하듯이 행진을 하지. 무대 양쪽으로 가는 거야. 이전 종이 대신 새 걸로 갈아 끼우면 돼."

"알겠어요, 박사님. 제가 빨리 올빼미 한 마리를 더 데려올게요.

보조 진행자가 나와서 커다란 종이를 액자에 밀어 넣었다.

저 사람들보다 훨씬 손발이 잘 맞을 거예요. 도시 밖에서 올빼미 한 마리를 데려올 때까지 기다려 주세요."

투투가 날아갔고 30분이 채 지나기도 전에 자신과 모양과 크기가 똑같은 올빼미를 데리고 돌아왔다. 무대 구석에 작은 새들이 액자에 닿을 수 있도록 발받침대가 놓였고 올빼미들은 자신이 맡은 역할을 연습했다.

무대에서 온갖 놀라운 장면을 보는 데 익숙한 오케스트라 연주자들마저 투투와 친구 올빼미가 막 뒤에서 나타나자 깜짝 놀랐다. 녀석들은 벨벳 옷을 입은 보조 진행자들보다 훨씬 훌륭하게 맡은 역할을 해냈다. 마치 태엽을 감아 움직이는 두 마리 새처럼 발받침대에 올라가서 종이를 바꾸고 상상 속 관중들에게 인사한 후 퇴장했다.

더블베이스 연주자부터 트럼본 연주자에 이르기까지 모두가 감탄했다. "세상에! 저런 걸 본 적 있어요? 저 녀석들은 평생 동안 버라이어티 쇼에서 일했나 봐요."

한편, 자신이 훌륭한 음악가이기도 한 박사가 팬터마임 공연 동안 연주할 곡에 대해 지휘자와 의논하기 시작했다.

"저는 활기 넘치는 음악이면 좋겠어요. 하지만 굉장히, 굉장히 부드럽게, 공연 내내 피아니시모로 들려주세요."

지휘자가 말했다. "알겠소. 줄타기 곡예사가 공연할 때 선택하는 긴장감 넘치는 곡으로 연주하지요."

그는 지휘봉으로 지휘대를 툭툭 쳐서 오케스트라에게 준비하라는 신호를 보내더니 도입부 몇 마디를 연주했다. 신나면서도 전율이 느껴지는 음악이었으며 아주 조용하게 연주되었다. 그 음악은 달빛 속에서 요정들이 잔디 위를 날아다니는 듯한 느낌을 주었다.

지휘자가 음악을 멈추자 박사가 말했다. “훌륭해요. 여자 어릿광대가 등장할 때는 오페라 돈 조반니에 나오는 미뉴에트가 좋겠어요. 항상 그 음악에 맞춰서 연습했거든요. 그리고 늙은 광대가 넘어질 때는 타악기 쪽에서 베이스 드럼으로 크게 소리를 내 주세요.”

이어서 무대에 오른 퍼들비 팬터마임은 진짜 무대장치를 배경으로, 진짜 오케스트라의 음악에 맞춰 마지막 총연습에 임했다. 거브거브는 무대 밑에서 비추는 등이 너무 휘황찬란해서 당황했다. 하지만 녀석과 다른 배우들 모두 지금까지 꿈속에서도 공연을 할 수 있을 정도도 여러 번 연습을 반복해 왔다. 총연습은 처음부터 끝까지 단 한 번의 사고나 실수 없이 일사천리로 끝났다.

연습이 끝났을 때 벨러미 씨가 말했다.

“딱 한 가지만 더요. 막이 내리면 관객들이 당신 배우들 이름을 부르며 박수를 칠 거예요. 이름이 불리면 어떻게 해야 하는지 당신이 알려줘야 합니다.”

배우들은 관객들에게 인사하는 법을 연습했다. 배우 다섯이 모두 손을 맞잡고 줄을 맞춰서 다시 무대에 올라와 텅 빈 극장을 향해 고개 숙여 인사한 뒤 줄을 맞춰서 퇴장했다.

둘리틀 박사의 동물 식구들은 지금까지 파란만장한 여정을 함께하면서 신나는 경험을 많이 했다. 하지만 그 유명한 퍼들비 팬터마임으로 대중 앞에 첫선을 보인 일보다 이 동물 식구들이 더 오랫동안 기억하거나, 더 자주 화제에 올린 경험이 있는지 모르겠다.

'유명한' 퍼들비 팬터마임이라고 말한 이유는 사실이 그랬기 때문이다. 사실, 아주 유명해졌다. 퍼들비 팬터마임 공연은 맨체스터 지역 신문에 놀랄 만한 성공을 거뒀다고 보도되었을 뿐 아니라 연출과 무대 전문 잡지에는 기존 공연에서 찾아볼 수 없는 완전히 새로운 공연으로 소개되었다. 사람 복장을 한 동물 배우들이 등장한 연극은 전에도 많았으며 그중에는 아주 좋은 공연도 있었다. 하지만 그 모든 공연에 출연한 동물들은 자신이 맡은 역할과 연기를 이해하지 못했다. 반면에 동물 배우들과 그들의 말로 대화할 수 있었던 박사는 아주 사소한 부분까지 신경 써서 완벽한 연극을 만들어 냈다. 예를 들면 박사는 토비에게 한쪽 눈으로 윙크하는 법을 가르치기 위해 며칠을 보냈으며, 거브거브에게 머리를 뒤로 젖힌 채 사람처럼 웃는 법을 가르치기 위해 더 많은 날을 보냈다. 거브거브는 한 시간 동안이나 거울 앞에서 사람처럼 웃는 연습을 하곤 했다. 물론 사람들은 돼지들도 웃는다는 사실을 모른다. 그런데 그게 오히려 다행스러운 게 때때로 녀석들 눈에 인간들이 굉장히 웃기게 보이기 때문이다. 아무튼 연극을 할 때 동물들이 상황에 맞게 사람들처럼 지극히 자연스럽고 정확한 표정으로 웃고 찡그리고 미소 짓는 모습은 이전 무대에서는 한 번도 본 적이 없는 광경이었다.

거브거브는 한 시간 동안 사람처럼 웃는 연습을 하곤 했다.

좋은 날씨와 벨러미 씨의 광고 덕분에 월요일 저녁부터 놀이공원으로 구름 관중이 몰려들었다. 공연이 시작되기 한참 전부터 극장은 사람들로 채워지기 시작했다.

무대 뒤에서 차례를 기다리는 둘리틀 극단 단원들 중에서 가장 안절부절못하는 사람은 바로 둘리틀 박사 자신이었다. 스위즐을 뺀 나머지 동물들은 관중들 앞에서 공연을 해 본 적이 없었다. 그리고 녀석들이 벨러미 씨와 다른 몇몇 사람들 앞에서 훌륭하게 공연을 마쳤다고 해서 극장을 꽉 메운 사람들 앞에서도 잘하리라는 보장도 없었다.

박사는 오케스트라가 악기 조율을 위해 처음 몇 음을 소리 낼 때 막 사이로 살짝 관객석을 훔쳐보았다. 관객들 얼굴 말고는 아무것도 보이지 않았다. 사람들이 더 들어올 공간이 없어 보이는데도 복도에서 서 있을 만한 자리를 찾는 사람들과 출입구 밖에 발돋움을 하고 서서 무대를 구경하려는 사람들에 이르기까지 구름 관중으로 긴 복도 끝에 있는 커다란 입구가 인산인해를 이루었다.

같이 무대를 훔쳐보던 대브대브가 속삭였다. "박사님, 우리가 드디어 이 공연으로 부자가 되겠어요. 블로섬 씨 말이 벨러미 씨가 관중이 얼마 이상 들어오면 하루에 100파운드, 어쩌면 더 많이 지불하겠다고 약속했대요. 관중이 지금 이보다 더 많을 순 없어요. 극장에 파리 한 마리 더 들어갈 곳도 없다고요. 완전히 꽉 찼어요. 그런데 왜 사람들이 발을 구르고 휘파람을 부는 걸까요?"

"공연 시작이 늦어져서 그런 거란다." 박사가 손목시계를 보며 말했다. "관객들은 참을성이 없거든. 아, 조심하렴! 무대에서 내려가자꾸나. 막이 올라가고 있어. 무대 양 끝에서 두 명이 노래를 부르고 있구나. 첫 번째 막이 올라갈 준비가 다 끝났어. 서두르렴! 거브거브는 어디로 갔지? 거브거브가 쓴 가발이 미끄러져 내려갈까 봐 걱정이 되는데. 아, 여기 있었구나. 세상에, 다행이다! 가발이 제자리에 있구나. 바지도 그렇고. 자, 너희들 모두 여기 함께 모여 있으렴. 이번 막이 끝나면 곧 우리 공연이 시작될 거야. 거브거브, 제발 네 얼굴을 핥으면 안 돼! 네 분장을 다시 해 줄 시간이 없단다."

→ 4장 ←

명성, 부 그리고 비

실제 관객들 앞에 섰을 때 동물 극단이 잘 해낼 수 있을까 하는 둘리틀 박사의 걱정은 기우에 그쳤다. 동물들은 조명과 음악, 엄청난 관객에도 주눅 들지 않았고, 무대효과로 인해 녀석들의 공연은 더욱 돋보였다. 훗날 박사는 녀석들이 총연습 때도 그렇게 잘하지는 못했다고 말했다.

관객들에 대해 말하자면, 막이 올라간 그 순간부터 이미 다들 공연에 넋을 빼앗겼다. 처음에 사람들은 배우가 모두 동물이라는 사실을 믿지 않았다. 얼굴에 가면을 쓴 어린아이들이거나 난쟁이들일 거라고 서로에게 속삭였다. 하지만 막의 제목이 적힌 종이를 가지고 병사처럼 줄을 맞춰서 걸어 나와 막을 여는 작은 올빼미

두 마리는 변장을 했을 리 없었다. 그리고 팬터마임이 진행될수록 관객들은 계속 믿기 힘든 광경을 보게 됐는데, 아무리 연습을 많이 하고 변장을 잘 하더라도 사람이라면 따라 할 수 없는 움직임과 생김새였다.

처음엔 거브거브가 손쉽게 관객의 마음을 사로잡았다. 녀석이 찡그리는 표정을 짓거나 익살스러운 행동을 할 때면 관중들이 웃음보를 터뜨렸다. 대브대브가 등장하자 관중들의 의견이 분분해졌다. 대브대브가 토비, 지프와 함께 춤을 추자 관중들은 박수갈채를 보냈다. 녀석은 모두를 매료시켰다. 사실 평소 볼썽사나운 녀석의 행동거지에 비하면 미뉴에트에 맞춰 우아하게 춤을 추는 대브대브의 모습은 정말 경이로웠다. 사람들은 박수를 치며 발로 바닥을 굴렀고 녀석이 두 번째 춤을 마칠 때까지 '앙코르!'를 외쳐서 공연이 진행될 수 없을 지경이었다.

그때 앞줄에 앉아 있던 숙녀 한 명이 무대로 제비꽃 한 다발을 던졌다. 이전에 한 번도 자신에게 던져진 꽃을 본 적이 없는 대브대브는 어떻게 해야 할지 몰랐다. 하지만 무대 경험이 많은 스위즐은 알고 있었다. 앞으로 달려 나가서 꽃다발을 주워 들더니 여자 어릿광대에게 과장된 몸짓으로 꽃다발을 내밀었다.

"머리를 숙여서 인사해!" 박사가 무대 끝에서 오리의 말로 속삭였다. "꽃다발을 던져 준 숙녀에게 인사하렴!"

그러자 대브대브가 진짜 발레리나처럼 머리를 숙여 인사했다.

마지막에 막이 내려오고 오케스트라가 연주하는 음악이 울려

대브대브는 진짜 발레리나처럼 무대 인사를 했다.

퍼지자 귀청이 터질 듯 큰 박수가 쏟아졌다. 단원들은 손을 맞잡고 계속해서 인사를 했다. 관객들이 단원들을 연이어 다시 불렀다. 그러자 박사는 동물들이 따로따로 나와서 인사를 하도록 했다. 거브거브는 익살스러운 행동과 함께 얼굴을 찡그렸고, 스위즐은 헬멧을 벗고 인사했다. 토비는 민첩하게 공중제비를 돌았으며 지프는 피에로처럼 슬픈 표정을 지었다. 대브대브는 발레리나처럼 한쪽 발끝으로 선 채 빠르게 돌면서 무대를 가로지르며 관중들에게 날개 끝으로 키스를 날려서 우레 같은 박수갈채를 받았다.

더 많은 꽃다발이 소녀 어릿광대에게 쏟아졌고 당근 한 무더기가 늙은 광대에게 날아왔다. 늙은 광대로 분한 거브거브는 무대에서 내려가기 전에 이미 당근을 먹기 시작했다.

벨러미 씨는 극장을 운영한 이후로 이렇게 열광적인 모습은 본 적이 없다고 말했다. 그리고 곧바로 블로섬 씨에게 두 번째 주를 위해 공연 계약을 갱신할 수 있냐고 물었다.

다른 순서가 끝나고 관객들이 극장을 떠나자 거브거브는 좌석에서 무대를 바라보려고 복도로 나갔다. 녀석은 복도에서 공연 프로그램이 적힌 종이가 바닥에 잔뜩 흩어져 있는 것을 발견했다. 녀석은 박사에게 그게 뭐냐고 물었다. 그리고 늙은 광대 역을 맡은 배우란에 자신의 이름이 인쇄되어 있다는 걸 알고 기뻐했다.

녀석이 조심스럽게 종이를 접으며 말했다. "와! 이걸 보관해야겠어요. 메뉴판을 보관해 둔 앨범에 넣을 거예요."

"네 우표 앨범이 아니고?" 박사가 물었다.

거브거브가 말했다. "아니에요. 얼마 전에 우표 수집을 포기했어요. 지금은 메뉴판을 모으고 있어요. 메뉴를 보는 게 훨씬 더 즐겁거든요."

극장 근처에서 야영을 하는 둘리틀 박사의 동물 식구들은 블로섬 서커스단 사람들을 거의 만나지 못했다. 하지만 박사는 자주 놀이공원을 가로질러 가서 매슈와 푸시미풀류가 어떻게 지내고 있는지 살펴보았다. 광대 호프와 헤라클레스, 핀토스가 팬터마임을 보고 둘리틀 박사의 캐러밴에서 차를 끓여 마시기 위해 극장으로 오기도 했다.

둘리틀 팬터마임의 놀랄 만한 성공은 그 주 내내 이어졌다. 어느 정도였냐 하면 공연을 할 때마다 관객이 계속 늘어났다. 공연을 보려면 아주 일찍 자리를 확보해야 했다. 이런 일은 전에, 그러니까 세계적으로 유명한 바이올리니스트가 그 원형극장에서 연주했을 때 딱 한 번 있었다.

거의 매일 저녁 부유한 신사와 우아한 숙녀들이 박사에게 축하 인사를 건네고 신기한 동물 배우들을 만나기 위해 박사의 작은 마차를 방문했다. 자만심이 가득해진 거브거브는 때때로 낮잠 시간에 찾아오는 팬들과 만나기를 거절하는 등 한없이 비싸게 굴었다.

거브거브가 말했다. "유명한 예술가들은 몸조심을 해야 해요. 저는 아침 10시에서 12시 사이에만 집에서 팬들과 만날래요. 박사님이 신문에 그 사실을 실어서 사람들에게 알리는 게 좋겠어요."

한 여성이 거브거브의 사인을 받기 위해 사인첩을 가져오자 녀석은 박사의 도움을 받아 어설프게나마 'G. G.'라고 적었고 미나리를 그려 주며 자신의 가족을 상징하는 그림이라고 말했다.

대브대브 역시 아주 유명해졌지만 만나자는 방문객들의 요청에 훨씬 쉽게 응했다. 녀석은 매번 공연이 끝나면 바로 캐러밴으로 돌아가 분주하게 살림을 챙겼는데 때때로 침대를 정리하고 토마토를 구울 때도 발레용 치마를 입고 있었다.

대브대브가 말했다. "저 돼지 때문에 피곤해 죽겠어요. 도대체 왜 우리가 도도하게 굴어야 하지요? 박사님이 아니었다면 우린 아무도 유명해지지 못했을 거예요. 박사님이 가르치기만 하면 어떤 동물이든 다 우리처럼 할 수 있잖아요. 그나저나 박사님." 저녁 식사를 위해 식탁보를 펴면서 녀석이 덧붙였다. "돈 문제와 관련해서 블로섬 씨를 만나셨나요?"

박사가 말했다. "아니. 왜 벌써 신경 써야 하지? 첫째 주도 아직 끝나지 않았잖니. 둘째 주에도 팬터마임 공연을 할 거잖아. 어디 보자, 사흘 후에나 블로섬 씨를 만나야겠다."

"흐음, 그자를 빨리 만나셔야 해요. 매일 밤마다 가셔서 박사님 몫을 받아야 한다고요."

"왜? 블로섬 씨는 믿을 만한 사람이란다."

"그자가요?" 대브대브가 소금통을 식탁에 놓으면서 말했다. "전 그 사람에 대해 아는 만큼만 믿어요. 제 충고를 받아들인다면 박사님은 매일 저녁 돈을 받으실걸요. 박사님한테 큰돈을 줘야 해요. 특히 저녁에 한 번만 하는 대신 하루에 두 번씩 공연을 올리고 있잖아요."

"아, 괜찮아, 대브대브. 걱정하지 말거라. 블로섬 씨는 계좌 문제가 해결되는 대로 나에게 돈을 줄 테니까."

그 후 며칠 동안 대브대브는 존 둘리틀 박사에게 돈 문제를 알아보라고 반복해서 말했지만 박사는 귀를 기울이지 않았다. 첫 주가 지났고 두 번째 주도 거의 끝나가는데 블로섬 씨는 박사의 몫을 주지 않았으며, 둘리틀 동물 식구들 중 누구도 그의 모습을 보지 못했다. 푸시미풀류 역시 공연을 잘 해냈으며 이 공연으로 버는 돈만으로도 풍족하게 생활할 수 있었기에 태평스러운 박사는 평상시처럼 전혀 걱정하지 않았다.

두 번째 주의 공연이 끝나 갈 즈음 퍼들비 팬터마임은 대단히 유명해졌고 수많은 사람들로부터 박사와 극단을 인터뷰하겠다는 요청이 쇄도했다. 결국 사람들을 집으로 초청해서 차를 대접하기로 결정했다.

솜씨 좋은 살림꾼은 아침 내내 그 어느 때보다 바빴다. 200장이 넘는 초청장이 인쇄된 후 발송되었다. 머그 부인이 부름을 받고 도와주러 왔다. 캐러밴 옆에 작은 탁자가 잔뜩 놓였다. 캐러밴 안은 꽃으로 장식되었다. 많은 양의 차와 케이크가 준비되었으며 토요일 오후 4시가 되자 방문객이 들어올 수 있도록 극장 옆에 있는 작은 울타리 문이 활짝 열렸다.

모든 동물(일부는 팬터마임 의상을 입었다)은 탁자 주변에 앉아

거브거브가 케이크를 나눠 주었다.

녀석들을 보고 싶어 하던 우아한 신사 숙녀들과 함께 차를 홀짝거리면서 주인 노릇을 했다. 말하자면 송별 파티였는데, 다음 날 블로섬 서커스단 모두가 떠나야 했기 때문이다. 시장과 시장 부인, 많은 신문기자들이 참석했다. 기자들은 공책에 차를 따르는 여주인 대브대브와 케이크를 나눠 주는 거브거브의 모습을 스케치했다.

다음 날, 역사상 가장 성공적이었던 방문을 마친 서커스단은 짐을 꾸려 맨체스터를 떠났다.

이들이 간 곳은 북동쪽으로 20킬로미터쯤 떨어진 소도시였다. 캐러밴이 공연 장소에 도착했을 때 비가 내리기 시작하면서 짐을 푸는 일은 모두에게 매우 불쾌한 작업이 되었다. 주룩주룩 내리는 비도 끔찍한데 사람들이 계속 왔다 갔다 하자 땅이 온통 진흙탕으로 변해 버렸다.

비는 다음날도, 그 다음날도 그치지 않았다. 당연히 서커스 사업에는 끔찍한 상황이었다. 아무도 공연을 보러 오지 않았던 것이다.

"흐음, 괜찮아." 셋째 날 비 오는 아침 동물 식구들이 식사를 하려고 앉았을 때 박사가 말했다. "우리는 맨체스터에서 큰돈을 벌었단다. 그거면 힘든 상황에서도 쉽게 꾸려 나갈 수 있지."

대브대브가 말했다. "맞아요. 그런데 기억하시겠지만, 박사님은 아직 그 돈을 받지 못했잖아요. 제가 블로섬 씨에게 박사님 몫을 요구하라고 얼마나 자주 말했는지 누구나 다 알죠."

존 둘리틀 박사가 말했다. "오늘 아침, 식사를 하러 들어오기 바로 전에 블로섬 씨를 봤어. 다 괜찮아. 직접 보관하거나 캐러밴에 두기에는 너무 큰돈이라서 맨체스터 은행에 넣어 두었다고 하더구나."

"흐음, 그럼 왜 맨체스터를 떠날 때 은행에서 돈을 찾아와 박사님에게 반을 주지 않았던 거죠?"

박사가 말했다. "일요일이었어. 당연히 은행은 문을 닫았지."

대브대브가 물었다. "그럼 그자는 이제 어떻게 하겠다는 거죠? 설마 돈을 은행에 계속 맡겨 두겠다는 건 아니겠죠?"

"오늘 돈을 찾으러 다시 갈 거야. 나랑 얘기할 때 말을 타고 떠나려던 참이었단다. 비를 맞으며 말을 타고 가야 하다니 블로섬 씨가 전혀 부럽지 않던걸."

서커스단 운영에는 많은 돈이 들었다. 동물들에게 먹이를 줘야 하고 일꾼들과 서커스 단원들에게 월급을 지불해야 하며 그 외에도 시간당 돈을 지불해야 할 일들이 아주 많았다. 그러므로 비가 내려서 아무도 서커스장을 찾지 않는 요 며칠간 '매머드 서커스단'은 돈을 벌기는커녕 매일, 아니 사실상 매시간 돈을 잃고 있는 셈이었다.

박사가 문틈으로 얼굴을 삐죽 내민 채 비를 피하기 위해 코트 깃을 세우고는 동물 우리 경비원과 막 말을 끝낸 참이었다.

"혹시 단장님 봤어요?" 경비원이 물었다.

"블로섬 씨는 맨체스터에 갔어요. 오후 2시경에 돌아올 거라고 내게 말했답니다." 존 둘리틀 박사가 대답했다.

"이런! 성가시게 됐군."

"왜 그러지요? 내가 도와드릴까요?"

"동물 우리에 집어넣을 쌀하고 건초를 살 돈이 필요해요. 단장님이 오늘 아침에 주겠다고 했거든요. 지금 옥수수 판매상이 먹이를 가져왔어요. 돈을 지불하지 않으면 먹이를 주지 않을 텐데. 동물들은 먹을 게 당장 필요하다고요."

"아, 아마 블로섬 씨가 잊었나 보군요. 내가 대신 지불하고 단장님이 돌아오면 받기로 하지요. 얼마죠?"

"30실링이에요. 건초 두 단과 쌀 50파운드 값이지요."

"알겠어요. 투투, 나에게 돈궤 좀 가져다주렴."

"여기 있어요! 여기 있다고요!" 화가 난 대브대브가 날개를 퍼덕거리며 끼어들었다. "박사님께 빚진 돈을 받기는커녕 이젠 그자가 낼 돈을 대신 내 주고 있군요. 동물들 먹이는 박사님 일이 아니잖아요. 왜 그래야 하는데요? 블로섬 씨는 점점 부자가 돼 가는데 박사님은 점점 가난해지고 있어요. 뭐, 박사님다워요."

"동물들을 먹여야 하잖니." 박사가 돈궤에서 돈을 꺼내 경비원에게 주면서 말했다. "다시 받을 거야, 대브대브. 걱정하지 마!"

오전 내내 빗줄기가 점점 굵어졌다. 서커스단이 이 마을에서 맞는 네 번째 날이었다. 천막이 세워진 이후 입구에서는 동전 한 닢 받지 못했다.

브리지턴에서 박사가 베포와 함께한 공연 이후 서커스단 사람들은 거의 맹목적인 존경심을 가지고 박사를 바라보았다. 사람들은 블로섬 씨처럼 서커스 단장에 지나지 않는 사람보다 동물들과 말이 통하는 사람이 동물에 대해 더 잘 알 거라고 생각했다. 바꾸고 싶은 것들이 아직 많이 남아 있긴 하지만 박사는 서커스단 전반에 걸쳐 큰 변화를 일구어 냈다. 얼마 전부터 많은 단원들은 블로섬 씨는 허수아비 대표일 뿐 박사야말로 서커스단에서 가장 중요한 사람이라고 생각했다.

동물 우리 경비원이 떠나기도 전에 또 다른 사람이 다른 비용을 치룰 돈이 필요하다며 나타났다. 그리고 오전 내내 블로섬 씨가 오늘 돈을 지불하기로 했다며 사람들이 박사를 찾아왔다. 그러니 당연히 지난 2주 동안 푸시미풀류 덕에 번 돈으로 꽤 무거웠던 돈궤가 얼마 지나지 않아 다시 텅 비게 되었다.

오후 2시가 지났고 3시가 됐지만 블로섬 씨는 여전히 돌아오지 않았다.

"아, 블로섬 씨가 늦어지는군. 곧 올 거야. 정직한 사람이거든. 그건 분명하단다. 걱정하지 말아라." 박사는 매시각 걱정과 분노가 커져 가는 대브대브를 향해 말했다.

빗속에서 이것저것을 캐고 다니던 지프가 3시 반에 급하게 들어왔다.

녀석이 소리쳤다. "박사님! 블로섬 씨 캐러밴으로 와 보세요. 뭔가 잘못된 것 같아요."

"왜 그러니, 지프? 무슨 일이야?" 박사가 모자로 손을 뻗으며 말했다.

지프가 말했다. "블로섬 씨 부인이 거기 없어요. 처음에는 문이 잠겨 있다고 생각했어요. 하지만 제가 문을 밀어 봤더니 잠겨 있지 않았어요. 그런데 안에 아무도 없는 거예요. 블로섬 씨 트렁크도 없어요. 거의 아무것도 없어요. 와서 보세요. 뭔가 이상해요."

→ 5장 ←

수상쩍은 블로섬 씨 실종 사건

지프의 말에 박사는 당황하며 얼굴을 찡그렸다. 천천히 모자를 쓴 박사는 녀석을 따라 빗속으로 나갔다.

블로섬 씨 캐러밴에 도착하자 모든 게 지프가 말한 그대로였다. 안에는 아무도 없었다. 값이 나갈 만한 건 모두 사라지고 없었다. 찢어진 종잇조각들이 바닥에 흩어져 있었다. 박사 눈에 비친 블로섬 씨 부인의 방 역시 상황은 마찬가지였다. 살던 사람들이 오래전에 서둘러 떠난 것처럼 보였다.

존 둘리틀 박사가 여전히 혼란스러워하며 바라보고 있을 때 뒤에서 누군가가 박사의 어깨를 만졌다. 매슈 머그였다.

"상황이 안 좋아 보이는군요? 블로섬 씨가 은행에 돈을 찾으러 가면서 트렁크와 짐을 다 가져갈 필요는 없었을 텐데. 내 생각에는 착하고 친절한 우리 단장을 더 이상 볼 수 없을 것 같소만." 그가 말했다.

박사가 말했다. "흐음, 매슈, 성급하게 결론을 내 버리면 안 돼요. 다시 돌아오겠다고 말했어요. 아마 늦어지고 있는 건지도 몰라요. 트렁크와 다른 짐들이라면 다 그 사람 거예요. 블로섬 씨 마음대로 할 권리가 있죠. 더 많은 증거가 나타나기 전에 무슨 판단이든 내리는 건 잘못된 행동이에요."

동물 먹이 장수가 중얼거렸다. "흐음! 물론 당신은 항상 누군가를 부정직하다고 생각하는 걸 싫어했지요. 하지만 맨체스터에서 번 돈에 대해서는 그만 잊는 게 좋겠어요."

박사가 말했다. "매슈, 우리는 아무 증거가 없어요. 그리고 만약 당신이 의심하는 게 사실로 드러난다면 그건 서커스단에 있는 모든 사람들에게 굉장히 심각한 문제예요. 지금은 뭐가 의심스럽든 입 밖에 내지 말아요. 확실히 알게 될 때까지는 서커스단 사람들을 흥분시킬 필요가 없잖아요. 지금 말에 안장을 올리고 조용히 맨체스터로 가 줄래요? 벨러미 씨를 만나서 블로섬 씨가 어떻게 된 건지 혹시 아냐고 물어봐 주세요. 그리고 가능한 한 빨리 이리로 돌아와서 나에게 전해 주세요. 알겠죠?"

"알겠소." 매슈가 돌아서서 나가며 말했다. "하지만 서커스 단장이 어디로 갔는지 우리보다 더 잘 알 거라고는 생각되지 않는구려. 그자는 아마 지금쯤 콩티농으로 향하고 있을 걸요."

이 대화를 들은 지프가 슬금슬금 빠져나와서 박사의 캐러밴에 있는 다른 동물들에게로 갔다.

녀석이 몸에 묻은 물기를 털며 말했다 "친구들, 알렉산더 블로섬이 떠나 버렸어."

"맙소사! 돈을 가지고?" 투투가 외쳤다.

"응, 돈과 함께. 제기랄! 박사님에게 주기로 한, 우리 여생을 편안하게 보낼 만한 돈도 있었지." 지프가 으르렁거렸다.

"알아!" 절망한 대브대브가 날개를 푸드덕거리며 툴툴거렸다. "박사님한테 그 작자를 믿지 말라고 말했는데. 처음부터 수상하다 했지. 지금 우리는 아끼고 아낀 돈을 긁어모아서 그자가 남기고 간 빚을 갚고 있는데, 그자는 돈을 펑펑 쓰고 있겠지."

거브거브가 소리쳤다. "아, 그게 무슨 상관이야? 그 사람이 가 버렸다면 훨씬 잘됐지 뭐야. 이제 우리한테 진짜 서커스단이 생겼잖아. 동물들이 언제나 원하던 둘리틀 서커스단 말이야. 사기꾼 블로섬을 안 보게 돼서 속이 시원한걸! 난 그 사람이 가 버려서 좋아."

대브대브가 돼지에게 사정없이 대들며 말했다. "야, 네가 모르는 걸 다 모으면 도서관을 하나 다 채우고도 남겠다. 박사님 수중에 동전 한 푼 없는데 어떻게 서커스단을 운영하겠니? 서커스단 단원들 월급은 어떻게 주고, 장소를 빌리는 데 드는 돈은 어떻게 충당해? 동물들은 어떻게 먹이며, 박사님 식사는 어떻게 하니? 이 바보야! 서커스단이 굴러가려면 하루에도 어마어마하게 많은 돈이 들어. 그리고 그칠 것 같지 않은 저 비를 좀 봐! 공연단은 다 그냥 여기 서 있고 서커스를 보러 오는 사람은 한 명도 없어! 수레를 꽉 채운 동물들은 매일 돈을 몇 파운드씩 먹어 치우고 있어. 사람들 수십 명한테 줘야 할 임금은 매 순간 쌓여 가고 있고. 넌 그 작자가 가 버려서 참 좋겠다! 이 멍청아!"

매슈가 간 후 박사는 텅 빈 블로섬 씨의 캐러밴 안에서 생각에 잠긴 채 비가 진흙탕 웅덩이에 후두둑 떨어지는 모습을 바라보았다. 그는 이내 낡은 포장용 상자에 앉아 담뱃대에 불을 붙였다. 가끔 시계를 꺼내서 시간을 확인하고는 이맛살을 찡그렸다.

30분이 지났을 무렵 평상복 차림을 한 헤라클레스가 서커스장을 가로질러서 다가오는 모습이 보였다. 비를 피해 달려오고 있었다. 캐러밴에 도착하자 안쪽으로 뛰어 들어오더니 문 밖에서 젖은 코트를 털었다.

"단장이 사라졌다고 하던데요. 사실인가요?" 그가 물었다.

박사가 말했다. "모르겠어요. 맨체스터에서 돌아오는 게 늦네요. 뭔가 일처리가 늦어지나 봐요."

"빨리 오면 좋겠는데요. 일주일분 임금이 밀렸거든요. 그 돈이 필요해요."

차력사가 자리에 앉아 박사와 날씨, 기상 신호에 대해 이야기를 나누기 시작했다.

얼마 지나지 않아 광대 호프가 개 스위즐과 함께 왔다. 나쁜 소식은 빠르게 퍼지기 마련이다. 그도 이미 블로섬 씨가 서커스단을 떠났다는 소식을 들은 터였다. 박사는 다시 단장을 두둔하려고 애썼고 증거가 나올 때까지는 의심하면 안 된다고 주장했다.

그러더니 별 흥미도 없는 날씨에 대한 대화를 이어 나갔다.

이어서 비에 젖지 않으려고 볼품없는 타이츠 위에 레인코트를 걸친 공중 곡예사 핀토 형제가 도착했다. 그들 역시 블로섬 씨가 어디 있는지, 이날 아침에 받기로 약속한 돈을 왜 받지 못하는 건지 궁금해했다.

박사는 점점 더 속이 타들어 갔고 블로섬 씨가 한시라도 빨리 나타나기를 바랐다. 결국 단장의 수상쩍은 실종 사건 말고는 다른 주제로 얘기를 이어 나가기가 힘들어지기 시작했다.

마침내 천막을 치는 일꾼들 감독도 모임에 끼였다.

"기이하구먼." 그는 소식을 듣더니 이렇게 말했다. "나는 마누라에다 애가 셋인데. 돈을 못 받으면 우리 식구들은 어떻게 살라는 거지? 내 마누라가 다음 끼니에 먹을 음식도 없다는데."

핀토 형제 중 한 명이 말했다. "맞아요. 그리고 우리 집엔 갓난아이가 태어났어요. 만약 블로섬 씨가 돈을 가지고 달아났다면 경찰에게 알려야 해요."

박사가 말했다. "하지만 단장이 도망쳤다는 증거가 없어요. 언제 나타날지 몰라요."

헤라클레스가 말을 잘랐다. "나타나지 않을지도 모르죠. 그자가 의심스러운 인물이라면 박사님이 증거를 찾았을 때쯤엔 아무도 찾을 수 없는 중국에 있을지도 몰라요. 지금 거의 6시가 다 됐어

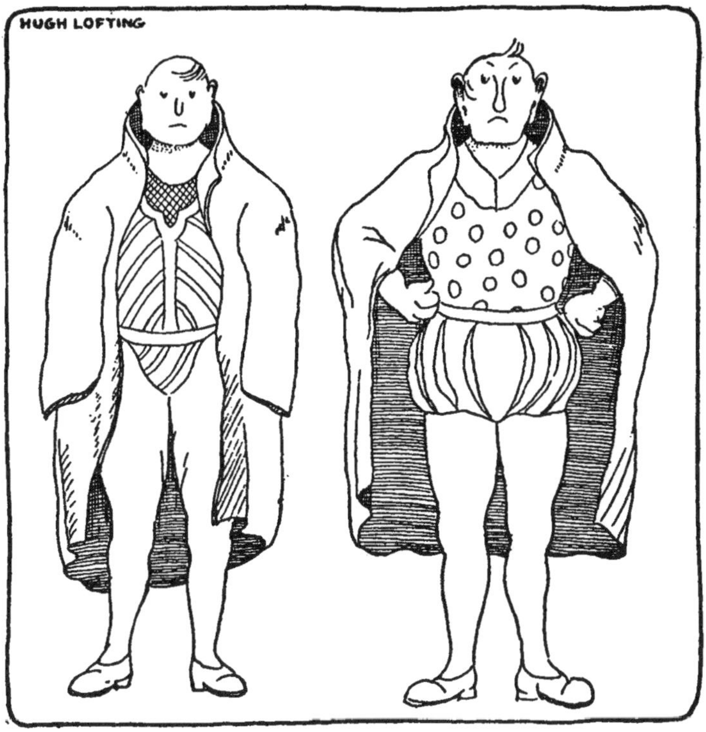

핀토 형제가 도착했다.

요. 핀토 형제 말이 맞아요. 왜 여기서 추측이나 하고 궁금해하면서 이러고 있는 거죠? 최소한 누구라도 맨체스터에 보내서 뭘 할 수 있는지 알아봐야 해요."

"사람을 보냈어요. 내 조수, 매슈 머그가 갔답니다."

곡예사 중 한 명이 말했다. "이런! 박사님도 결국 의심을 하고 있었다는 거네요? 몇 시에 보냈죠?"

박사가 다시 시계를 봤다.

"네 시간쯤 전에 갔어요." 그가 말했다.

헤라클레스가 식식거렸다. "이미 돌아왔을 시간이에요. 매슈는 아무 흔적도 찾지 못했을 거예요. 확실해요. 친구들, 우리는 버림받은 것 같군요. 세상에! 그자가 여기 있으면 소원이 없겠어요. 그럼 내가 블로섬 씨 머리를 여름날 마지막으로 남은 장미꽃처럼 만들어 버릴 텐데."

차력사가 우락부락하게 생긴 손으로 뭔가의 머리를 비틀어 꺾는 시늉을 했다.

천막을 치는 일꾼이 말했다. "그런데 그자는 엄청나게 많은 재산을 여기 남겨 두고 갔어요. 블로섬 씨가 왜 지금 사라져 버렸는지 아직도 이해가 안 돼요"

헤라클레스가 말했다. "돈을 안 낸 청구서 말고도 그 작자가 남기고 간 것들은 가지고 간 것들에 비하면 빙산의 일각이죠. 박사님 공연의 대가로 벨러미 씨에게 얼마나 받았는지 아무도 몰라요. 서커스단이 한 번도 만져 본 적 없는 어마어마한 액수일 걸요. 그러고는 우리에겐 핑계를 댔어요. 3주 동안 온갖 거짓 이유를 둘러대며 돈 주는 걸 미뤘다고요. 그자는 마음속으로 항상 돈을 갖고 달아날 궁리를 하고 있었던 거예요. 큰돈이 눈에 보이자마자 계획했을 거예요."

"이제 우리는 어떡하죠?" 호프가 물었다.

"맞아요. 그게 문제예요. 이제 우리는 어떡하죠?" 핀토 형제가 말했다.

"다른 단장을 구해야 해요. 이 서커스단을 맡아 우리를 수렁에서 건져 줄 사람을."

6장

박사, 서커스단의 단장이 되다

차력사가 새로운 단장에 대한 이야기를 꺼내자 놀랍게도 그곳에 모인 몇몇 사람들의 눈길이 존 둘리틀 박사에게 쏠렸다.

헤라클레스가 말했다. "박사님, 박사님이 새로운 단장을 맡아주셔야 할 것 같아요. 제 생각에는 박사님이 서커스단을 잘 이끌 것 같아요. 이봐요, 어떻게들 생각해요?"

"옳소! 옳소! 박사님이 딱 맞아요!" 모두가 소리쳤다.

헤라클레스가 말했다. "그렇다면, 제가 '세상에서 가장 훌륭한 쇼' 단원들의 이름으로 알렉산더 블로섬의 서커스단을 박사님에게 바치겠습니다. 지금부터 우리에겐 당신의 말이 곧 법입니다."

"하지만… 세상에!" 박사가 말을 더듬었다. "난 서커스단을 어

"하지만 난 서커스단을 어떻게 운영하는지 하나도 몰라요."

떻게 운영하는지 하나도 몰라요. 그리고, 게다가… 난…”

“아니, 박사님은 알아요.” 헤라클레스가 끼어들었다. “브리지턴에서 큰 성공을 거둔 게 베포와 박사님이 같이 한 공연 때문 아니었나요? 서커스단이 맨체스터까지 가게 된 것도 박사님 덕분 아니에요? 세상에, 박사님은 동물들과 말이 통하잖아요. 우리는 걱정 안 해요. 박사님 밑에서 지금까지 우리가 벌었던 것보다 더 많은 돈을 벌 수 있는 아이디어가 저에게 있답니다. 박사님이 서커스단을 관리하세요.”

호프가 말했다. “맞아요, 박사님. 만약 박사님이 맡지 않는다면 우리한테 무슨 일이 일어날지 아무도 몰라요. 우리는 곤경에 처해 있어요. 빈털터리죠. 박사님만이 우리를 구해 줄 수 있어요.”

박사는 대답을 하지 않은 채 포장용 상자에 앉아서 잠시 생각에 잠겨 있었다. 마침내 그는 초조한 표정으로 대답을 기다리는 사람들을 둘러보며 말했다.

“알겠어요. 사실 난 서커스를 시작하고 나서도 오랫동안 이 일에서 발을 빼려고 했어요. 하지만 이제는 여러분을 위해서 뿐만 아니라 내 동물 식구들과 녀석들에 대한 내 책임감 때문에라도 발을 뺄 수 없게 됐네요. 나 역시도, 음… 무일푼이거든요. 여러분을 위해서 내가 서커스단을 맡기를 바란다면 노력해 볼게요. 하지만 나는 블로섬 씨가 하던 방식과는 조금 다르게 운영할 거예요. 서커스단을 협동조합 방식으로 운영할 거예요. 무슨 말이냐 하면, 임금을 주는 대신, 돈을 번 후 비용을 지출하고 남은 액수를 각자

몫으로 나눠 가져가는 거죠. 사업이 어려울 때는 여러분에게 돌아가는 돈이 굉장히 적을 거예요. 심지어 조금씩 돈을 내야 할지도 몰라요. 그 대신 사업이 번창하면 여러분도 많은 돈을 벌겠지요. 그리고 어느 누구건 아무 때나 통보 없이 서커스단에서 해고할 수 있는 권리를 나에게 줄 것을 요구합니다."

헤라클레스가 말했다. "바로 그거예요! 서커스단은 그렇게 운영되어야 해요. 단장 한 사람이 아닌, 모두가 사업의 동반자가 되는 거지요."

박사가 말했다. "하지만 잘 들어요. 처음에는 힘들고 돈도 거의 못 벌 거예요. 수중에 돈 한 푼 없는 데다가 비가 그칠 때까지는 공연도 할 수 없어요. 더 안 좋은 건, 누군가가 우리에게 필요한 걸 외상으로 줄 수 있다 해도 얼마 동안은 돈을 빌려야 한다는 거예요. 기꺼이 그렇게 할 건가요?"

"당연하죠!" "우리는 박사님 편이에요." "아무도 투덜대지 않을 거예요!" "당신이야말로 제대로 된 대장이에요!" 사람들이 소리쳤다. 그리고 갑자기 모두가 비참하고 우울했던 분위기에서 벗어나 희망과 열정이 가득한 미소를 지었다.

이때 매슈 머그가 벨러미 씨와 함께 도착했다.

벨러미 씨가 박사에게 말했다. "그런 소식을 듣게 돼서 심히 유감입니다. 제가 그 악당 블로섬에게 200파운드를 줬어요. 그런데 그자가 자영업자들에게 물건 값도 내지 않고 돈을 몽땅 챙겨 도망친 것 같군요. 그자가 사기꾼이라는 사실을 제일 먼저 말해 준 게 그 사람들이랍니다. 그리고 머그 씨가 왔지요. 블로섬을 경찰에 고발했어요. 하지만 경찰이 그자를 잡을 가능성은 거의 없는 것 같군요. 박사님은 맨체스터로 돌아오는 게 낫겠어요. 그럼 당신이 서커스단을 꾸려 나갈 정도로 돈을 벌 때까지 내가 원형극장에 공간을 내줄게요."

호프가 외쳤다. "만세! 그리고 보세요. 비가 그쳤어요. 우리 운수가 바뀌려나 봅니다. 둘리틀 서커스단 만세!"

"실례합니다만 여기 둘리틀 박사님이 계신가요?" 문 쪽에서 작고 공손한 목소리가 들렸다.

모두가 돌아보았다. 입구에 키 작은 남자가 서 있었다. 어느새 그의 뒤로 햇빛이 밝게 빛나고 있었다.

"제가 존 둘리틀입니다만." 박사가 말했다.

그 키 작은 남자가 말했다. "안녕하세요. 공연을 제작하는 회사 측에서 보낸 사람입니다. 특별한 사명을 띠고 왔지요. 박사님께 공연을 제안하라는 지시를 받았어요. 박사님 공연단의 공연 일정이 아직 잡히지 않았다면 다음 달에 런던으로 와 주시길 부탁드립니다."

헤라클레스가 외쳤다. "하! 내가 뭐라고 했어요, 친구들? 박사님이 단장이 되자마자 맨체스터에서 공연 제안을 받았는데 런던에서 또 제안을 받았어요. 박사님을 위해 만세 삼창을 합시다!"

박사가 서커스단을 맡게 된 이날 서커스단 동물들과 사람들은 크게 기뻐했다. 이 소식이 서커스장 주변으로 퍼지자 천막을 치는 일꾼과 마구간지기들, 연기자들 등 서커스단에 속해 있는 모든 사람들이 박사에게 와서 축하 인사를 건넸으며, 그의 밑에서 일하게 되어 얼마나 기쁜지 모르겠다고 말했다. 비가 그치자 모든 곳에 활기가 넘치기 시작했다. 가장 먼저 한 일은 중앙 출입구에 내걸린 '블로섬 매머드 서커스단' 간판을 내리고 그 자리에 이름은 소박하지만 블로섬 씨 서커스단보다 훨씬 대단하며 더 널리 알려진 '둘리틀 서커스단' 간판을 다는 일이었다.

벨러미 씨는 굉장히 친절했다. 박사와 서커스단 사람들이 말 그대로 무일푼인 것을 알고는 대출 등 무슨 방법을 써서라도 서커스단이 운영될 수 있도록 돕겠다고 했다. 하지만 서커스단이 더 많은 빚을 지는 상황을 피하고 싶었던 박사가 벨러미 씨에게 부탁한 건 자신과 함께 이 도시의 상인들을 찾아가 당분간 박사를 믿고 외상 거래를 해 달라고 요청해 달라는 게 전부였다. 물론 벨러미 씨는 맨체스터에서 아주 멀리 떨어진 곳에서도 매우 유명했다. 벨러미 씨가 부탁하자 그 지역의 옥수수 판매상과 식료품 판매업자, 정육점 주인 등이 기꺼이 서커스단에 식량을 제공하기로 했으며 외상값을 갚을 만큼 돈을 벌 때까지 기다려 주기로 했다.

빚을 늘리지 않겠다는 같은 이유로 박사는 맨체스터로 돌아가지 않고 현재 있는 곳에서 공연을 하기로 결정했다. 날씨가 좋아지자 곧 관객들이 엄청나게 많아졌다. 벨러미 씨가 이곳에 와서 자영업자들을 방문한 사실이 둘리틀 서커스단에게 훌륭한 광고가 되었다. 하지만 더 큰 광고 효과를 낸 건 놀랍게도 블로섬 씨

새로운 간판을 달았다.

의 절도와 실종 사건이었다. 서커스 단장이 어마어마한 액수의 돈을 가지고 도망쳤다는 사실이 맨체스터에 알려지자마자 지역 신문들이 앞다퉈 어떻게 그 유명한 퍼들비 팬터마임이 사기를 당했고 맨체스터에서 20여 킬로미터 떨어진 작은 도시에서 발이 묶이게 되었는지에 대한 긴 기사로 지면을 채웠다. 이 이야기는 작은 도시 신문에 다시 보도되었다. 그리고 이 소도시 주민들은 기사를 읽고 나서야 퍼들비 팬터마임이 이곳에 머무르고 있었는데 비 때문에 알지 못했다는 사실을 깨달았다.

당연히 모두가 그 절도 사건을 화제에 올리기 시작했고 팬터마임과 둘리틀 박사 그리고 맨체스터에서 대단한 성공을 거둔 그 유명한 동물 배우들을 보고 싶어 했다. 모든 주민들이 둘리틀 서커스단 입구로 몰려왔다.

앞서 말했듯이 이곳은 큰 도시가 아니었다. 하지만 사흘 동안 공연을 해서 번 돈으로 박사는 빚을 모두 갚고 서커스단을 운영하는 데 필요한 식량을 추가로 살 수 있었다. 심지어 아주 적게나마 모두에게 임금도 줄 수 있었다.

전문 회계사 투투는 이제 그 어느 때보다도 바빠졌다. 녀석은 푸시미풀류가 벌어들이는 수익뿐 아니라 전체 서커스단이 벌어들이는 수익을 적는 장부를 만들었다. 박사가 새롭게 약속한 운영 방식에 맞게 장부를 정리하는 건 쉬운 일이 아니었다. 물건 판매상들에게 지불되는 모든 돈을 정확히 적어야 했고 남는 수익은 서커스단에서 일하는 모든 사람들에게, 그들이 한 일에 비례해서 분

배되었다. 예를 들어 천막 치는 일을 하거나 마차를 모는 사람들, 즉 일주일에 하루나 이틀만 일하는 사람들에게는 일주일 내내 일하는 연기자들에 비해 적은 몫이 돌아갔다. 사업이 잘될 때는 모두가 더 많은 돈을 받았고 잘 안 될 때는 적게 받았다.

힘든 상황 속에서 새롭게 사업이 시작됐을 때 거의 모든 단원들이 박사가 서커스단을 운영하게 된 걸 기쁘게 받아들이며 기꺼이 서커스단에 남았지만, 빚을 다 갚기도 전에 많은 돈을 받고 싶어 하는 불평꾼도 한두 명 있었다. 사실 이들은 박사가 내보내고 싶어 하는 사람들이었다. 돈을 지불할 만큼 수익이 늘어나자 박사는 이들을 서커스단에서 내보냈다. 그 결과, 둘리틀 서커스단은 블로섬 서커스단이 막을 내렸을 때보다 다소 적은 규모로 시작했지만 새로운 단장이 서커스단을 이끌게 되자 모든 사람과 동물들이 만족스러워했으며, 성공할 거라는 희망을 갖고 힘을 합쳤다. 서커스단은 완벽히 정직하게 운영되기 시작했다.

7장

부단장이 된 매슈 머그

둘리틀 서커스단이 문을 연 첫날, 평상시보다 훨씬 더 바빠진 구성원이 회계사 투투 말고도 한 명 더 있었는데 바로 살림꾼 대브대브였다.

그날 밤 대브대브가 투투와 지프에게 말했다. "있잖아, 모든 게 굉장히 잘 되어 가는 것 같아. 그리고 난 판을 깨고 싶지 않고. 하지만 박사님 말고도 이 사업을 챙길 사람이 있으면 좋겠어. 새로운 동물 공연에 관한 거라면 박사님이 잘하시지. 무대감독으로서 그 누구도 박사님보다 잘할 수는 없어. 그런데 앞으로 무슨 일이 일어날지 훤히 보여. 다른 동업자들, 그러니까 헤라클레스와 호프, 핀토 형제와 다른 모든 사람들은 점점 부자가 되겠지. 박사님은 여전히 가난할 거고. 어젯밤에 박사님이 주머니쥐를 버지니아로 돌려보내겠다고 말씀하셨어. 녀석이 달빛 속에서 나무를 타고 싶어 하는 것 같다나. 그런데 이곳에는 딱 맞는 나무나 달빛이 없대. 내가 박사님한테 영국에 있는 달이나 버지니아에 있는 달이나 다 똑같다고 말했어. 하지만 박사님은 그렇지 않다는 거야. 주머니쥐를 미국까지 보내는데 필요한 티켓이 얼마나 비싼지는 하느님만 알겠지. 그런데도 박사님이 티켓 가격을 알게 되면 곧 주머니쥐를 보낼 게 분명해. 박사님은 사자하고 표범에 관해서도 말씀하셨어. 커다란 맹수들을 우리에 가둬 두면 안 된다는 거지. 사업 감각이 있는 누군가가 박사님 옆에 있으면 좋겠어. 박사님의 계획을 살필 수 있는 사람 말이야."

지프가 말했다. "네 말이 맞는 것 같아. 그런데 난 말야, 매슈 머그 씨가 우리에게 큰 희망이 될 것 같아. 매슈는 보이는 것처럼 그렇게 멍청하지 않아."

스위즐이 끼어들었다. "매슈는 굉장히 친절한 양반이야. 나나 토비를 만날 때마다 주머니에서 뼈다귀 같은 걸 꺼내서 주는걸."

지프가 말했다. "그게 매슈의 직업이었지. 동물 먹이 장수였거든. 매슈는 착한 사람이야. 그리고 대브대브, 너도 곧 그 양반이 사업 수완이 끝내준다는 걸 알게 될걸. 우리가 방문할 다음 세 도시에 관한 일을 다 처리한 사람이 바로 매슈야. 박사님은 서커스단 공연 자리를 어떻게 예약하는지, 공연이 끝나면 다음에 어디로 가야 하는지, 서커스단 여행에 관한 건 하나도 모르셔. 그래서 매슈에게 조언을 구하셨어. 그러자 매슈가 곧바로 이웃 도시로 떠났어. 축제가 언제 열리는지 알아보고 사료를 공급받는 일과 서커스 부지를 빌리는 일 등 모든 걸 처리했고. 게다가 매슈는 서커스 사업에 완전히 매료됐지. 가끔 그 양반이 길가에 있는 집시들에게 자신이 그 유명한 흥행사 존 둘리틀 박사의 동업자라고 자랑하는 게 들리더라고. 매슈는 홍보를 어떻게 해야 하는지도 잘 알아. 이 일에 중요하지. 박사님에게 저 커다란 포스터를 인쇄하도록 한 사람이 바로 매슈야. 우리가 다음번에 방문할 도시인 틸마우스에 있는 모든 거리에 포스터를 이미 다 붙였다더군. 맞아. 매슈는 정말 도움이 많이 돼. 좋은 사람이야."

둘리틀 서커스단은 완전히 새로운 서커스단이었다. 박사는 서커스단의 운영을 맡게 되자 블로섬 씨가 운영하던 시절에 자신이 원했던 개혁과 변화를 추진하는 방향으로 서커스단을 이끌었다.

지프가 언급한 대로 매슈가 옆에서 박사를 지켜보기로 한 건 잘한 결정이었다. 그렇지 않았다면 둘리틀 박사는 처음부터 자신의 생각대로 거침없이 밀고 나갔을 것이다. 확실히 일반 서커스 관객들에게 둘리틀 서커스단의 쇼는 굉장히 낯설었다. 예를 들면, 존 둘리틀 박사는 모든 서커스 단원들에게 매우 공손한 태도를 가질 것을 주문했다. 또한 어떤 형태의 그릇된 설명도 용납하지 않았다. 보통 서커스 단원들은 자신들의 공연이 "세상에서 가장 위대한 쇼"라는 둥, "잡혀 있는 단 한 마리"의 동물이 등장한다는 둥 부풀리고 과장해서 말하기 일쑤였다.

박사는 이를 허락하지 않았다. 그는 관객들이 광고에 속아 돈을 내게 해서는 안 된다며 모든 걸 있는 그대로 홍보하기 바란다고 말했다. 처음에는 매슈 머그가 이를 반대했다. 그는 '과장 광고'를 하지 않으면 결코 관중을 많이 모으지 못할 거라고 말했다. 그러나 그는 얼마 지나지 않아 박사가 옳다는 걸 깨달았다. 둘리틀 서커스단이 광고를 통해 약속한 것이라면 공연에서 모두 볼 수 있다는 걸 사람들이 알게 되자 새 서커스단은 정직하다는 평판을 얻었고 구름 관중이 몰려들었다.

둘리틀 서커스단 초창기에 매슈의 또 다른 걱정거리는 관객들에게 무료로 차를 제공하자는 박사의 주장이었다.

매슈가 말했다. "도대체 왜? 당신은 파산하고 말걸요. 수천 명에게 돈도 안 받고 차를 대접할 수는 없다고요. 여긴 호텔이 아니에요. 양로원이나 고아원이 아니라고!"

박사가 말했다. "매슈, 내 공연을 보러 오는 사람들은, 말하자면 내 손님이에요. 몇몇은 아기들을 안고 먼 거리를 온다고요. 오후에 차를 한 잔 마시는 건 좋은 습관이에요. 오후를 차 한 잔도 없이 보내다니, 나라면 생각하기도 싫겠소. 차하고 설탕을 한꺼번에 구입하면 돈이 그리 많이 들지 않을 거예요. 시오도시아가 할 수 있을 거예요."

그리하여 모든 관객들에게 오후의 차를 대접하는 것이 관례가 되었다. 곧이어 관례가 하나 더 생겼는데, 아이들에게 무료 박하사탕 봉지를 나눠 주는 거였다. 그리고 박사의 예언은 현실이 되

아이들에게 박하사탕 봉지를 무료로 나눠 주었다.

었다. 둘리틀 서커스단이 규모가 훨씬 큰 다른 서커스단과 우연히 한 마을에서 공연을 하게 됐는데 박사의 서커스단에 두 배나 많은 관객들이 몰렸던 것이다. 사람들이 둘리틀 서커스단을 방문하면 차를 마실 수 있을 뿐 아니라 단원들이 정직하고 공손하다는 걸 알았기 때문이다.

8장

둘리틀 서커스단

둘리틀 서커스단이 런던 공연을 6주 앞둔 날이었다. 런던으로 가는 길에 들른 첫 도시가 틸마우스였는데, 박사는 비록 하룻밤이긴 했지만 이곳에서 다시 감옥에 갇혔다. 그 경위는 이러했다.

앞서 말한 대로 단장이 블로섬 씨에서 박사로 교체되자 동물들이 사람 연기자들보다 훨씬 더 기뻐했다. 그리고 존 둘리틀 박사는 조금이라도 수익이 생기자 가장 먼저 모든 동물들에게 불만이 없는지 물었다. 물론 많았다. 일단, 거의 모든 동물들이 자신들의 우리에 다시 페인트칠을 해 주기를 바랐다. 박사는 모든 우리에 페인트칠을 다시 하도록 했으며, 특히 각 우리마다 동물 주인이 원하는 색깔로 칠하게 했다.

동물 우리 수선을 마친 지 얼마 지나지 않아 다른 불만이 들려왔다. 사실 박사가 전에도 자주 듣던 불만이었다. 사자와 표범들은 갇혀 있는 것에 진절머리를 냈다. 녀석들은 좁은 우리에서 나와 자유롭게 돌아다니고 싶어 했다.

존 둘리틀 박사가 말했다. "난 너희들을 가둬 두는 걸 절대 찬성하지 않아. 내 맘대로 할 수 있다면 너희들을 배에 태워 아프리카로 보내 정글에서 마음껏 돌아다니도록 할 거야. 하지만 문제는 돈이란다. 돈이 충분하기만 하면 바로 그렇게 할 텐데."

사자가 아쉬운 듯 박사의 어깨 너머로 완만한 시골 언덕을 바라보며 말했다. "하루에 몇 분만이라도 나갈 수 있다면 그렇게 나쁘진 않을 거예요."

표범이 말했다. "맞아요. 그러면 이 생활도 그럭저럭 견디겠어요. 아, 이 형편없는 집구석의 사방으로 막힌 벽에 아주 넌더리가 나요."

표범의 말투가 어찌나 애처롭고 사자의 얼굴이 얼마나 슬퍼 보였는지 박사는 지금 당장 뭐든 해야겠다는 생각이 들었다.

"얘들아, 내가 매일 저녁 너희들을 나가게 해 줄 테니 나하고 약속 하나 할래?"

"뭐든지요." 둘이 함께 말했다.

"30분이 지나면 돌아올래? 솔직하게?"

"그럴게요."

"그리고 사람들을 물지 않겠다고 진지하게 약속하겠니?"

"명예를 걸고 맹세할게요."

박사가 말했다. "좋아. 그럼 매일 저녁 공연이 끝나면 우리를 열어 줄 테니 30분 동안 마음껏 뛰어다니렴."

그리하여 이 역시 오후에 관객들에게 제공하는 차, 아이들에게 주는 박하사탕과 함께 둘리틀 서커스단의 관례가 되었다. 우리에 갇힌 동물들은 자신의 명예를 걸고 자진해서 다시 돌아오기만 하면 매일 저녁 자유롭게 밖으로 뛰어다니도록 허용되었다. 이 관습은 상당히 오랫동안 놀랄 만큼 잘 지켜졌다. 공연단 사람들은 곧 동물들이 약속을 잘 지키고 아무도 해치지 않는다고 믿어도 되겠다고 생각했다. 시오도시아조차 어두워진 후 산책을 마치고 우리로 돌아가는 길에 서커스장에게 어슬렁거리는 사자나 표범과 마주치는 것에 익숙해졌다.

박사가 말했다. "아주 좋아. 예전에는 왜 그렇게 할 생각을 못 했는지 모르겠네. 녀석들도 우리처럼 공연장에서 하루 종일 일하는 걸. 짧지만 밤 동안만이라도 자유를 누리고 쉴 자격이 있어."

물론 서커스장 울타리 너머로 나간 동물들은 사람들이 다니는 길을 피해 다니도록 주의했는데 사람들을 겁먹게 하고 싶지 않았기 때문이다. 어쨌든 사람들은 녀석들의 관심거리가 아니었다. 사실 녀석들은 사람들이 하루 종일 우리 앞에서 자신들을 쳐다보는데 진절머리가 났다. 그런데 서커스단이 새로운 도시로 이동하던 어느 날 저녁 아주 심각한 일이 일어났다. 10시쯤 매슈가 급하게 박사의 캐러밴으로 달려와 말했다.

"단장, 사자가 안 돌아왔소! 지금 막 열쇠를 채우려고 갔는데 우리가 비어 있더군. 녀석을 내보낸 지 한 시간이 훌쩍 지났는데."

"세상에!" 박사는 벌떡 일어나서 매슈와 함께 전속력으로 우리 쪽으로 달려갔다. "뭐가 잘못됐죠? 나하고 약속한 후에는 이런 적이 없었어요. 녀석에게 무슨 사고가 생기지 말아야 할 텐데요."

동물원에 도착한 박사는 표범 우리로 가서 표범에게 사자가 어디 있는지 아느냐고 물었다.

표범이 말했다. "박사님, 사자는 길을 잃은 게 틀림없어요. 우리는 함께 나가서 저 황무지를 지나 동쪽으로 산책을 갔어요. 그런데 그쪽은 우리에겐 낯선 곳이었죠. 개울에 이르게 됐는데 건널 수가 없었어요. 건너갈 만한 얕은 곳을 찾으려고 녀석은 개울 위쪽으로, 전 아래쪽으로 향했죠. 제가 운이 없었어요. 기슭을 따라가면 갈수록 개울이 더 넓어지고 깊어지는 거예요. 그때 교회 시계가 울렸고 돌아갈 때라는 걸 깨달았죠. 전 집에 돌아오면 사자가 와 있을 줄 알았어요. 하지만 녀석은 없었죠."

"사람들과 마주치지 않았니?" 박사가 물었다.

표범이 대답했다. "한 명도 만나지 않았어요. 농장 한 곳을 지나왔는데 누구도 겁먹게 하고 싶지 않아서 빙 돌아왔어요. 녀석은 돌아올 길을 찾을 거예요. 걱정 마세요."

박사는 밤새도록 한숨도 자지 않고 사자가 돌아오기를 기다렸다. 나가서 표범이 얘기한 개울을 따라가며 샅샅이 뒤졌지만 사라져 버린 동물의 흔적은 찾을 수 없었다.

아침이 왔지만 여전히 사자는 돌아오지 않았다. 박사의 근심은 매우 커졌다. 하지만 서커스가 시작되자 박사는 쇼에 집중했다. 사람들이 구름 떼처럼 몰려왔고 성공적인 공연을 위해서는 모든 사람들의 관심이 필요했다.

여느 때처럼 차를 마시는 시간이 되자 존 둘리틀 박사는 손님들을 대접하는 주인의 역할을 다했으며 시오도시아는 나들이 옷을 입은 행락객들로 붐비는 수많은 탁자 사이로 오가며 시중을 들었다.

박사가 한 숙녀에게 케이크가 담긴 접시를 주려고 탁자 사이로 지나가는 순간 갑자기 정문을 통해 서커스장으로 걸어 들어오는 사자가 박사의 눈에 들어왔다. 그때는 모두가 먹고 마시느라 정신이 없었고 박사는 사자가 손님들 눈에 띄지 않고 조용히 자신의 집으로 들어가기를 빌었다. 하지만 아아! 사자가 우리 문에 다다르기 전에 쇼를 보고 나오던 한 농부 가족과 마주치고 말았다. 농부 아내가 비명을 지르더니 아이들 손을 잡고 달아났고 농부도 사자에게 지팡이를 던지고 도망갔다. 그 후 2분여 동안 서커스장은 대혼란에 빠졌다. 여자들이 비명을 질렀고 탁자가 뒤집혔으며 결국 군중 중 어리석은 사람 한 명이 총을 쐈다. 몹시 겁을 집어먹은 그 불쌍한 사자는 몸을 돌려 걸음아 날 살려라 하며 도망치고 말았다.

이제 소동은 어느 정도 가라앉았지만 계속 버물면서 서커스를 즐기기엔 머리끝까지 화가 난 관객들이 곧바로 집으로 돌아가 버렸다. 서커스장에는 적막만이 감돌았다.

잠시 모습을 드러냈던 사자는 다시 사라졌다. 그리고 박사는 이제 사자를 영영 찾을 수 없을지도 모른다는 두려움에 사로잡혔다.

존 둘리틀 박사가 사자를 찾기 위해 수색 팀을 짜고 있을 때 경찰 두 명이 서커스단에 와서 박사를 체포했다. 그들은 박사가 야생동물들을 가둔 혐의와 사람들을 위험에 빠뜨린 혐의를 받고 있다고 말했다. 게다가 사자가 양계장에 들어가서 닭을 모두 잡아먹은 것 같았다. 피해를 입은 양계장 주인은 박사가 마을을 지나 감옥으로 향할 때 그 뒤를 졸졸 쫓아가면서 박사의 이름을 불렀고 박사가 자신에게 얼마나 많은 빚을 졌는지 아느냐고 비아냥댔다.

박사는 감옥 안에서 밤을 보냈다. 한편 사자는 어느 빵집의 지하실에 숨어들었는데 빵집 주인은 물론 아무도 녀석에게 감히 다가가지 못했다. 집에 있는 모두가 무서워서 잠을 자지 못했다. 누구든 와서 사자를 데려가라는 전갈이 서커스단으로 전해졌다. 약삭빠른 매슈 머그는 사자를 아는 사람이면 누구든 녀석을 쉽게 다룰 수 있다는 사실을 알면서도 감히 사자 가까이 갈 수 있는 사람은 박사뿐이며 빨리 사자를 데려가기 원한다면 서둘러 박사를 감옥에서 석방시켜야 한다고 사람들에게 말했다.

다음 날 이른 아침 사람들이 와서 박사를 석방시켰다. 박사는 빵집 지하실로 가서 사자와 얘기를 나눴다.

사자가 말했다. "정말 미안해요, 박사님. 황무지에서 길을 잃고 말았어요. 근처 모든 곳을 가 봤어요. 그 다음 날에야 길을 찾아서 서커스단으로 돌아올 수 있었죠. 사람들 눈에 띄지 않고 우리 안

그는 사자를 데리고 집으로 향했다.

으로 들어가서 잠을 자려고 했거든요. 그런데 그 바보가 총을 쏘기 시작하니까 겁이 나서 도망칠 수밖에 없었어요."

박사가 말했다. "그런데 닭은? 밖에 나가면 아무도 해치지 않기로 나랑 약속했잖니?"

"사람을 물지 않기로 약속했을 뿐인걸요. 뭔가 먹어야만 했어요. 밤새도록 황무지 근처를 헤매느라 굶어 죽을 뻔했거든요. 얼마나 많은 돈을 물어 줘야 하나요?"

박사가 말했다. "1파운드 10실링 6펜스란다. 한 마리에 반 크라운이야. 총 11마리 값이지."

"그야말로 노상강도네요! 먹어 본 닭 중에서 제일 질긴 데다가 신선하지도 않던걸요. 어쨌든 전 아홉 마리밖에 먹지 않았어요."

박사가 말했다. "흐음, 앞으로는 네가 산책을 나갈 때 내가 동행하는 게 좋겠다."

박사는 사자를 데리고 집으로 향했다. 겁에 질린 마을 사람들이 문을 빼꼼히 열고 그 사나운 동물이 어린 양처럼 조용하고 온순하게 존 둘리틀의 뒤꿈치를 졸졸 쫓아가는 모습을 지켜보았다.

자신이 원했던 대로 동물들에게 여러 가지 배려를 해 줄 수 있게 되자 박사는 정말 서커스단 생활을 즐기게 되었다. 불쌍한 대브대브는 박사가 이 생활을 그만두고 예전에 살던 퍼들비로 돌아갈 가능성이 점점 희미해져 간다고 생각하기 시작했다.

존 둘리틀 박사는 새롭고 재미있는 동물 공연에 대해 생각하며 여가 시간을 보냈는데, 그럴 때면 항상 관객으로 아이들을 염두에 두었고 어른들보다 아이들을 위한 연극과 공연을 구상했다. 말하는 말과 퍼들비 팬터마임 공연이 성공한 후 박사는 자신이 가진 동물 말 지식이 서커스에서 크게 유용하다는 걸 깨달았다. 박사가 파티마한테 산 뱀들은 훗날 박사에게 훈련받은 후 직접 공연을 하기도 했다. 뱀들은 천막에서 멍청하고 뚱뚱한 여자와 함께 지내며 가짜 연기를 하는 대신 둘리틀 서커스단이 마련해 준 공연장에서 사람들 도움 없이 직접 공연한 것이다. 녀석들은 뮤직 박스에서 흘러나오는 멜로디에 맞춰 굉장히 독특하면서도 우아한 춤을 선보였다. 그 춤은 마치 카드리유(네 쌍의 남녀가 추는 춤—옮긴이)와 실뜨기 놀이를 섞어놓은 듯했다. 녀석들은 작은 무대에서 음악에 맞춰 꼬리로 미끄러지듯 움직이며 파트너에게 허리를 굽혀 인사하고 원형으로 돌면서 파트너를 바꿨으며 파트너끼리 고리 모양으로 매듭을 만들고 군인이 하는 훈련 동작을 따라 하는 등 온갖 흥미로운 공연을 선보였다.

시간이 지나자 둘리틀 서커스단에서 준비한 거의 모든 동물 공연은 사람들의 도움 없이 동물들에 의해 이루어졌다. 동물 공연은 종류가 대단히 많았는데 모두가 동물들 각자의 특성을 잘 살렸다. 예를 들면 뱀 공연은 녀석들의 기품이 잘 드러나도록 구성되었다. 존 둘리틀 박사는 뱀이야말로 세상에서 가장 우아한 동물이라고 생각했다. 코끼리는 녀석과 맞지 않는 우스꽝스러운 균형 잡기 기술보다는 힘을 쓰는 재주를 선보였다.

어느 날 박사가 매슈에게 말했다. "동물들 공연에 사람들이 나

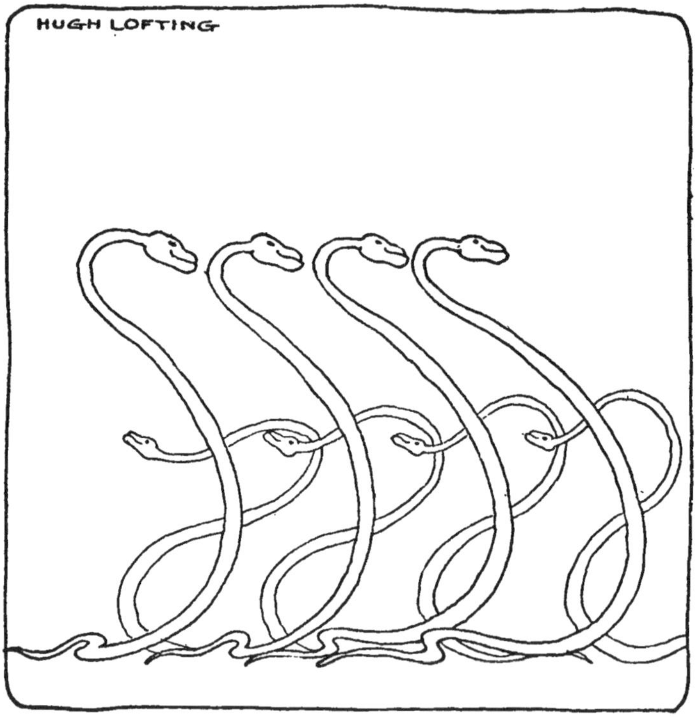

뱀들의 카드리유

서지 않으면 좋겠어요. 헤라클레스나 호프, 공중 곡예사들은 달라요. 이들 공연은 사람들이 하는 거니까요. 하지만 제복을 입은 멍청한 사람이 채찍을 휘둘러서 사자를 고리 사이로 통과시키는 걸 구경하는 게 무슨 의미가 있나요? 사람들은 동물들이 표현할 줄 모른다고 생각하는 것 같아요. 하지만 일단 사람들이 코미디 쇼를 볼 때 어떤 상황에서 웃음을 터뜨리는지 알려 준 다음 동물들끼리 내버려두면 이들은 훨씬 더 멋진 공연을 해내지요. 동물들 유머 감각이 사람들보다 훨씬 뛰어나거든요. 그런데 사람들은 너무 바보 같아서 동물들의 익살스러운 동작을 이해하지 못해요. 그래서 대부분의 경우에 동물들 공연 수준을 우리 수준으로 낮춰야 해요. 녀석들에게 덜 세련되고 쉬운 농담을 구사하라고 해야 하지요. 그렇지 않으면 사람들이 전혀 이해하지 못하니까요."

둘리틀 서커스단은 다른 서커스단과 아주 달랐다. 박사가 서커스단을 방문한 모든 관객들을 얼마나 극진하고 정중하게 대접하는지, 둘리틀 서커스단은 냉정한 사업체라기보다 오히려 가족 모임 같은 느낌을 주었다.

서커스단에는 규칙이 거의, 어쩌면 아예 없었다. '무대 뒤'를 보고 싶어 하거나 외양간에 가서 코끼리를 쓰다듬고 싶어 하는 아이가 있으면 어디든 가고 싶은 곳으로 안내되었다. 이 사실만으로도 둘리틀 서커스단은 다른 서커스단과 뚜렷하게 구별되었다.

캐러밴 행렬이 이동할 때마다 아이들은 길을 따라 몇 킬로미터씩 캐러밴 뒤를 졸졸 쫓아갔다. 캐러밴이 떠난 후 몇 주가 지나도 둘리틀 서커스단이 언제 다시 마을에 찾아올지가 녀석들의 주된 관심사였다. 모든 아이들이 둘리틀 서커스단을 특히 자신들의 것으로 여기기 시작했기 때문이다.

둘리틀 박사의 모험 4

둘리틀 박사의 서커스단

1판 1쇄 펴냄 2017년 6월 12일
1판 2쇄 펴냄 2022년 3월 10일

지은이 휴 로프팅
옮긴이 임현정

주간 김현숙 | **편집** 김주희, 이나연
디자인 이현정, 전미혜
영업·제작 백국현 | **관리** 오유나

펴낸곳 궁리출판 | **펴낸이** 이갑수

등록 1999년 3월 29일 제300-2004-162호
주소 10881 경기도 파주시 회동길 325-12
전화 031-955-9818 | **팩스** 031-955-9848
홈페이지 www.kungree.com | **전자우편** kungree@kungree.com
페이스북 /kungreepress | **트위터** @kungreepress

ISBN 978-89-5820-464-0 04840

BY HUGH LOFTING